岩 波 文 庫
32-473-1

第七の十字架

(上)

アンナ・ゼーガース 作
山下 肇
新村 浩 訳

岩波書店

DAS SIEBTE KREUZ
Roman aus Hitlerdeutschland
by Anna Seghers

First published 1942.

This Japanese edition published 2018
by Iwanami Shoten, Publishers, Tokyo
by arrangement with
Aufbau Verlag GmbH & Co. KG, Berlin.

目次

下巻

訳者まえがき

このゼーガースの『第七の十字架』はきわめて緻密な構成をもった長篇小説で、しかも作品のなかではいろいろな関係について特に具体的な説明はされていず、精巧な芸術的ヴェールに包まれているので、本篇を読まれるに先立って、一応次のような事項をあらかじめ念頭においておくことが便利である。

1　時　代

一九三七(昭和十二)年秋十月のある月曜日の朝にはじまり、次の月曜日の夕方に終わる約一週間の物語である。第1章冒頭の短い序節に照応して、第7章末に付された短節で、その第二週目の月曜の最後の結末が描かれており、各章はおおむね一日の朝から夜までを内容とし、第1章が月曜、第2章が火曜、第7章は日曜から月曜に及ぶという構成である。

いうまでもなく一九三七年のドイツは、ヒトラーのナチ治下に呻吟《しんぎん》するドイツである。第一次世界大戦後の革命運動の昂揚、敗戦インフレの混乱と世界恐慌の波の間隙を縫って、ヒトラーのナチズムが台頭し、一九三三年にその暴虐な覇権を確立した後は、ファシズムの嵐の下に、国内のあらゆる反対者——いな、そればかりではない、ナチの比類なき悪法にちょっとでも触れたものはすべて——強制収容所《コンツェントラチオーンスラーガー》（KZ《カーツェット》）へ投獄し、対外的にはその侵略の野望を日ごとに尖鋭化しつつあった。第二次世界大戦の前夜、独裁下の国民生活には秘密国家警察「ゲシュタポ」が跳梁《ちょうりょう》し、家庭内親子間でさえも裏切り密告がつねに行なわれた。こうした当時の民衆生活の諸相がこの作品にあらゆる具体的形象をもって如実に描かれている。あの「ハーケンクロイツ」の旗を翻《ひるがえ》し、「ハイル・ヒトラー！」に明け暮れる時代であり、突撃隊《シュトルム・アプタイルング》（SA《エスアー》）や親衛隊《シュッツ・シュタッフェル》（SS《エスエス》）や、ヒトラー・ユーゲントの呪うべき一色に包まれたドイツである。

2 場所

ライン河沿岸のドイツ。ちょうど支流のマイン河を合して、フランクフルト、マインツ、ヴォルムス等の都市が並び、これら低地の工業地帯に対して、その後背の丘陵山岳地帯がブドウ畑や農村の一帯であり、ここにヴェストホーフェン強制収容所があるとされる。物語は月曜の朝、この収容所を脱走する七人の囚人を中心として、この地方一帯にまたがって展開する。このいわゆるライン地方《ラント》は、古くは開化した南欧と未開の北欧との境界であり、近くは独仏両国の国境地帯であり、歴史的に複雑な国際関係が絡みあって、住民の生活意識にもさまざまな形で浸透しており、ドイツとしてはもっとも早く近代資本主義化し、フランスの影響を受けて革命運動の伝統も根強い。この前年の三月、ヒトラーはそれまで非武装地帯であったこの地方に武力進駐を行ない、マインツに旧連隊を復活させた。再軍備と警察国家の現実、キリスト教会やユダヤ人への弾圧等のナチの政策はこの地方の生活にも色濃く染みこんでいる。

3　登場人物

ゲオルク・ハイスラー　脱走者七人中の一人、本篇の主人公。自動車修理工。すでに地下組織化された反ファシズム労働運動によって捕えられた政治犯、屈強な青年である。ゲオルクすなわちジョルジュを訛《なま》って「ショルシュ」とも呼ばれる。母と兄弟三人あり、その一人はSA隊員、小さな弟はヒトラー・ユーゲント。妻エリがいるが愛情はない。

エルンスト・ヴァラウ　脱走者、四十三歳。脱走計画を指導したもっとも思想強固な政治犯。この地方の工場委員で、ゲオルクの知り得たもっとも信頼する友であり先輩であり、脱走中もゲオルクは常に頭のなかでこの友の指示を問い期待する。夫ヴァラウ同様意志堅固な妻ヒルデと、両親からよく教育された二人の息子がある。

アルベルト・ボイトラー　脱走者。外国為替取扱の手違いから法に触れ、恐怖のあまり慄《ふる》えを隠せず、怪しまれて収監された。脱走直後、一番先に逮捕される。

オイゲン・ペルツァー　脱走者。三十八歳、七人のうち心身ともにもっとも弱い知的なタイプ。ブーヘナウ村で、ゲオルクの隠れ場のすぐ近くで、村人に捕えられる。

ベローニ　脱走者、軽業師。本名アントン・マイヤー。フランスの演芸家組合からの手紙を発見されて収監。敏捷《びんしょう》な体力を利して逃げるが、最後は追いつめられてホテルの屋上から墜落。

フュルグラーベ　脱走者。ラジオ新聞その他の鋭い捜索網に絶望し、恐怖に駆られて逃亡を断念、自首して出る。ゲオルクにも自首を勧める。

アルディンガー　脱走者、元村長の老人。娘の夫が政治犯となったため、隣り村の村長ヴルツに密告され、私怨によって地位を奪われた。ゲオルクとこの老人だけが最後まで捕えられない。

ファーレンベルク　ヴェストホーフェン収容所の所長。古手の狂信的軍人で、ナチズムの残虐性の権化。「ゼーリゲンシュタットの征服者」と呼ばれている。

ブンゼン　収容所の若い中尉。大天使のような男性的美貌の持ち主で、ファーレンベルクとはまた別個の荒《すさ》んだ性格の典型的なナチ軍人。

ツィリヒ　収容所長ファーレンベルクの信任厚い下士官。収容所の「特別労役縦隊」を指揮する。貧農の出で、軍隊とナチの強権体制に出世の道を夢見る、拷問の名人。無頼な農民不満分子の一典型。

オーバーカムプとフィッシャー　ともに敏腕なゲシュタポの警部。前者が上級、脱走者の科学的捜査訊問の官憲側担当者。熱狂的な司令官、ＳＳ側とは対立関係にある。

フランツ・マルネ　ゲオルクの旧友で、ゲオルクを政治運動へ啓蒙した男。現在は伯父のマルネ家に寄食し、ヘヒストの工場労働者。思慮深い情緒的個人的性格で、ヘルマンと親しい。初恋の相手のエリをゲオルクに奪われた過去をもつ。

マルネ家　リンゴ作りの堅実平凡な中農家庭。フランツの伯父の老夫婦、娘のアウグステ夫婦その他があり、末息子はマインツの連隊に入営中。「本家のマルネ家」と呼ばれ、これに対する「分家のマルネ家」の娘エルゼはヘルマンの妻。

マンゴルト家　マルネ家の隣家。娘盛りのゾフィーは羊飼いのエルンストに思いをよせる。マルネ家ではこの娘をフランツの妻にと考えている。

エルンスト　羊飼い。ナチスをはじめ下界の問題は無視して、丘の上で牝犬を相手に生きている。裏切りはしない。人間と自然の結び付きの象徴的存在。女たちに人気がある。

ヘルマン　フランツの友人、住宅団地に住む鉄道検査・修理施設の労働者。若い妻エルゼはマルネ家の姪。反ナチの地下組織に属している、冷静で根強い闘士であり、フランツの無二の相談相手——表面はチェス敵である。

アルフォンス・メッテンハイマー　ゲオルクの妻エリの父親。三十年来フランクフルトのハイルバッハ社に定職を得ている穏健誠実な職人気質の室内装飾師の親方《マイスター》。六十二歳。五人の子持ちで、上の娘は銀行員でSS大隊指導者のライネルスに嫁している。

エリ　メッテンハイマーの最愛の娘。本名エリーザベト、愛称エリ。ゲオルクとのあいだに一子をもうけたが、相互の愛情は離れ、現在は男友達ハインリヒ・キューブラーがある。ゲオルクと正式に離婚はしていない。

レーニ　ゲオルクのKZ入所前の最後の恋人。彼はつねにこの少女に期待をかけて、脱走後はまずこの家（フランクフルト）へ行こうと企てている。

フリッツ・ヘルヴィヒ　ダレ農業学校の園芸見習い。ゲオルクにジャンパーを盗まれた少年。

ヴルツ　アルディンガーを密告して統合村村長に収まり、村をナチ化した老人。無頼なSA隊員の息子たちをもつ。

レーヴェンシュタイン　迫害されているユダヤ人医師。ゲオルクの手を治療する。

マレリ夫人　俳優の衣裳づくりの裁縫師。ベローニの知人で愛情豊かな老婦人。

オットー・バッハマン　ヴォルムスの市電車掌。転向者。その妻はヴァラウの妻と幼時より親友。ヴァラウの脱走に裏切り行為をして縊死。

メッサー家　村の地主。老人とSSの息子たちと主婦代わりのオイゲーニエ(第一次大戦後の占領時、フランス兵とのあいだに一子をもうけた中年女性)がいる。

パウル・レーダー　ゲオルクの幼友達。ゲオルクが政治運動へ走ったために遠ざかってしまった。愛すべき妻リーゼル、子供たちと共に平和な勤労家庭を営んでいる。

カタリーナ・グラッバー　レーダーの叔母。運送店を経営する口やかましい寡婦。

フィードラー　レーダーの工場同僚。妻グレーテと協力、政治的信念の動揺を克服して、ゲオルク援助の道へ踏みきる。

ラインハルト　レーダーの工場同僚で、フィードラーの友人。ヘルマンと地下組織で連携をもつ。

シェンク　ゲオルクが援助を期待する男。だがすでにヴェストホーフェンへ送られている。

ザウアー　ゲオルクが援助を期待する第二候補。建築技師。地下組織に入っているが、警戒心旺盛でゲオルクを逸する。

クレス博士　労働者学校夜間講座の化学の講師。当時の知識人の一典型。地主貴族出身の妻とともに、ゲオルクに一夜の宿を提供。

ロッテ　顔に傷のある工場労働者。フランツと旧知の女性闘士で、一子を抱える未亡人。

シュルツ　メッテンハイマーの一番弟子。腕のたつ室内装飾職師。ナチ批判の良識をもち、最後にエリに求婚する。

第七の十字架（上）

死んだ者も生き残った者も含めて、すべての
ドイツの反ファシストたちにこの書を捧げる。
本書のメキシコでの出版に際し、ドイツ人と
メキシコ人の作家、芸術家、印刷業者たちの
友情と共同作業に感謝する。
——アンナ・ゼーガース

第1章

おそらくおれたちの国で、いまだかつてこんな妙な木が伐り倒されたことはあるまい。第三廠舎《しょうしゃ》の狭い側面に生えていた七本のプラタナスである。その樹冠の繁みは、あとでわかるような理由から、とうに刈り取られてしまっていた。幹には、肩の高さのところに、横板が打ちつけてあって、これらのプラタナスは遠くからみると、まるで七本の十字架に似ていた。

その名をゾンマーフェルトという収容所の新任所長が即座にこれを全部伐り倒して、薪《まき》にさせてしまった。彼は前任者のファーレンベルク、あの古強者「ゼーリゲンシュタットの征服者」――このゼーリゲンシュタットでは、いまでもまだファーレンベルクの父親が中央広場のわきでガス水道取付業をやっている――とは、また一風ちがった人物である。新所長はアフリカの生まれで、戦前（第一次大戦の前をさす）は植民地軍の将校だった。戦後には、老少佐レットウ＝フォアベック（中国、アフリカなど数々の武勲で知られる軍人。ヒトラーとは関係を拒否）とともに、赤色ハンブルク（第一次大戦後数年間、左派労働者・兵士がベルリン、ハンブルク、ルール地方、ドイツ中部など各地で反乱を起こした）めざして進撃したという経歴の持ち主である。こんなことはすべて、ずっと後になってから知ったことだ。初代の所長がまったく思いもよらぬ怖ろしい残忍な発作にかられる、常軌を逸した奴だったとすれば、新任所長はまたひどく冷静な男で、およそ彼のやることはすべて予測することができた。ファーレンベルクはいきなりおれたち全部を滅茶苦茶にぶん殴らせることができた——ゾンマーフェルトは全員をまずきちんと整列させ、四人目ごとに人を抜き出しておいて、それを遮二無二《しゃにむに》袋叩きにさせるのだ。そのことも、当時まだおれたちは知らなかった。知っていたところで、それが何だろう！　六本の木がみな伐り倒され、それからさらに七本目まで伐り倒されたとき、おれたちを圧倒したあの感情に比べれば、そんなものが何だろう！　おれたちが無力だったことを思えば、囚人服を着ていたことを思えば、あれはたしかに、小さな勝利だった。しかも、計り知れぬ長い時間の後に、とつぜんに自分たちの力を自覚させた勝利だった。その力は、おれたち自身さえ、実に長いあいだ、数量でもって評価する世間にありふれた多くの力の一つにすぎないかのように見なしてきたのだが、実はそれこそが、ふいに、果てしない無限へと増大しうる唯一の力なのだった。

　この晩はじめて、おれたちの廠舎にも暖房が入れられた。ちょうど天候も変わっていた。ちっぽけな鋳物《いもの》のストーブにあてがわれたわずかの薪が、事実あのプラタナスの木屑だったかどうか、いまとなってはもう定かでないが、当時おれたちはそれを確信していた。

　おれたちはストーブのまわりにひしめきあった。それは、各自が着ている物を乾かそうとしてでもあったが、いつになく見る焔《ほのお》のゆらぐ光景がみんなの心を煽《あお》りたてたからでもあった。ＳＡ《エスアー》（ナチの突撃隊）の番兵はおれたちに背を向けて、ぼんやり格子窓の外を眺めていた。かすかな灰色の靄《もや》がもう霧にはならずに急に篠《しの》つくばかりの雨になって、いくたびか激しい突風がそれを廠舎に叩きつけてきた。しまいには、ＳＡ隊員までがそれを聞いている。こんなこちこちのＳＡまでが年に一度の秋のご入来を眺めている。

　薪が音をたてて割れた。二つの青い焔が、石炭も灼熱してきたことを示している。あたえられた石炭はシャベルにほんの五杯ほどで、隙間風のもれる廠舎ではわずか数分間も暖めるに足りない。それどころか、おれたちの服さえもよく乾かすことができない。しかし、おれたちはいまそんなことをもう思い煩《わずら》ってはいない。考えているのは、ただもう目のまえで焼けてなくなっていく木片のことばかりだ。ハンスが番兵に横目をつかいながら、口を動かさずに、小さい声で言った、「こいつ、はじけるぞ」。エルヴィンが言う、「うむ、七本目の木の薪だ」。すると、みんなの顔に、かすかな、妙な微笑が浮かんだ。希望と嘲笑、無力と大胆、そうした混じりえないものの混じりあった微笑である。おれたちは息をのんだ。雨あしが、あるときは羽目板を、またあるときはブリキ屋根を叩いてすぎた。いちばん年下のエーリヒが目尻をちらっと動かして、それに自分の心のたけをこめながら、いや、同時におれたちみんなの心のたけをこめて、ぽつりと言った、「あいつ、いまごろどこにいるだろうなあ」

1

十月のはじめ、フランツ・マルネという男が、いつもより何分か早く自転車に乗って、親戚の農家の家を出かけた。その家はタウヌス山地（ドイツ中西部ライン山塊の一部。一帯からはミネラルウォーターが湧出）の前端にある村落シュミートハイムに属していた。フランツは中肉中背の、がっしりした三十がらみの男で、人なかを出歩いていても、いつも眠ったような顔つきをしている、おとなしい人間だった。しかしいまは、畑のあいだを抜けて街道まで出る急勾配な道で、彼のいちばん好きなコースだったから、彼の顔には生きいきとした強い素朴な悦《よろこ》びがあふれていた。

いまのような身の上のフランツがどうして上機嫌でいられたか、それは後から考えたら、おそらく不可解なことだろう。だが彼はまったく満足しきっていたのだ。それどころか、自転車が道の凸凹の上で跳ねあがると、彼は嬉しそうな叫びまで低くあげるのだった。

昨日から隣りのマンゴルト家の畑を肥やしていた羊の群れが、明日は彼の親戚の家のリンゴ園になっている広い原へ追いこまれることになっていた。だから親戚の家の人たちは今日のうちにリンゴのとり入れをすませてしまおうとしていた。青空のなかに力いっぱいくねり出ているたわわな枝葉は、黄金の果実をぎっしりつけていた。どれもこれもみなつややかに熟して、いましもさしめぐむ朝日の光に、まるで無数の小さい丸い太陽のように、きらきらと輝いていた。

しかしフランツは、自分がリンゴのとり入れに居合わせないことをちっとも悔んではいなかった。彼はもうずいぶん長いこと、わずかな小遣い銭のために野良に出て、農作業を手伝ってきた。そのおかげで長年の失業の後でも彼はわりあい気楽にしていられたのだ。いたって物静かで几帳面な伯父の家は、労働者宿泊所より百倍も居心地がよかった。九月一日以来、彼はとうとう工場に職を得た。それは彼にとっていろんな理由から好都合だった。冬中彼は、ちゃんと食費を払って居続けることだろうから、伯父一家にとってもむろん具合がよかったのである。

フランツが隣りのマンゴルト家の庭先を通りすぎたとき、その家の大きな洋梨の木にまっすぐな梯子《はしご》と竿《さお》と籠がいくつかかかっていた。総領娘のゾフィーが真っ先に梯子に跳びのってフランツに何か声をかけた。頑丈でかなり肥っているけれど、ちっともみっともないところのない娘だ。手足のくるぶしがとても上品なよいかたちをしている。彼は、相手が何て言ったのかよくわからなかったが、くるっと振りかえって笑ってみせた。みんなの一員になれたという感情が、彼の胸をいっぱいにした。感受性のにぶい、行動力もにぶい人たちには、彼の気持ちはわからないだろう。その連中にとっては、一員になるといえば、一定の家庭なり、町村なり、あるいは恋愛関係などのことなのだが、フランツにとっては、単に、この土地に、この土地の人びとに、朝早くヘヒスト(フランクフルト西部の工業都市)に通う人たちに仲間入りすること、そして何よりもまず、生きて働いている人たちの仲間になることだったのだ。

マルネ家の母屋をぐるっとまわると、朝霧をこして、ゆるやかに下り傾斜にひろがっている土地を見おろすことができた。すこしさがった国道の下手には羊飼いがいて、ちょうど囲いの柵を開けているところだった。家畜の群れはどっと外へ出てきて、たちまちおとなしくかたまって斜面にまつわりついた。まるで一ひらの小さな雲がさらに小さくきれぎれになったかと思うと、また集まって膨らむように。シュミートハイム生まれのこの羊飼いも、マルネ家のフランツになにやら声をかけた。フランツはにっこりした。けばけばしい赤のスカーフをした羊飼いのエルンストはまったく羊飼いらしからぬ、面《つら》の皮の厚い奴だ。肌寒い秋の夜な夜な、あっちこっちの村々から、ご執心の農家の娘っ子たちが彼の移動自在の仮小屋に忍んできた。羊飼いの背のうしろで、土地はなだらかに大きく波をうって傾斜していた。ここからでもまだライン河が見えないのは、鉄道でまだおよそ一時間も離れているからだが、しかも、目に触れるものはみな明らかに——このはるかにひろがった斜面の畑にしても、果樹林にしても、さらに低い方のブドウ園にしても、こんな上の方まで届くという工場の煙にしても、南西部を曲りくねって通る鉄道線路や道路にしても、霧のなかでかすかに光っている部面にしても、真っ赤なスカーフをして片方の腕を腰にあてがい、片足を前へ突き出して、まるで相手が羊ではなく軍隊でも眺めているといった恰好の羊飼いにしても——それらすべてがみな、もうライン地方そのものを意味している。

　それは、この前の戦争の砲弾がそのつどそのまた前の戦争の砲弾を地中から掘りおこしたといわれる土地である。これらの丘陵は山岳ではない。どんな子供でも日曜にはコーヒーとシュトロイゼルクーヘン（二〇世紀前半にラインラント周辺の家庭に広まったケーキ。小麦粉、バターなどをそぼろ状にしトッピング）にありつくために山向こうの村の親戚へ遊びにいき、晩鐘の鳴り響く頃には帰ってくることができる。だが、この丘のつらなりは長いあいだ世界の果てだった――向こう側には未開の荒野、見知らぬ蛮地がはじまっていた。この丘に沿って、ローマ人は彼らの防壁《リーメス》を築いた。彼らがこの丘の上でケルト人の太陽神の祭壇を焼きはらって以来、いかに多くの世代が血を流し、いかに多くの死闘がくりかえされたことか。その結果、ローマ人は、もはや手に入れうる限りの世界はすべて防壁で囲まれ、すでに開拓されつくしたと信ずるに至ったのだ。しかし、あの下方に位置する都市がその紋章として守ってきたものは、鷲《わし》でもなければ十字架でもなく、あのケルト人の日輪《し》であり、マルネ家のリンゴを実らせる太陽だった。ここにはかつて幾多の軍団が陣を布き、それとともにこの世のありとある神々が、都市の神も農村の神も、ユダヤの神もキリスト教の神も、アスタルテ（古代フェニキアの月の女神）もイシス（古代エジプトの豊穣の女神）も、ミトラ（古代イランの光の神）もオルフェウス（ギリシアの伝説的竪琴の名手）も、祭られたのであった。ここからは荒野がひらける。いまこの場所で、シュミートハイムのエルンストは片足を前につきだし、片腕を腰にあてて、羊のかたわらにたたずみ、そのスカーフの端は、たえず風が吹きそよいでいるように、まっすぐたなびいている。彼の背後の、朝日がやわらかく翳《かげ》っている谷間では、幾多の民族がごった煮にされた。北と南、東と西、すべてが入りまじりぶつかりあって沸きたち、しぶきをあげたが、しかもこの土地はそのいずれにもなりきることなく、なおそれらすべての何ほどかの名残りを留めている。色さまざまなシャボン玉のような帝国の数々が羊飼いエルンストの背後の土地からふわふわと上ってき、そしてまたたちまちはじけ散った。彼らは防壁も凱旋門も軍用道路も残さず、ただ、彼らの女たちのくるぶしを飾っていた金環の、なにがしかの破片をあとに残したにすぎなかった。けれどもそれらの帝国は、まるでもろもろの夢のごとくに、根強く消しがたく人の心に残った。かくて、羊飼いエルンストは、そうしたいっさいを承知しており、それだからこそこうして立っているのだと言わんばかりに、ひどくおちつきはらって偉そうに立ちはだかっている。そして、おそらく彼は、そんなことを何も知らなくとも、実際には何も知らないからこそ、そこに立っているのだろう。街道が自動車道路《アウトバーン》(ナチの失業対策により一九三六年にフランクフルト周辺に開通)に通じるあのあたりは、フランク人の軍隊がマイン河を渡河しようとしたときに集合したところだ。あの修道士(ドイツ人の使徒といわれた聖ボニファティウス。のちにマインツ大司教)が、ここ、マンゴルト家とマルネ家の農地のあいだを登ってきて、かつてここからはまだ誰ひとり踏み入ったことのないまったくの荒野のなかへとことこと乗りこんで行った。小さなロバにまたがって、胸を信仰の鎧《よろい》で守りかため、救済の剣を腰に佩《は》いた、柔和な人だった。そうして彼は、福音書と、リンゴを芽接《めつ》ぎする技術とを伝えたのだ。

羊飼いのエルンストは自転車の方へ振りむいた。スカーフはもう暑苦しい。彼はそれをもぎとると、旗じるしのように刈り入れのすんだ畑にほっぽり投げる。まるで、多勢の見物客の前でするしぐさみたいに、芝居気たっぷりだ。だが、それを眺めているのは、小犬のネリばかり。すると彼は、またしても人を小馬鹿にしたような、真似《まね》のできない尊大な態度にかえって、今度は道路に背を向け、山裾《やますそ》の平野の方に向きなおる。その平野で、マイン河はライン河に合している。合流点にマインツがある。マインツには神聖ローマ帝国の選帝侯である大書記長（大司教の名誉称号）がおかれた。そして、マインツとヴォルムスとのあいだの平坦な土地、その河岸一帯は、皇帝を選ぶ選帝侯たちの陣屋のテントで蔽われていた。この地には毎年何か新しいことが起こり、また毎年同じことがくりかえされた。温和な、靄のかかった太陽の下で、人びとの汗と労苦によって、リンゴは熟れ、ワインは溢れたのである。なぜなら、ワインはすべての人がすべてのことに必要としたから。司教と領主は彼らの皇帝を選ぶために、修道士と騎士はその修道会や騎士団を組織するために、十字軍の人びとはユダヤ人を火あぶりするために。マインツの広場では一度に四百人が処刑され、今日もなおそこは火の広場と呼ばれている。神聖ローマ帝国が瓦解し、しかもなお高官たちの祝宴がかつてないほどさかんに催されたころには、聖職にあると俗人たるとを問わず数多《あまた》の選帝侯たちが、そして、ジャコバン党員たちは「自由の木」（フランス革命のシンボル）のまわりで踊るために、ワインを必要としたのである。

それから二十年後には、マインツの桟橋に一人の老兵が歩哨《ほしょう》に立っていた。大遠征軍（ナポレオン）の最後の将兵たちがぼろをまとい陰鬱《いんうつ》に沈みながら彼のそばを過ぎていったとき、ゆくりなく彼の脳裡に、かつて彼らが三色旗と人権とを高らかに掲げて侵入してきたとき、やはり同じこの場所で歩哨に立っていた自分の姿が思い浮かび、彼は声をあげて泣いた。この哨所も撤去された。この地方さえも、にわかにひっそりと静かになった。流れた血潮の二筋の糸、一八三三年（学生集団らによるフランクフルト蜂起）と四八年（三月革命または一九四八年革命）の訪れ、は細々と苦々しくここへも及んだ。それからふたたび、今日「第二」と呼ばれている帝国が生まれた。ビスマルク（鉄血宰相。一八七一年ドイツ統一を実現）が国内の境界を移動させた。それはこの地方を迂回してではなく、この地を横断してであって、プロイセンは一部の要衝の地を手に入れたのである。住民たちはこれにすこしも反逆しなかった。この世の辛酸をなめつくし、さらにこの後もまたなめ続けるであろう世の苦労人たちのごとく、彼らはただあまりにもなげやりな無関心さだった。

ツァールバッハの奥で地べたに身を伏せた学童たちの耳に、はるかに聞こえてきたのは、はたして本当のヴェルダンの戦い（第一次大戦中の独仏間の攻防戦）だったろうか、それとも、単に軍用列車や軍隊の行進でゆすぶられる、ひっきりなしの大地の震動にすぎなかったのだろうか。これら学童たちの多くの者が後に法廷に立った。ある者は、占領軍の兵隊たちと結託したからであり、ある者は、その兵隊たちのレールの下に火薬をしかけたからであった。裁判所の建物には、連合国代表部の旗がひらめいていた。

これらの旗がおろされて、当時まだドイツ帝国のもっていた黒、赤、金の国旗ととりかえられたときから、まだ十年もたっていない。子供たちでさえ、ついせんだって、第百四十四歩兵連隊がはじめてまた軍楽を奏しながら橋を渡って行進したとき、そのことを思い出した。その晩には、花火があがった！　エルンストはそれをこの高みから見物した。河のうしろに、ぱっと燃えあがり、どっと歓声にどよめく町！　水に映って渦巻いては消える数知れぬハーケンクロイツの小旗！　その上に無数の松明《たいまつ》の火が彗星《すいせい》のように流れた！　翌朝、河の流れが鉄橋のうしろで町から離れていくときには、静かな青味を帯びた灰色の水はもうすこしも汚れてはいなかった。河はすでにどれだけ多くの軍旗を、どれだけ多くの国旗を、洗いすすいだことだろう。エルンストは彼の小犬に向かって口笛を吹いた、犬が彼のスカーフを口にくわえて持ってきたのだ。

いま、私たちはここにいる。いま起こっていることは、私たちの身に起こっていることなのである。

2

野道がヴィースバーデン街道へつながるところに、一軒のゼルター水（タウヌスの村ゼルターに湧くミネラルウォーター）の売店小屋が建っていた。フランツ・マルネの親戚一家は夏の夕暮れのたびに、この小屋をうまい潮時に借りておかなかったことを口惜《くや》しがった。そこは往来が多いので、まったくまたとない金蔓《かねづる》になっていたから。

フランツが早く家を出かけたのは、ひとりで自転車を走らせるのが好きだったからで、毎朝タウヌスの村々からへヒストの工場へ通う自転車乗りの群れまた群れのなかにまぎれこむのはどうにもやりきれないからだ。だから、ゼルター水の小屋のところで、知りあいの一人、ブーツバッハのアントン・グライナーが彼を待っていたのには、いささか気を腐らせたわけである。

たちまち、それまでの生きいきした強い素朴な悦びは彼の顔から消えてしまった。いわばそっけない窮屈な顔つきに変わったのである。おそらく「もし」も「しかし」もなく、文句なしに全生命を投げ出す用意のあるこのフランツにとって、もう一つ面白くないことがあったのだ。アントンはこの店を通るときには必ずここで何かちょっとした買い物をして行く。それは、このアントン・グライナーにはヘヒストに大事な可愛い娘《こ》がいるからで、今日だってきっと後になれば、板チョコの一枚、ドロップの一袋もこっそり握らせるにちがいないのだ。グライナーは野道を見通せるように、はすかいに立っていた。今日は、いったいあいつ、どうしたんだろう? とフランツは思った。彼は、時代とともに、人の表情のさまざまな変化を敏感に感じとるようになっていた。いま彼は、グライナーが何かの理由でじりじりしながら彼を待ちくたびれている様子に気づいたのである。グライナーは自分の自転車に飛び乗ると、フランツと並んだ。二人は自転車の群れに入りこまないようにと、スピードをかけた。坂が下りになればなるほど、混雑はひどくなるのだ。

「おい、マルネ、けさ、何かあったぜ」とグライナーは言った。

「どこでさ、何があったんだい?」とフランツが言った。相手が彼のびっくりする顔を予想しているときには、いつもきまって彼の顔は眠たそうな、どうでもよいような表情になった。

「マルネ」とグライナーが言った、「けさ、たしかに何かあったにちがいないぞ」

「だから、何だってのさ」

「おれだって知らないよ」とグライナーが言った、「しかし、何かあったことはたしかだぜ」

フランツが言った、「おい、どうかしてるぞ、いったい何があったってんだ、こんな朝っぱらから」

「そりゃわからないさ、おれだって、何だか。でも、おれの言うことが嘘だったら、首でもやるぜ。とにかく、何かとんでもないことがあったにちがいないんだ。六月三十日みたいなこと(SA幹部粛清事件。一九三四年)がね」

「はは、いやまったく、おまえ、どうかしてら……」

フランツはまっすぐ前をにらんだ。眼下の霧はまだおそろしく濃かった！　と急に、二人の方に向かって、工場や道路の分布する平野がせせり出てきた。二人のまわりには、悪口雑言のざわめきとベルの鳴る音。――いったん自転車の群れは二つにあいだを裂かれた。オートバイのSS《エスエス》(ナチの親衛隊)隊員二人、彼らも仕事に出かけるところだろう、グライナーの従兄弟《いとこ》、ブーツバッハのハインリヒ・メッサーとフリードリヒ・メッサーだった。

「あいつら、おまえを、いっしょに乗せてってくれないのかい」とフランツは、アントンの報告にはもう興味がないかのように、たずねた。

「そんなことしてはいかんのさ、あいつらはあとに勤務を控えてるもの。ところで、おまえは、おれがどうかしてると……」

「だけど、どうしておまえ、そんなことばかり考えてるんだい……」

「おれがどうかしてるからよ。つまりだ、うちのおふくろはね、今日どうしても遺産相続のことでフランクフルトの弁護士のところへ行かなきゃならないんだ。それで、牛乳の供出に立ち合っちゃいられないってわけでね、牛乳をもってコービッシュのところへ行ったのさ。そしたら息子のコービッシュがいてさ、やつは店のワインは自分で注文するもんだから、昨日車でマインツへ行ったんだってよ。そこでいいかげん飲んじまって、遅くなってね、けさ、おそろしく早く、やっと帰って来たんだ、やつはグスターフスブルクのところで、通してもらえなかったんだよ」

「あはは、アントン」

「なにが、あははだよ……」

「だって、あすこはもうとっくから通行止だぜ、グスターフスブルクは」

「だけど、フランツ、あのコービッシュは馬鹿じゃないぜ。すごくやかましい検問があったって、コービッシュは言ってたよ。橋の陣地に歩哨が立っていて、その上、霧さ。この分じゃ、おいら、誰か人をひき殺してもしかねねえってコービッシュは言うんだ。なにしろ血液検査でもやられてみろ、おいらにはアルコールが入ってる、運転免許証はおさらばだよ。それならすたこら回れ右して、ヴァイゼナウの金羊亭へしけこんで、もう一ぱいひっかける方がましだものなあ、ってね」

マルネは笑った。

「フランツ、笑うなら笑うがいいさ。だけどおまえ、やつらはコービッシュがヴァイゼナウにひっかえすのを許してくれた、と思うかい？　橋は通行止だ。おれが言うのはね、フランツ、何か事件のあった気配がするっていうことだよ」

彼らはもう坂を下りきってしまった。右も左も平野はビート畑のほかはむきだしの裸になっていた。何の気配があるというのか。ヘヒストの家々の上一面にまぶしたようにかかっている灰色の微粒子が日光にすけて金色に光っているほかは、何もありはしない。しかし、それにもかかわらずフランツは思った、いや、とつぜん思い知ったのだ、アントン・グライナーの言うのはもっともだ、と。何かの気配がしているのだ。

二人は警笛を鳴らしながら、狭い、人通りの多い道を通って行った。娘たちが金切声をあげて、口汚く罵《ののし》った。十字路のところや工場の入口などには、アセチレン灯がいくつかあって、たぶん霧の深いせいだろう、たまたま今日ははじめてその試験をしている。その無愛想な白い光がすべての人の顔を白々しく染めた。フランツは一人の若い女にあやうくぶつかりそうになった。若い女は怒ってぶつぶつ言いながら、彼の方に頭を向けた。彼女は何かの事故で細く不恰好に歪んだ左の眼の上に一房の髪の毛をかぶせていたが、ひどく急いだせいか、それが傷を隠すどころか、かえって小旗のように目印になっていた。彼は、一瞬、達者な方の黒い瞳がマルネの顔にぶつかると、その眼はすこし硬くなった。彼女がちらちらっとひと目で自分の心の奥底まで、自分自身にさえも隠しているようなところまで、じっと覗きこんでいったような気がした。そして、マイン河岸の消防車の警笛、ちらちら光って気が変になりそうなアセチレン灯の明かり、トラックに塀際（へいぎわ）へ押し潰されそうになってわいわい騒いでいる連中の悪口雑言、そうしたものすべてにいつまでたっても彼は馴染めないでいた。それとも今日はいつもと違うのだろうか？　彼は何か合点のいくような言葉や場景はないものかと探してみた。彼は自転車を降りて、押していった。グライナーも若い女も、二人ともとっくに人混みのなかで見失ってしまっていた。

　もう一度グライナーが彼の方に寄ってきた。河上のオッペンハイムでだぜ、とグライナーは彼の肩ごしにどなった。彼は横に身体を曲げねばならなかったので、あやうく自転車からずり落ちそうだった。二人の工場口はずっと遠くかけ離れていた。最初の検査場をすぎると、もう何時間も二人は会うことができないのだった。

　マルネは嗅覚（きゅうかく）を働かせて、そっと気をつけてみたが、更衣室でも、前庭でも、階段でも、別に、いつもと変わった出来事の何の跡もしるしも見あたらなかった。ただ、二番目と三番目のサイレンのあいだで、すこしばかり、なにか騒々しくざわついたような気がしただけだった――いつもの月曜の朝と同じだ。フランツ自身必死になって、言葉のはしばしや目つきにさえも隠された動揺の徴候《きざし》をすこしでも見つけようとしているくせに、一方ではほかの連中とまったく同じように、文句を言いあい、昨日の日曜のお楽しみを同じように訊ねあい、同じ洒落《しゃれ》をとばし、同じ怒ったような乱暴な手つきで作業服に着かえた。いまかりに誰かが彼の尻尾をつかまえようと、彼に負けない根気のよさで彼の様子を窺っていたとしても、この相手はかならずフランツに欺《だま》されてしまうだろう。およそ何かの気配があろうと露知らず、また一向に知ろうともしないこれらの連中すべてにたいして、フランツは憎しみの一刺しさえ感じた。そもそも、何かが起こったのだろうか。グライナーの話は大部分ただのおしゃべりだった。彼の従兄弟のメッサーが彼をそそのかして、フランツの腹を探らせたのでないならば。いや、いったいあいつはおれに何か感づいたろうか、とフランツは考えた。そもそもあいつは何をしゃべったのだ？　くだらぬおしゃべり、またおしゃべりの連続ではないか。あのコービッシュがワインの取り引きに行って飲んだくれたってことだ。

最後のサイレンの合図で彼の考えは断ちきれた。彼は最近やっと工場に職を得たばかりだったから、作業開始の前にはいまでも非常な緊張を、いやほとんど不安をさえ覚えた。ベルトのブンブン唸《うな》りだす音が彼の髪の毛のつけ根までふるわせた。するともうベルトは明るい本来のシュルシュルという唸りに変わっていた。たちまちフランツは一回、二回、五十回までやってのけて、彼のシャツはじっとりと汗ばんできた。彼はかるく息を吸いこんだ。ふたたび彼の頭は回転しはじめた。彼の手は細心にプレスしているから、前ほど緻密な頭ではないが。たとえ悪魔が雇い主になっても、フランツには几帳面な仕事しかできないだろう。

ここの職工はみんなで二十五人いた。よしんばフランツがこうしてプレスをやりながら、心をゆさぶる何かの徴候《きざし》をどんなに切なく待ち望んでいたとしても、彼の性質からして、自分のプレスに一つでも出来損《できそこ》ないができることは、今日のような日でも、気持ちの悪いことらしい。それは、事故を起こして、怪我のもとになるからばかりではない、今日のような日でさえ、もっぱら型は型として正確なものでなけりゃならないからなのだ。そのあいだも、彼は考えていた、オッペンハイムで、とアントンのやつは言ったが、しかし、あれは、マインツとヴォルムスのあいだにあるちっぽけな町だ。よりによってあんなところで、いったいどんな一大事が起こったんだろう。

アントン・グライナーの従兄弟で、同時にここの職長であるフリッツ（フリードリヒの短縮形）・メッサーが、ちょっと彼のそばに立ち止まってからつぎへ歩いて行った。彼は自分のオートバイを車庫へしまい、SSの制服を戸棚《ロッカー》にしまうと、プレス工のなかの一人になりすましていたのだが、彼がヴァイガントを呼んだとき、声だけはまだ制服のときの調子が混じっていた。あるいはフランツにだけそう感じられたのかもしれない。ヴァイガントは丸太ん棒（原語には〝でくの坊〟の意味もある）という綽名《あだな》のついた、中年の、毛深い小男だった。いまこの男の小さな声が、ベルトの唸るような甲高《かんだか》いかすれ声なのは、好都合だった。丸太ん棒は、あたりの塵埃《ごみ》を吸い上げながら、唇を動かさずに、言った、「おまえ、もう知ってるか、KZ《カーツェット》（ナチの強制収容所の略称）のこと？　ヴェストホーフェンのさ」。上から見おろしていたフランツは、丸太ん棒の清らかに澄んだ瞳のなかに、あの小さな、明るい点のような輝きをみとめた。それこそ彼のおそろしく待ち望んでいたしるしだった。それはあたかも、その人の心の奥底には火が燃えていて、その火の最後の閃《ひらめ》きだけが両眼からほとばしり出ているかのような輝きだった。とうとうやったな、とフランツは思った。丸太ん棒はすでに、隣りの男のところにいた。

　フランツはていねいに金属板をずらして、印された線のところにあてがい、梃子《てこ》を押した、もう一度、もう一度、さらに、もう一度、これでもか、これでもか、と幾度も幾度も。いま、このまま、友達のヘルマンのところへかけつけることができればなあ。とつぜんまた、彼の考えがとぎれた。いや、この情報のうちの何かが、もっと特別彼自身にかかわりがあるのだ。情報のなかに含まれている何ものかが、とりわけ彼の心をかき乱し、強く彼の心に食いこんで、責めさいなむ。なぜなのか、何なのか、彼はまだ知らないというのに。つまり、収容所の反乱だな、と彼はひとりごちた、きっと、すごく大規模な脱走だ。すると彼の心に、彼に特にかかわりのある、ゲオルクのことが思い浮かんだ、ゲオルク……なんだ、馬鹿馬鹿しい、と彼はまたすぐ思った、こんな情報でゲオルクのことを思い出すなんて。ゲオルクはたぶんもうあそこにはいないんだろう。あるいは、ひょっとすると、死んでいるかもしれない。だが、彼自身の声のなかに、遠くから、嘲《あざけ》るように、ゲオルクの声が入り混じって聞こえてくる、ちがうって、フランツ、ヴェストホーフェンで何か事が起こったとすりゃあ、おれは死んじゃいないってことなのさ。

じっさい彼はこの数年間、ゲオルクのことをもう他のすべての囚人たちと同じに考えるようになっていた。人びとが憤りと悲しみをこめて思いおこす、あの幾千のなかのどの一人とも同じように。じっさい彼は、自分とゲオルクとを結びつけていたものが、共通な一つのこと、同じ希望の星の下に過ごした青春という結びつきにほかならず、もはやすでにとうの昔からそれ以外の何ものでもなくなってしまっている、と信じていた。

あのころ彼ら二人がつながれていた、もう一つの、苦しく切ない、深く血肉に食いこんだ絆《きずな》は、もはやない。そんな昔話は忘れられちまってる、と彼は思いこんでいた。ゲオルクは別の人間になってしまった。彼フランツもまた別の人間になってしまったように……。一瞬、彼は隣りの男の顔をちらっと見た。丸太ん棒はこの男にも何か言ったのではないか。それでも、この男は相変わらず平気でプレスを続けて、丹念に一つひとつ仕事を片付けていられるのだろうか。あそこでじっさい何か起こったとすると、とフランツは考えた、ゲオルクはそれに一枚噛んでいるんだ。それからまた彼は考えた、きっと何事も起こりはしなかったんだ、丸太ん棒もただ馬鹿なことを言っただけなんだ。

昼休みに彼が食堂へ入って、ビールを注文したとき(というのは、彼は夕食だけ親戚一家といっしょに温かい食事をし、昼には家からパンとソーセージとバターを貰ってくるからだ。長い失業生活の後で、彼は貯金をして服を一着買おうと思っていた。できれば、ファスナーつきのジャンパーも。しかし、いったいどれだけのあいだ、そんな服を彼が着て歩くことができるというのだ)、カウンターのところで、丸太ん棒が捕まった、という噂が出ていた。一人の男が言った、「昨日のおかげだぜ、あいつ、へべれけに酔っぱらってさ、さんざ言いたい放題しゃべり散らしやがって……」――「いや、そのせいじゃねえって話だ、何か別のことにちがいねえよ……」――「別のことって、何だい？」。フランツは勘定を払って、カウンターによりかかっていた。急にみんながすこし声を忍ばせて話しだしたので、丸太ん棒、丸太ん棒、という声が妙にひそひそと聞こえてきた……。「舌をすべらしたのさ」と誰かがフランツに向かって言った。すぐ隣りで仕事をしているフェリックス。メッサーの友達だ。彼は鋭い眼つきでフランツを見つめた。彼の整った、美貌ともいえる顔には面白がっている表情が浮かんでいた。そのきつい青い眼は若い顔にしては冷たすぎる。「舌をすべらしていったい何をしゃべったのさ？」とフランツは訊いた。フェリックスは肩と眉をすくめてみせた、それはまるで、笑いを抑えている風に見えた。「いますぐでもヘルマンのところに行けたらな」とフランツはまた思った。しかし、日暮れ前にヘルマンと話のできる見こみはなかった。と、いきなり彼は、アントン・グライナーが人を押しわけてカウンターのところへやってくるのを見つけた。アントンはなにか口実を見つけて通行許可証をでっちあげてきたにちがいない、彼はふだんは決してこの建物には、食堂にだって、入ったことがなかったから。なぜあいつはいつもこのおればかり捜してやがるのだろう、とフランツは思った。なぜ奴はいつもこのおれにばかり話したがるのだろう？

アントンは彼の腕を摑まえたが、とたんにまた、その仕草が何か人目につくとでもいうように、すぐに手を離し、ふたたびフェリックスのところへ陣どって、自分のビールをぐっと飲みほした。それからまた彼はフランツのところへ戻ってきた。いい眼つきをしてるな、とフランツは思った。どうもこいつはすこし偏狭なところがあるが、しかし正直者らしい。おれがヘルマンに惹かれるように、こいつはおれに惹かれるんだ……。アントンはフランツを抱えこんで、しゃべりだした、そのときちょうど昼休みが終わって、みんなが席をたち、彼の話にはもってこいの状態になった。「ラインの河上のヴェストトホーフェンで、幾人かずらかったんだ。それも、ごっそりまとまってね、一種の囚人部隊なんだとさ。おれの従兄弟がよく知っているよ。でね、そいつらの大半がまたとっつかまっちまったんだってさ。それが全部だよ」

3

どんなに長いこと、彼はただひとり、あるいはヴァラウといっしょに、あれこれと脱走について思いめぐらしたことだろう、どれだけ微に入《い》り細を穿《うが》って一つひとつ綿密に計量し、新しい生活への力強いスタートに思いをひそめたことだったか、しかも、いざ脱走して最初の数分間、ただもう彼は、荒野へ脱出してそこで生きる、一個の野獣にすぎなかった。血痕と髪の毛がまだ陥穽《おとしあな》にへばりついている。脱走が発見されるや、サイレンの吼《ほ》える音はこの地一帯数キロにわたって鳴りわたり、秋の濃霧に包まれた周辺の小さな村々を目ざめさせた。この霧がすべてのものをぼかしてしまっていた。ふだんならどんな真暗闇でも目がくらむほどに照らしだす強力なサーチライトさえも。それらのライトがいま、朝六時頃の綿のような霧のなかで、その霧にあるかないかの浅黄色をあたえながら、衰えていった。

ゲオルクはますます低く身をかがめた。体の下の地面がずぶずぶとゆるみぬかるむ。この場所から逃げだせないうちに、泥沼が彼を呑みこんでしまうかもしれぬ。血の気がなくなって氷のように冷たいぬるぬるした指に、枯れ藪がひっかかる。彼はぐんぐんと深くのめりこんでいくような気がした。いや、もうすでに呑みこまれてしまったような感じだった。殺されることは確実だったから、その死を免れるためにこそ、逃げてきた彼だったが――疑いなく奴らは、彼とほかの六人をこの数日中にも殺してしまったにちがいない――いまその彼にとって、この泥沼で死んでしまうという現実はいたって簡単で、何の恐怖もないものに思われた。それはあたかも、彼が逃れてきた死とは別の、荒野のなかの死、人の手にかからぬまったく自由な死でもあるかのように。

彼の頭上二メートルの柳の土手を歩哨たちが犬をつれて走って行った。犬も歩哨もサイレンの咆吼《ほうこう》と濡れた濃霧にとりつかれていた。ゲオルクの髪の毛は逆立った、肌の柔毛も総毛だった。すぐそばで誰かが罵るのが聞こえた。誰の声かもはっきりわかる、マンスフェルトだ。してみると、先刻ヴァラウにスコップで頭を打たれたのももう何でもないのだな。ゲオルクは摑まっていた藪から手を離した。彼はさらに奥へ奥へとすべるように進んでいった。ようやく、足がかりになるような突出部へ両足でとりついた。こんなことは、まだヴァラウといっしょにすべてをあらかじめ計画する元気のあった当時でも、知っていたことだ。

とつぜんまた何かがはじまった。いや、何もはじまったわけではない、何かが止《や》んだのだということに、一瞬してやっと気づいた。サイレンが止んだのだ。新しいもの、しんとした静けさ、が生まれたのだ。そのなかで、鋭くきれぎれに響く呼子《よびこ》と命令の声が収容所と外側の廠舎から聞こえてきた。頭上の歩哨たちは犬のあとから柳の土手のとっさきの方へ走って行った。外側の廠舎から柳の土手に向かって、何匹かの犬が走ってくる。にぶい銃声、さらにまた一発、パチッと何かを叩く音、そして、犬のはげしく吠える声がもう一つのにぶい声の上におおいかぶさる。そのにぶい声はすこしもそれにさからわず高まらない。犬では決してないが、人間の声でもない。おそらく、いま犬どもが曳きずっていく人間は、もう何一つ人間らしいものを持ちあわせていないのだろう。たしかにアルベルトだ、とゲオルクは思った。決して夢を見ているのではないけれど、夢を見ているのだと思いこまされるような現実のある段階がある。あいつが捕まったんだ、とゲオルクは、夢のなかのように考えた、あいつが。しかし、もうあと六人だけになってしまったのだとは、とうてい考えられない。

霧は相変わらず煙幕のように濃い。小さな明かりが二つ光った、国道のずっと向こうで——すぐ葦《あし》のうしろかと思えそうなところで。この鋭い光は二点、三点、霧ごしに、平板なサーチライトよりも明るく迫ってくる。だんだん農家の部屋にも明かりがつきだしたのだ、村々が目ざめてきたのだ。やがて小さな灯火の環がぐるっとできた。いや、こんなはずはない、とゲオルクは思った。夢とごっちゃになったかな。彼はもう膝を曲げてひれ伏したくてたまらなくなった。何でこんな捜索に引っかかってしまったのだろう。膝を曲げる、がぶがぶ水を呑む、すべて終わりだ……。まあ、まずおちつけよ、とヴァラウはよく言ったっけ。きっとヴァラウだって決してそう遠くないどこか柳の茂みのなかにうずくまっているはずだ。まあ、まずおちつけよ、ヴァラウがそう言うと——いつでもみんなもうおちついたものだったが。

ゲオルクは茂みの木をぎゅっと摑んだ。そろそろと横に這った。やっと最後の茎から六メートルぐらい離れたかと思うと、いきなり、さっと鋭い、もはや夢ではない考えがひらめいて、急激な不安が襲いかかり、彼をゆさぶった。彼はただ土手の斜面に伏せて、腹を地べたに吸いつけたまま動かなかった。不安はだしぬけにきて、また同じように、だしぬけに去っていった。

彼は切り株のところまで這って行った。サイレンがまたしても吼えだした。それは遠く、ライン河の右岸一帯に響きわたった。ゲオルクは顔を地べたに押しつけた。おちついて、おちついて、とヴァラウが彼の肩ごしに囁《ささや》いた。ゲオルクは喘《あえ》ぐように息をつくと、首をぐるっとまわした。明かりはもうみんな消えていた。霧が薄くなり、透けて見えるようになった、みごとな金糸の織物だ。国道の上をオートバイのライトが三つ、ロケットのように唸ってすぎた。サイレンの音が強まったようだ、それはただくりかえし強まったり弱くなったりしているだけだが、一帯の人びとすべての頭に荒々しく食いこむ。ゲオルクはまた顔を地べたに押しつけた。奴らが頭上の土手をかけ戻ってきたからだ。彼は横眼をつかってちらっと見た。サーチライトはもう、白日の灰色のなかにぼんやりしていた。いま、霧さえすぐに晴れないでくれれば。とつぜんぬっと三人が外土手を這い下りてきた。十メートルとは離れていない。ゲオルクはまたしてもマンスフェルトの声を聞きわけた。イプストのこともわかった。声ではなく、その罵言《ばげん》でわかったのだ。声の方は怒りのあまりすっかり上ずって、まるで女の声だった。三人目のおそろしく近くでした声は——ゲオルクの頭を踏みつけるようだ——マイスナーの声だった。

その声はいつも夜になると廠舎のなかに入ってきて、一人ひとりの名前を呼び、ゲオルクもつい二晩前に呼ばれたばかりだ。いまも、マイスナーが何か言うたびに、その勢いで空気がびりびりと震えた。ゲオルクはかすかにゆらぐ風を感じた。この下の辺だ——まっすぐ前だ——急げ早く。

第二の不安の襲来、人の心臓を叩き潰す拳《こぶし》。いや、いまはただ人間でなくなっていよう、ここへ根を生やすんだ、木立のなかの一本の柳の幹になるんだ、樹皮をつけて、腕のかわりに枝を生やすんだ。マイスナーは斜面の方へ下りて行って、常軌を逸してがなりだした。と、突然彼が口を噤《つぐ》んだ。おれの方を見てるな、とゲオルクは思った。とたんにすっと腹が坐った。もう不安のあとかたもない、これでおしまいだ、みんな、みんな、ご機嫌よう。

マイスナーはもっと下のほかの連中の方へ下りて行った。奴らはいま、土手と道路のあいだの土地を歩きまわっている。ゲオルクはこの瞬間、奴らの思っているよりもずっと近くにいたおかげで、助かったのだ。彼があっさり起きあがって、逃げだしていたら、いまごろはもうあの辺で奴らにとっ捕まっていただろう。つまり彼は、がむしゃらに何の考えもなく、だがどこまでも鉄のように自分の計画を守り通したのだから、妙だ！　幾夜も眠らずに、考え抜いた自分の計画、それがいま、どんな企てもいっさい無駄となっているこのときのために、何という力を発揮することか。まるで、ほかの人が自分のために考えてくれた計画のようにさえ思われてくる。だが、このほかの人というのも、ほかならぬおれなのだ。

サイレンがふたたび止んだ。ゲオルクは横に這って、片足を滑らせた。沼燕《ぬまつばめ》が一羽激しく羽ばたいて飛び立った。あまり驚いて彼は茂みを手から離してしまった。沼燕はさっと葦のなかに飛びこんだので、葦がひどくがさがさっと鳴った。ゲオルクは耳を澄ませた。すべてのものがいま耳を澄ませているにちがいない。なぜ人は一個の人間でなけりゃならないのか、すでにひとりの人間だとすれば、なぜそれがこのおれ、ゲオルクでなけりゃならないのだろう。茂みの木はまたみんな元のように並んだ。誰も来なかった。結局、鳥が一羽、沼のなかを飛びまわっただけで、何でもなかった。それでも、ゲオルクは一歩も動かなかった、膝は痛み、腕は傷だらけだった。すると、とつぜん、茂みのなかに、ヴァラウの、鼻のとがった青白い小さな顔が見えた……。とつぜん茂みはヴァラウの顔、顔、顔、顔だらけになった。

それもすぎさった。どうやら彼はおちついてきた。彼は冷静に考えた、「ヴァラウとフュルグラーべとおれはやり抜く。おれたち三人がベスト・スリーだ。ボイトラーはもう捕まってしまった。ベローニもたぶんやり抜くだろう。アルディンガーは年をとりすぎてる。ペルツァーは弱すぎる」。くるっと背中をまわすと、あたりはもう明るかった。それは霧はあがってしまっていた。金色の爽涼な秋の陽光が土地全体を照らしていた。それはのどかともいえる光景だった。そのとき、ゲオルクは二十メートルばかり離れたところに、二つの大きな、平たい、縁《へり》の白い石を見つけた。戦争前は、この土手は辺鄙《へんぴ》な一農家の車道だったのだ。その家はもうとうの昔に取り壊されたか、焼き払われたかしてしまった。当時、この地帯もおそらくきちんと手入れされていたんだろうが、それもとうに、土手と国道のあいだの数本の近道といっしょに、荒廃してしまった。そのころきっとこんな石もライン河から曳きあげたのだ。石と石のあいだには、まだかたい土が残っていたが、その上にはとうに葦が生えていた。人が腹這いになって通り抜けることのできる一種の窪道ができていた。

最初の灰色の、縁の白い石まで数メートルのところが、ほとんど何の遮蔽物もない、最悪の場所だった。ゲオルクは茂みのなかで歯を食いしばって、まず一方の手を離した。それからもう一つの手。枝がはねかえると、引っ掻くようなかすかな音がし、鳥が一羽飛び立った。たぶん、さっきとまた同じ鳥だ。

それから、葦のなかの二つ目の石のところにうずくまると、彼は何だか、いっぺんに天使の翼で、とてつもなく早く、そこへ着いてしまったような気がした。こんなにがたがた、寒さがこたえさえしなければよかったのだが。

4

この我慢のならない現実は、まもなく目のさめる夢にちがいない、いや、このいっさいの馬鹿騒ぎはけっして悪夢ですらなく、悪夢を思い出しただけのものにすぎないのだ——こういう感情が、報告が届いてからもながいこと、収容所の所長ファーレンベルクの心を支配していた。一見、こうした報告に必要ないっさいの処置を冷静に処理したのは、彼自身のように見えたけれども、しかし実のところそれはファーレンベルクではなかったのだ。どんな怖ろしい夢であろうと、夢ならば処置などする必要はない。誰か別の人間が、彼のために脳味噌をしぼって処置を考え出してくれたのだ、ゆめゆめ起こる気づかいのなかったこのような場合のために。

命令が出て一秒後、サイレンが吼えだしたとき、彼は電話線の長いコード——夢の邪魔物——を注意深くまたいで、窓ぎわに行った。なぜサイレンは吼えているのだ？　窓の外には何も見えなかった。つまり、これこそ現実に存在しない夢現《うつつ》な時間の真の光景なのだ。

この何も見えないのは、それでもやはり何かがあり、つまり濃霧なのだ、という事実は考えてもみない。ファーレンベルクは、事務室から寝室にひいてあるコードの一つにブンゼンがつまずいたおかげで、夢から醒めたのだ。いきなり彼はどなりだした、もちろんブンゼンに対してではなく、ちょうどいま報告を終えたツィリヒに対してだ。しかしそれも、報告によって、保護拘禁者がいっぺんに七人も脱走したことがわかったからではない、ファーレンベルクは夢魔を追いはらうために、どなったのだ。身長一メートル八十五、容貌も体格も目立って美しいブンゼンは、もう一度回れ右し、「失礼しました」と言って、プラグをもとのコンセントにさしこむために、屈《かが》みこんだ。ファーレンベルクには、電線をひいたり電話を敷設したりすることの好きな一種の癖があった。この二つの部屋にはたくさんの電線、交換用の接続機、それからまたよく、修理材料、組立部品などがごろごろしていた。たまたま、先週には、フルダ生まれのディートリヒという、電気技師が本職の囚人が、新しい設備を仕上げるとすぐに放免された。この設備がまた後になって、かなりややこしい、人困らせなものであることがわかった。ブンゼンは、ファーレンベルクがどなるだけどなってしまうまで待っていた、顔つきではそれとわからないが、眼の色を見ればすぐに、彼が相手を面白がっている様子がありありとわかった。それからブンゼンは出て行った。ファーレンベルクとツィリヒだけが残った……

ブンゼンは戸口でタバコに火をつけたが、一服吸っただけで、ぽいと捨ててしまった。彼は夜間の休暇を貰ってあったのだが、それももう半時間前に終わっていて、彼の未来の義兄が自動車でヴィースバーデンから送り届けてくれた。

レンガ造りのがっちりした本部廠舎の建物と、側面にプラタナスが数本植わっている第三廠舎とのあいだには、お互いのあいだで舞踏広場と呼んでいる一種の広場があった。戸外のそこへ出ると、サイレンの音がまっこうから人の頭にきりきり食いこんできた。処置ない霧だな、とブンゼンは思った。

彼の部下たちは整列していた。「ブラウネヴェル！　地図をそこの木に留めてくれ。さあ、こっちへ寄って！　いいか、よく聞け！」。ブンゼンはコンパスの尖《さき》を「ヴェストホーフェン収容所」の赤いマークのところに突っこんで、三つの同心円を描いた。「いま、六時五分だ。五時四十五分が脱走時刻だ。六時二十分までに人間の足では全速力で駆けてもこの地点までだ。だから、いまごろはきっとこの円とこの円のあいだあたりにいる。そこで――ブラウネヴェル！　ボッツェンバッハと上ライヒェンバッハの村のあいだの道路を封鎖しろ。マイリング！　下ライヒェンバッハとカールハイムのあいだを封鎖。猫の子一匹通すな！　相互によく連絡しろ。おれとも。いまのところ、全地域の掃蕩《そうとう》はできない。十五分したら増援部隊が来るはず。――ヴィリヒ！　われわれのいちばん外円はここでラインの右岸に接する。だから、渡船場とリーバッハ草地のあいだの土地を封鎖。この接点を占拠するんだ！　渡船場を占拠するんだぞ！　歩哨をリーバッハ草地におく！」

霧はまだ濃くて、彼の腕時計の夜光文字板が光るほどだった。はやくも彼は、収容所を出発したSS機動隊のオートバイの警笛を聞いた。もうライヒェンバッハの道路は遮断された。彼はぐっと地図の前に近づいた。もうリーバッハ草地には歩哨が立っている。まず最初の数分間になし得ることはすんだ。その間にファーレンベルクは中央へ報告をすませているだろう。いま、あのおやじ「ゼーリゲンシュタットの征服者」の立場はどうにもやりきれないだろうな。それにひきかえおれ自身は――とブンゼンは感じた、おれの方は、まるで何から何まで具合よくぴったりお誂《あつら》えむきだ！　なんてまた運がいいんだろう！　彼のいないうちに椿事《ちんじ》がおきて、しかも彼はそれに参加するのにちょうどよい頃合にほんのちょっと早目に帰ってきた。たえまなくサイレンが吼え続けるあいだに、彼は、おやじの二度目の癇癪《かんしゃく》の発作が鎮まったかどうかと、本部廠舎の方に聞き耳をたてた。

ツィリヒは主人のファーレンベルクと二人きりだった。主人は彼が電話をつなぎかえ

──中央へ直通電話──ているあいだ、それをじっと見つめていた。あのいまいましいフルダ生まれのディートリヒはこんな出来損ないの仕事をしでかした以上、明日はまた拘留されるがいい。こんなまぬけな接続のおかげで、何ていう時間の浪費だ、ツィリヒはひどく白々しい気持ちだった。そのあいだに七個の小さな点はますます遠く、ますます速く、捕えようのない無限のなかへ離れて行ってしまう。寸秒も貴重なときだ。やっとのことで中央が出て、彼は報告をすませた。そこで、ファーレンベルクは同じ報告を十分間に二度聞いたことになる。その顔はまったくとりつく島もないような厳格非情の色を浮かべている。それにしては鼻と顎がすこし短すぎるようだが、これはもう昔から、無理にはたから押しつけられている表情だ。しかし、下顎がずり落ちてしまっている。いまファーレンベルクの心にも浮かぶ神は、この報告が真実で、まさに七人の囚人が彼の収容所から一挙に脱走したのだということを、到底認めては下さるまい。彼はツィリヒをにらみつけていた。ツィリヒは悔いと悲しみと罪の意識に満たされて、重たく暗い眼つきでこれに応《こた》えた。なぜなら、ファーレンベルクは、彼を完全に信頼しきってくれた最初の人だったのだから。上り道には必ず何か邪魔が入るものだということを、ツィリヒは不思議には思わなかった。一九一八年の十一月にもこういう不愉快な衝撃をくらったではないか。新法令の一月まえに、彼の家屋敷は競売処分に付されてしまったではないか。あのころあの自堕落な女がまた彼を見つけて、さんざ彼を玩具にしたあげく、彼を半年のあいだブタ箱入りの身にしてしまったではないか。二年のあいだ、ファーレンベルクは、お互いのあいだで「甘い汁」と呼んでいるここの仕事——特別の囚人たちから成る労役縦隊の編成とその監視兵の選抜で、本当に彼を信頼してくれたのだ。

不意に、ファーレンベルクが昔からの習慣で野営ベッドのわきの椅子に置いておく目ざまし時計が、じりじりと鳴りだした。六時十五分。本当なら、ファーレンベルクはいま起床して、ブンゼンはいま帰営申告をするはずだった。そして、あたりまえの日が、ファーレンベルクのあたりまえの日が、ヴェストホーフェンに対する号令がはじまるはずだったのに。

ファーレンベルクはぎょっとして、下顎をひっこめた。それから彼はとるものもとりあえず服を着こんだ。濡れたブラシで髪の毛をこすり、歯を磨いた。彼はツィリヒのそばへ近よって、その重たげな項《うなじ》を見おろしながら言った、「そいつらを、ただちに、ひっ捕えにゃならん」。ツィリヒは答えた、「は、そうであります。所長殿！」。それから、また彼は言った、「所長殿——」。彼は二、三の提案をしたのである。それは後に、もう誰ひとりツィリヒのことなど思いださなくなったころ、ゲシュタポの手で行なわれたこととだいたい同じものだった。彼の提案はなかなか明敏で鋭い頭の冴えを示していた。

とつぜんツィリヒは話を止め、二人はじっと聞き耳をたてた。表のはるか遠くで、かすかな細い、最初何とも説明のつかない音が聞こえたのだ。しかしその音はサイレンの響きをうち消し、号令と舞踏広場で新たに起こった長靴《ちょうか》の音をかき消してしまった。ツィリヒとファーレンベルクは眼を見あわせた。「窓を」とファーレンベルクが言った。ツィリヒが開けると、霧が室内に流れこんできた、そして、その音も。ファーレンベルクはちょっと耳を傾けてから出て行った。ツィリヒもそれに続いた。ブンゼンはSAをちょうど解散させようとしていた。そこへ一騒ぎもちあがった。最初に捕まった脱走者ボイトラーが舞踏広場の方へ引きずられてきたのだ。

まだ解散していないSAの前を通って、最後の列のあたりを、ボイトラーはひとりで這って進んだ。おそらく足蹴《あしげ》にされたからだろう、膝ではなく、横這いになって。そのせいか、顔を上向けにしていた。いまその顔がブンゼンの下をにじりすぎて行ったとき、ブンゼンはこの顔の表情に気づいた。つまり、その顔は笑っていたのだ。いましも、引ったてられてきたこの男は、上っ張りを血だらけにし、耳まで血に染めてそこに横たわっていたが、しかもその顔には大きな白い歯並びを見せて静かな笑みを浮かべながら、身をくねらせて進んでいるように見えた。

ブンゼンはこの顔から眼をそらして、ファーレンベルクの顔を見た。ファーレンベルクはボイトラーを見おろしていた。彼は唇から歯をむき出しにしていたので、一瞬、まるで互いに笑いあっているように見えた。ブンゼンは所長のことを知っていた。つぎの瞬間に何が起こるか、彼にはわかった。そのとたん、彼自身の若い顔に、つぎに来るものを知ったときいつでも起こる反応があらわれた。まるで生まれながらにドラゴン退治の勇士や武装せる大天使（天使の階級。ミカエル、ガブリエルなど）の画像にも似つかわしいブンゼンの顔は、小鼻をちょっとふくらませ、口角をちょっとぴくつかせて、おそろしく荒《すさ》んだ色をみなぎらせたのだ。

だが、このときには何事も起こらなかった。

収容所の入口から、警部のオーバーカムプとフィッシャーが、本部廠舎の方へ案内されてきた。二人は、ブンゼン、ファーレンベルク、ツィリヒの一団のところに立ち止まって、何事が起こったか見てとると、早口で互いに何か話しあった。それから、オーバーカムプが、はっきり誰に向かって言うともなく、ごく小声で口をきった。だがその声は、怒りのために、そしてまた、怒りを抑える努力のために、おしつぶしたように響いた。「これが引き渡しかね？　おめでとう。さあ、諸君、大至急太鼓でも叩いて専門の医者を何人か掻き集めてくれたまえ、それでこの男の腎臓と睾丸と耳を縫いあわせてもらうんだ、われわれがこの男をまた訊問できるようにね！　まったく賢明な処置というものさ、おめでとう」

5

もう霧はだいぶ高くあがり、どんより垂れこめた曇り空になって、屋根や木立の上に漂っていた。そして太陽は、ヴェストホーフェンのでこぼこな村の路地の上に、まるで埃のカーテンのなかのランプのように、ぼんやりと可愛らしくかかっていた。

霧がすぐに晴れないでさえくれれば、とある人びとは思う。ブドウ摘みのはじまる直前に、太陽があまり照りつけることを恐れるのだ。またほかの人たちは、霧さえ早くあがってくれれば、と思う。太陽がブドウの最後の成熟に拍車をかけてくれることを願うのである。

こうした心配はヴェストホーフェンそれ自体では、あまりする人もいなかった。ここはワイン村ではない、キュウリの村だった。――リーバッハ草地から国道に通ずる道のすこしわきに、フランクの製酢工場があった。小ざっぱりと掘られた幅の広い堀割のうしろには、工場の道まで畑がひろがっていた。ワインビネガーとマスタード、マティアス・フランク息子会社。この看板はヴァラウが彼の頭に刻みつけておいてくれたものだ。

ゲオルクは茂みからぬけだすと、三メートルは覆いもなくむきだしになったまま這って行かねばならなかった。それから堀のなかを、しかも左手の堀を。畑沿いには、隠れ場が少ない。

茂みから頭を出すと、霧は工場のうしろの木立が顔を出すほど、高くにあがっていた。ゲオルクは太陽を背にしていたから、木立がひとりでにぼうっと焔をあげて燃えだしたように見えた。どれだけもう這ったろう。彼の服は泥まみれになっていた。このまま横になって死んでしまえれば、誰にもわからないだろう。ちょっとでも唸ったり、ふらつきさえしなければ、何の気づかいもありはすまい。二、三週間の辛抱だ、そうすれば、残雪の凍ったやつを難なくかぶれる。見ろよ、ヴァラウ、おまえの煩雑《はんざつ》な計画をぶちこわすのは、何て簡単なんだ。ヴァラウのやつ、いまこうしてむきだしの地べたの上に肘《ひじ》をついて、曳きずって行かねばならないこの身体が、どんなに重たいかってことにちっとも気がつかなかったんだからな。まるで泥沼ごといっしょくたに曳きずって行くみたいだ。リーバッハ草地から呼子が聞こえた。すると、驚くほど近くで、呼子を返したので、ゲオルクはあわてて泥のなかへ首を突っこんだ。這うんだ！ とヴァラウが彼に注意した。ヴァラウは戦争も、ルール地方（鉄と石炭に恵まれたドイツ重工業の中心地）や中部ドイツの蜂起（ともに第一次大戦後に左派労働者らが起こした）も、そのほか体験という体験はみんな積んできた男だ。おまえはどこまでも這い続けるんだ、ゲオルク。ただ、あっさり、見つけられたと思いこんじゃいけねえ。大ていの奴は、もう見つかっちまったと思いこんで、馬鹿な真似をするもんだから、それで今度こそほんとに見つかっちまうんだ。

　ゲオルクは堀の端の萎《しお》れた灌木《かんぼく》のあいだから見てみた。すぐ近くに歩哨が立っていた──キュウリ畑の道が国道に接しているところに──びっくりするほど近いので、かえってゲオルクは驚くどころか、むらむらと腹が立った。まったく手が届くほど近い、レンガ塀のところに二本足で突っ立っている。飛びかかってやるわけにもいかず、隠れていなければならないとは、何という苦痛だ。歩哨はゆっくりと道を歩いて、製酢工場のわきをすぎ、リーバッハ草地の方へ行く──その背中に、灰色と褐色の無限のなかに、ぎらぎらと灼けつくような二つの視線。歩哨の奴、おれの心臓でいま水車のようにどくどく鳴ってる音を聞きつけて、くるっと振りむくかもしれん、とゲオルクは思った。だがしかし、その音は、死の不安のなかでさえ、鳥の羽音よりもはるかにはるかに静かなものだ。ゲオルクは堀のなかを這って、どうやら道ばたまで行った。歩哨はまだそこに立っていた。ヴァラウが説明してくれたところでは、あそこの堀は道の下を抜けている。それから先は、堀がはたして、どんなになっているか、ヴァラウも知らなかった。ここで彼の予想は止まっていた。ゲオルクは、はじめていまひとりぼっちになったような気護符《おまもり》。がした。おちつけ――その言葉だけがまだ耳に残っていた。ただの響き、声だけの護符《おまもり》。この堀は、と彼は自分に言いきかせた、工場の下をくぐり抜けて、その排水を受けているんだろう、歩哨が踵《きびす》を返すまで、待っていなければならない。すると、歩哨は水辺に立ち止まって、呼子を吹いた。リーバッハ草地から呼子が応えた。それで、二つの呼子のあいだの距離がわかった、いまこそはっきりゲオルクにはわかった。彼の脳髄ははちきれそうにいっぱい詰まり、全神経は張りつめて、一分一秒のすきもなく、全生命が息を殺して、ぎりぎりに異常なほどに凝集した。やがて、ぷんぷん悪臭を放つ排水のなかに身を隠したとき、不意に彼はぐったりした。この堀をくぐり抜けることはとてもできない。ただ窒息してしまうばかりだ。同時に彼は狂気のような怒りを感じた。おれはどぶ鼠じゃない。ここは彼に通り抜けられる場所ではなかったのだ。しかしそのとき彼の眼の前には、すでにもう黒い汚泥はなく、とうとうと水が流れていた。工場の地所がそれほど大きくないことは幸いだった。おそらく四十メートル幅ぐらいだろう。塀の向こう側に彼が抜け出すと、畑がいくらか国道の方へせりあがって、道が一つ斜めに登っていた。塀と畑道のあいだの角に、塵芥《ごみ》の山が一つあった。ゲオルクはそれ以上行けなかった。彼はうずくまると、いきなり嘔吐した。

そこへ一人の爺さんが畑をこえてやってきた。一本の綱で二つの桶を肩からふりわけにし、工場の番人のところへ兎の餌をとりにきたのだ。この爺さん、ヴェストホーフェンでは、煮《に》〆《しめ》シャッポ（原語は〝シナモン色をした小さな帽子〟の意）と呼ばれている。もう六回もこの爺さん、短い道中でストップをくらった。そのたびに、爺さんとわかって釈放される。ヴェストホーフェン生まれのゴットリープ・ハイドリヒ、通称を煮〆シャッポ。さてはまたＫＺに何か起こったな、と煮〆シャッポは、サイレンの唸っているなかを兎の餌桶をかついでのろくさ畑を歩きながら、考えた。去年の夏、あのあわれな連中の一人がずらかろうとしたが、今度もまたあれかな。あのときはあすこの奴らにぶっ放されてサイレンはすぐ止んだが、今日のサイレンはどうしてなかなか唸るのを止めないな。昔にゃ、ここには、こんな騒ぎは一度だってなかった。人の鼻先に、こともあろうに、ＫＺなんてものをぶったてやがって。そりゃもちろん、この界隈《かいわい》だって、あたりまえなら年中ぴいぴいなものを、いまじゃ、いくらか儲《もう》けもあったろうて。何かしら市場に運んでいるもの。あのあわれな連中に掘り返させた土地を後で小作に出すってのは、ほんとかな。やれやれ、連中がずらかるのも不思議はねえや。それに、小作料だって、リーバッハの向こうよりも安くするって話だな。

　そんなことを考えながらも、煮〆シャッポはもう一度くるりと振りかえった。またおそろしく泥んこの男が一人畑道の塵芥の山のところにうずくまっている。こいつはいったいどうしたわけなのか、気になったからだ。男がやたらに嘔吐《もど》しているのを見ると、爺さんはそれで気がすんだ。それが一つの理由だったから。

だが、ゲオルクの方は煮〆シャッポなどぜんぜん目に入らなかった。彼はさらに進んで行く。ライン河からずっとそれて、エルレンバッハの方へ行こうと思っていたのだが。いま街道を横切るわけにはいかない。そこで彼は決心を変えた、いや、それをしも決心と呼べるものならのこと、いわば一瞬の、動かし難い外的強制である。彼は、肩をすぼめ、頭をたれてのろのろ歩いた。誰何《すいか》され、発砲されるのは覚悟の上だ。彼の爪先は軟らかい土のなかにめりこんだ。急げ、急げ、おまえさん。奴らは叫ぶ、と彼は思った、とたんに、ぶっ放す、猛烈な勢いでがくんと行き、ばったり倒れる。それから彼の頭をかけめぐる考え。奴らはおれの足だけねらうだろう。そして、生かしたまんま、引ったてるだろう。彼は目を閉じた。冷たい爽やかな朝風にまじって、耐えられない悲しみがどっと溢れるのを感じる。彼はよたよた歩きつづけたが、ばったりたちどまった。足もとの畑道に、緑のリボンが一つ落ちている。たったいまそれが天から畑に降ったかのように、彼はじっとそれを見つめた。それを拾いあげた。

そのとき、畑から彼の前にひょっこり一人の子供が現われた、袖つきのエプロンをして、髪をふりわけている。二人は互いにじろじろ見た。子供は彼の顔から手へと視線を移す。彼は子供のお下げをひっぱると、そのリボンを渡した。するとも子供は老婆のところへ走って行った。その子の祖母《ばあ》さんだろう、これもいきなり路上に現われたのだ。「おまえは、お下げに結ぶ紐しかしとらんからな、ふふん」と老婆は言って笑うと、ゲオルクに向かって言った、「毎日、お下げに新しいリボンでも結んでやれたらねえ」――「お下げを切り落としておやんなさいよ」と彼が言った。「どうして、どうして」と老婆は言った。婆さんは彼をじろじろ見はじめた。すると、製酢工場の煮〆シャッポが、まだ彼らのすぐうしろにいて、声をかけた、「おおい、小間物婆さんよ！」。つまり老婆はヴェストホーフェンではみんなにこう呼ばれているのだ。なぜなら、この婆さん、長い一生、年がら年中、役に立とうが立つまいが、人の欲しそうなものは、絆創膏、結び紐、唉きり飴、何であろうと、がらくたいっさいしまいこんでいる女だからだ。すると婆さんは、畑道ごしに煮〆シャッポの方に向かって瘠《や》せこけた腕を振ってみせた。この爺さんとは昔ダンスを踊ったこともあるし、すんでのことで夫婦にもなりかねなかった仲だ。婆さんの歯のない口もと、皺《しわ》のよった可愛い頬のあたりに、年よりたちがふざけるときの馬鹿に威勢のいい血の気が浮かぶ。まるで骸骨の踊りの骨ががらがら鳴るのでも聞くようだ。

だが煮〆シャッポは、見知らぬおそろしく汚れた男が、婆さんや子供といっしょに重い足どりで歩いて行くのを見ると、たぶんあれは工場の人間だろう、どうも腑に落ちなかったが、やれやれこれでやっと安心だわい、と考えた。ゲオルク自身は、二人のあとを追いながら、ほんの数分でも、生きて働いている人たちの仲間入りをした自分を感じた。ところが畑道は、ゲオルクが思っていたように村へだけ通じているのではなく、一本は村へ、一本は街道へと二股に分かれていた。婆さんはお下げのリボンをほかのがくたといっしょくたにスカートのポケットへ突っこんで、べそをかいている子供のお下げを引っぱって行った。「あんた、さっきの騒ぎを聞きましたかいな、ええ！」と彼女はしゃべりだした。「なんて真似をやりやんしたかって。もうおちつきやんしたがね。奴らがそいつを引ったててさ。そいつはにこりともするどころじゃねえ。まあ、まあ！」彼女はくすりと笑って、感に耐えない様子だった。道の分かれ目で、婆さんは立ちどまった。「霧があがりましたよ！　見てごらんよ！」

ゲオルクはあたりを見まわした。ほんとだ、霧はあがって、真青な秋の空がくっきりと晴れわたり輝いていた。「やれやれ」と老婆が言った。飛行機が二機、いや、早くも三機、空の青味からきらりと燦《きら》めいて下りてきたのだ、大地の上、ヴェストホーフェンの人家の上、畑の上、すれすれに低くせまい輪を描きながら。

ゲオルクは孫を連れた老婆にぴったりくっついて、街道の方へ歩いていった。

彼らは街道を十メートル、誰にも逢わずに、歩いていった。婆さんは黙りこんでしまった。彼女はすべてを忘れてしまったように見えた。ゲオルクも子供も太陽も飛行機も。彼女はまだゲオルクなんか生まれなかった昔のことを回想していた。ゲオルクはぴったりくっついている。いっそ、婆さんのスカートにしがみつきたいくらいだ。これは現実ではないのだ。ただ夢のなかで彼は婆さんのスカートにしがみついて、歩いていく。だが婆さんの方は一向そんなことご存じない。夢はたちまち覚めるだろう、ローゲルバーの廠舎でどなりちらす声が聞こえるだろう……

右手に、ガラスのかけらを上にのせた長い塀がはじまった。彼らはその塀に沿って何歩か歩いた、一列にぴったり並んでゲオルクを最後に。と、だしぬけに、警笛もなしで、オートバイがうしろに現われた。老婆はくるっと振りかえったが、地面がゲオルクを呑みこんじまったんじゃないかと思った。オートバイはびゅうっと風を切ってすぎて行った。「やれやれ」と老婆はぼやいたが、そのままひょこひょこ歩き続けた。ゲオルクは婆さんの道からばかりか、彼女の記憶からも消え去っていた。

ゲオルクは塀の向こう側に横たわっていた。両手が塀のガラス片で血まみれになり、左手は親指の下が裂けていた。服も肌がじかに露出するほど裂けていた。

奴らはいま、降りて、彼を捕まえに来るだろうか。たくさん窓のある赤レンガの低い家からさまざまな声が聞こえてきた。多勢の甲高い声と低い声。と、それからまた、急調子な少年たちのコーラス。いったい彼らはどんな言葉を彼の頭に刻みつけようとするのだろう、どんな文句を、彼の瀕死のときに？　反対の方角からオートバイが一台乗りこんできたが、ヴェストホーフェン収容所の方へ去って行った。ゲオルクは安堵を覚えるどころか、いまになってはじめて手の痛みを感じた――いっそ関節の上から嚙みきってしまいたい。

農業学校の赤い建物の左手、狭い側面に、温室が一つある。表玄関と階段は、温室に向きあって、この狭い側面にあった。学校の道側の正面と塀のあいだに、物置が一つある。ゲオルクはこの物置を観察した。これが視界を遮っている。彼はそこへ這いよっていった。物置のなかは静かで暗かった。植物の甘皮の匂いがした。まもなく眼が馴れると、壁にかかっている嵩《かさ》ばった甘皮の束が見わけられた。いろいろと、道具、籠、衣類などがあった。いまはもう頭を働かすなどというのではない、いっさいはただ幸運と呼ばれるものにかかっているのだ。彼はおちついて、冷静になった。ぼろきれを裂いて、歯と右手で、左の手に包帯をした。あれこれと選ぶのに、時間がかかった。ファスナーのついたコール天の厚ぼったい茶色のジャンパーにした。彼はそれを血と汗にまみれた服の上に着こんだ。靴のサイズもたしかめてみた。まったくお誂えむきの上等の奴。ただ、ここから出るわけにいかない。彼は板壁の割れ目からのぞいてみた。窓のうしろに人がいる、温室にも人がいる。誰かが階段を下りてきて、温室へ向かっていった。その男は戸口のところにたたずむと、物置の方に振りむいた。誰かが窓から呼んだ、すると、その男はまた校舎へ入っていった。もう静かになった。窓ガラスに陽が輝いた、階段わきに半分荷造りしたままの機械が一台、その金属の部分がきらりと光る。

ゲオルクはいきなりドアにとびかかって、鍵をぬきとってしまった。彼はひとりで笑った。ドアを背にして、地べたへ腰をおろした。自分の靴を眺めた。二分、三分と、この状態が続いた。外界のすべてが失われ、すべてをあきらめるときの、自己自身への最後の退却。いま奴らがやってきたら、鍬《くわ》でもって打ちかかってやろうか、それとも熊手か？　何が彼を目ざめさせたのか、自分でもわからなかった、とにかく、外部のものではない、おそらく、彼の手の痛みだろう、おそらく、耳に残ったヴァラウの声だろう。彼はまた鍵をさしこんだ。ドアのすきまからのぞいてみた。塀を越えて街道に戻ることはできない。ガラスのかけらを突きさしてある塀の縁と大空とのあいだに、ブドウ畑の山の稜線が黝《かぐろ》くひかれて、ブドウの樹の尖端、薄茶色の房の上につき出ているいちばん上の並びが数えられるほど、空気は透明だ。彼がいま茫然とブドウ畑の山なみに見とれていると、だしぬけに、知らない人の忠告が耳にひびいた。というのも、それがルール地方のヴァラウ自身だったか、それとも上海の苦力《クーリー》だったか、ウィーンの防衛同盟員だったか、ゲオルクにはもうわからなくなってしまっていたのだ。その男は、何か妙なものを肩にひっ担いでいて、それで注意をそらしたおかげで、危険を免れたのだった。そういう荷物は、道を歩いていても、何か目的があるように見えて、担いでいる人間の証明になるものだから。ガラスのかけらをつきさした塀に向けてドアの隙間をあけて、物置に隠れているゲオルクに、この忠告者は思い出させた、かつてすでに彼と同じような奴がこの方法で、ウィーンの家からか、ルール地方の農家からか、それとも閘北《チャペイ》の袋小路からか、とにかく逃げだしたのだということを。この忠告者の顔がはたしてヴァラウの懐しい顔をしていたか、それとも黄色かったか、茶色だったかはもうわからなかったが、その忠告ははっきりわかった、階段わきの機械部品を担ぎ出すんだ、と。とび出さなきゃだめだな、たぶん、うまくはいかんだろう、しかしほかにどうしようというんだ、おまえの状態はたしかにとりわけ絶望的だ、しかし、あのときのおれだって——

そもそも彼の姿を誰かが見たかどうか、あるいは機械工場の従業員だと思ったかもしれないし、あるいはそのジャンパーの持ち主だと思ったかもしれないが、彼はまず温室と階段のあいだを抜け、庭の門をくぐって、学校の畑に面した側の道へ出た。包帯にくるんだ左手の痛みが猛烈に強く、数分間、すべての怖ろしささえ紛れ忘れるほどだった。

ゲオルクは、街道と並行して二、三軒の家のわきを走っている道を、さっさと歩いた。それらの家はみな一帯の畑を見おろしていて、いちばん上の窓からは、おそらくライン河まで見えるだろう。飛行機は相変わらず爆音をあげ、空の靄はすっかり青く晴れわたっていた。もうじきお昼だろう。ゲオルクは舌がひりひりした、こちこちに乾いてごわごわした服が、皮膚とジャンパーのあいだで彼を痛めつけた。どうにもならぬ、やりきれないのどの渇きだった。彼の左肩の上で、機械部品が軽くおどっていた。それには、一枚の商標がぶら下がっている。彼が荷物をおろして一息つこうと思ったちょうどそのとき、邪魔が入った。

おそらく街道から、二台のオートバイのパトロール隊のうちの一台が、二軒の家のあいだにいる彼の姿を見つけたのだ。肩に荷を担ぎ、静かな真昼の空を前にして畑をとこと歩いている、一人の怪しからざる人物の輪郭。一台が彼の行く手にふさがった。なにも特に怪しんでというわけではなく、誰にでもストップをかけるのだ。ゲオルクが商標を見せて身柄を証明すると、すぐに相手も、通れ、と合図した。たぶん、この調子なら、ゲオルクは無事にオッペンハイムまで道中を続けられただろう、そして、もっと遠くまでも――物置から彼を救いだしてくれたあの助力者も、そう言って彼に助言した。ゲオルク自身もたしかに、もっと遠くまで、もっと遠くまで行け、と、切々と呼びかけてくる低い声を聞いた。だが、歩哨の呼び声が彼の心臓に食いこんだ。とつぜん彼は機械部品を曳きずって、街道からできるだけ遠く、ライン河に面した畑のなかへ、ブーヘナウ村の方角へと向かった。心臓が不安のために早鐘のようにときめけばときめくほど、畑道から彼に助言する声はますます低くかすかになって、ついにはまったく、荒々しい心臓の鼓動とブーヘナウの正午の鐘の音にかき消されてしまった。明るい、切ない音色、死刑執行を報ずる鐘の音。いま彼の入っていく村の上を、どんよりした空がおおっている。彼はいちはやくそれに気づく、罠《わな》だ。ぐっと眼をみはって彼を見つめる二人の歩哨、彼はそれをパスする。二人の視線を背中に感じる。村の路地にさしかかったとたん、背後に呼子が聞こえる、鮮かな呼子の音、それが彼の心魂に徹する。

村はとつぜん混乱におちいる。隅から隅まで、呼子また呼子。「みんな家のなかへ入れ!」という命令の声。大きな門がつぎつぎと軋《きし》みながら閉まる。ゲオルクは機械部品を下におろす。彼は最寄りの家の門をこっそりくぐって、庭の薪置場《まき》のうしろに滑りこむ。村は包囲された。お昼すこしすぎだった。

フランツはちょうどグリースハイムの食堂へ入ってきていた。彼はちょうど、丸太ん棒が捕まったという話を聞いたところだった。そしていま、アントンが彼の手首を引っつかまえて、知ってるだけのことをしゃべっている。

この瞬間に、羊飼いのエルンストはマンゴルト家の台所の窓を叩いていた。ゾフィーが開けて、にっと笑った。彼女はまるまるとして頑丈だが、手首や足首がきれいだった。魔法瓶が壊れてるんで、彼のジャガイモのスープをゾフィーに温めてほしいというのだ。それじゃ、うちでいっしょに食べてけばいいわ、とゾフィーは言った。ネリが番をしてられるでしょ。

うちのネリはね、とエルンストが言った、犬じゃあなくって、天使さ。しかし、おれにも、まあ、良心はあるよ、それだけの賃金は貰ってるんだものね。「ゾフィー」とエルンストは言った、「ジャガイモスープの熱いところを野良へもってきておくれよ、ゾフィー、だけど、そんなにでっかい目しておれを見るんじゃねえや。おまえのその可愛い金ぴかのお目々で見つめられちゃ、おれ、ぞっこん参っちまうぜ」

彼は畑をこえて自分の荷車のところへ行った。彼は陽あたりのいい場所を探して、そこに地域の新聞紙をひろげ、その上にマントを敷いた。そして、どっかとあぐらをかいて、待っている。彼はゾフィーの方を目を細くして見た。まるでリンゴだな、と彼は思った。あのまるいところ、ぽっちゃりしたところ、それに、きれいな、きれいな脚がついてさ。

ゾフィーは彼のスープを持ってきた。薄く切った梨を添えたジャガイモ団子も分けてくれた。二人はシュミートハイムでいっしょに学校へ通ったことがある。彼女は彼と並んで坐った。「おかしくって」と彼女が言った。「何がさ？」――「あんたが羊飼いだってことがよ」――

「このあいだもそんなこと言われたっけ、下でさ」とエルンストが言った。ヘヒストのことを言っているのだ。「だって、あんたはがっちりした若い衆じゃないの、だから、もともと何かほかの仕事があってもよさそうなもんだわ」。エルンストは顔つきと声音をまったく信じられないほど早変わりさせた。労働局のマイヤーになったり、あるときは労働戦線（ナチの組織した労働団体）のゲルストルになったり、そうかと思うとシュミートハイムのクラウス村長になったり、彼自身になったりするというあんばい。だが、エルンスト彼自身になったのはほんのちょっとの間だった。「どうして、いまの職場をもっと年よりの国民同胞（ナチ政権下で用いられていた語）に任さんのかね、だとさ」――「そこでおれは言ってやったよ」とエルンストは、たて続けにスプーン二、三杯スープを飲んでから、続けた。「羊飼いはヴィリギス（ローマの詩人ヴェルギリウスの名をまちがえて使っている）の時代から代々おれのうちの家業なんだ、ってね」――「なあに、ヴィリ、なんだって？」とゾフィーが訊きかえした。「下の奴らもやっぱりそう言って訊きやがった」とエルンストは言いながら、梨の薄切り添えのジャガイモ団子を平らげてしまった。「おまえたちはあのころみんな、学校で先生の言うことをよく聞いてなかったんだよ。それから奴らはまた訊いたもんだ、他の連中はみんな世帯もちだのに、おれだけどうして女房さ貰わねえんだ、ってね。跡継ぎができるから、それでますますあくせく稼いでいるんだとさ」――「それであんた、いったいなんて言ったの」とゾフィーがすこしせきこんで訊ねた。「あっはっは」とエルンストは無邪気に笑って言った、「おれは言ったさ、いや、もう始めてるよ、ってね」――「なんですって」とゾフィーは緊張して言った。「だって、おれはもう許婚者《いいなずけ》があるもの」とエルンストは伏目になって言ったが、ゾフィーがすこし蒼くなり、力を落としたのを見逃しはしなかった。「おれは、ボッツェンバッハのマリーヒェン・ヴィーレンツと婚約したんだ」――「まあ」とゾフィーは首垂《うなだ》れながら言うと、膝の上のスカートをなおした。「でもそのひとまだ、学校へ行ってるんでしょ、ボッツェンバッハのマリーヒェン・ヴィーレンツは」――「かまわないよ」とエルンストは言った、「おれはおれの嫁さんがだんだん大人になるのが見たいんだよ。そりゃあ、話せば長くなるけどね、いつかまた話すよ」。ゾフィーは一本の藁《わら》をぽきりぽきりといじくりまわしていたが、それを平たくして、歯のあいだに通した。彼女はいくらか悲しそうに自嘲めいてひとりごちた、「恋愛、婚約、結婚ね……」。そして、彼女をからかったエルンストは、彼女の心の動揺も、彼女の手の小刻みな震えも、何一つ見逃しはしなかった。彼は二つの皿を舐めてしまうと、重ねあわせて、言った。「ありがとうよ、ゾフィー。おまえが何でもジャガイモ団子みたいに上手にできりゃあ、男は誰もおまえのこと、からかいやしないよ。まあ、いいから、よく見ろよ、おれの顔をよく見たけりゃ。そうやって、おまえが可愛い二つの眼でおれのことを穴のあくほど見つめると、おれだって、少なくともそのマリーヒェンは永遠に忘れちまいそうになるぜ」

ゾフィーが皿をがちゃがちゃいわせながら立ち去って行くうしろ姿を見送ると、それから彼は「ネリ！」と呼んだ。小犬は彼の胸もとにとびついてきて、それから前足をエルンストの膝にのせ、じいっと彼を見つめた。無限の忠誠を誓う黒い小さな赤ちゃんみたいだ。エルンストは自分の顔を犬の鼻先にすりよせ、もう可愛くてたまらないという風に、ネリの頭を両手にはさんでこすりあわせた。「ネリ、おまえにもわかるか、おれがいちばん好きなのは誰だか。おまえだって知ってるだろ、ネリ、世界中で、おれの知り合い全部のなかで、女という女全部のなかで、おれのいちばん好きなひとはなんていう名前か、なあ、そのひとの名はネリっていうんだぞ」

その間に、ダレ（リヒァルト・ヴァルター・ダレ。ナチの農業理論の支柱者。「血と土」という標語を広めた）農業学校の用務員はお昼の鐘を鳴らした——正十二時十五分である。園芸見習いの少年フリッツ・ヘルヴィヒはまずもって、自分のコール天のジャンパーの財布から二十ペニヒの金を出そうと思って、物置のなかへ駆けこんだ。彼は冬季救済宝くじ（ナチス時代「飢餓と寒気に対する闘争」として特に行なわれた冬季救済事業の一つ）を二枚分、ある生徒に借りていたのだ。この学校は主として近在の村々の農家の子弟のために、一年中授業を行なっていた。しかし、学校には実験農場もあって、そこでは生徒が作業するばかりでなく、何人かの園丁や見習いも、普通の契約で仕事をしていた。

　金髪で目玉のくりくりした、のっぽの少年のヘルヴィヒ見習いは、まずびっくり仰天、それからかんかんに腹を立て、ついで真っ赤に興奮しながら、物置のなかを隅から隅まで、ジャンパーはないかと捜しまわった。このジャンパーはつい先週、初めて彼女ができたので、早速買ったばかりなのだ。それも、あるコンクールでちょいとした賞金を貰わなかったら、まだまだ買えはしなかったろう。彼は、もう昼食をはじめている仲間たちを呼びよせた。ぴかぴかに磨き上げた木のテーブルのある明るい食堂はいつも華やかに、その月の草花、みずみずしい青葉で飾りたてられ、壁にかかったヒトラーやダレや風景画の額にも青葉が縁《ふち》どってあった。ヘルヴィヒは最初、仲間たちが自分を一杯食わしたのだろう、と思った。つまり、みんなが彼をからかったのだ、買ったジャンパーは少しだぶだぶだったし、みんな彼の彼女のことを妬《や》いてるからだ。ヘルヴィヒの顔つきとちょうど同じように子供っぽい表情と男らしい表情をごっちゃまぜに浮かべた、みんな開けっ放しな元気のよい顔をした少年たちは、早速彼をなだめて、捜すのを手伝った。そのうちにまもなく、叫び声があがった、「こりゃ、何のしみだ?」。するとまた一人が叫んだ、「おれのは裏地が裂かれてあらあ!」——「ここに誰かが入ったんだ」とみんなが言った、「ヘルヴィヒ、おまえのジャンパーは盗まれたんだよ」。ヘルヴィヒはベソをかいて、歯を食いしばった。そこへ、監視員も食堂からやってきた。腕白坊主ども、こんなところで何を騒いでるんだ? ヘルヴィヒは憤慨のあまり蒼くなって、ジャンパーを盗まれた、と物語った。監視係の先生と用務員が呼ばれた。戸口はすっかり開け放された。そこで、衣類に付着しているしみ、裏が裂いてあって、点々と血痕のいっぱいはねている古ジャンパーが見届けられた。

畜生、おれのジャンパーも、せめて裏地だけ裂かれたんだったらなあ! ヘルヴィヒの顔には、もう男らしい表情はどこへやら、怒りと悲嘆で、すっかり子供っぽい顔になってしまった。「そいつを見つけたら、叩っ殺してやる!」と彼は宣言した。そのときミュラーの靴がなくなったこともわかったが、そんなことはさらに彼の心を慰めはしなかった。あいつは金持ちの農家の一人息子だから、すぐにまた新しいのが買える。だが、彼にとってそれは、またもう一度、さんざ節約に節約をくりかえすことなのだ。

「ヘルヴィヒ、まあ、おちつきなさい」と、そのとき、校長が自ら口をきった、用務員が早速とんで行って、家族の昼食の食卓から校長を迎えてきたのだ。「気をおちつけて、君のジャンパーのことをできるだけ正確に申し立てるのだ。ここにおいでのこの警察の方が、正確にお話しさえすれば、すぐまた取り戻して下さるよ」。ヘルヴィヒが口述を終えて、「なかのファスナーも」という言葉のところで思わずごっくり唾《つば》をのみこんだとき、その警察の見知らぬ小男が、「ポケットには何があったかね」とばかに親しげに訊いた。ヘルヴィヒは考えこんだ。「財布が一つ」と彼は言った、「一マルクと二十ペニヒ入ってました、それから、ハンカチにナイフ――」もう一度全文が彼の前で読みあげられ、署名をさせられた。「ジャンパーはどこへ貰いに行くのですか」――「ここにいても大丈夫わかるよ、ヘルヴィヒ」と校長は言った。

それは、なるほど、少年ヘルヴィヒにとっては何の慰めにもならなかったが、しかしいずれにせよ、彼のジャンパー泥棒がただのあたりまえの泥棒ではないという事態が明らかになった。話はいささか変わってきたのだ。用務員は先刻、物置のなかを見るが早いか、すぐにぴんときた。そこでとるものもとりあえず、校長のところにとんで行って、警察に電話しましょうかと訊いたのだった。

ヘルヴィヒがひき下がってくると――続いてミュラーが靴のことを申し立てる番だっ

た――学校と塀のあいだ一帯は全部もう通行止になっていた。ゲオルクが塀をとび越えて、植え込みの果樹垣をぶちこわした箇所は、もう標識《マーク》がつけられていた。歩哨が塀と物置の前に立っていた。そして、先生と園丁と生徒たちが通行止の前でひしめきあっていた。昼休みは延長しないわけにいかなくなった。大鍋のベーコン入りエンドウスープに白い薄皮が浮いてしまった。

中年の園丁が一人、あからさまにこの騒ぎをよそに、通行止から数メートルはなれた道路工事のところで働いていた。彼はヘルヴィヒ少年とは同じ土地の者だった。そしてヘルヴィヒは――怒りで蒼ざめたその顔はそのあいだに紅潮して、熱心にもったいぶってみんなの質問攻めに答えていたが――さらにその老園丁のわきに立ち止まった、たぶん、この爺さんがちっとも質問をしないからだろう。「おれのジャンパーは取りかえしてみせるとも」とヘルヴィヒは言った。「そうかね」と園丁が言った。「どんなジャンパーだったかちゃんと正確に言わなきゃならなかったんだからね」――「それでおまえはちゃんと正確に言ってきたんかね」と園丁のギュルチャーは仕事から眼をはなさずに訊いた。「もちろんさ、なんていったって、そうしなきゃいけなかったんだもの」と少年が言った。小使が二度目の昼の鐘を鳴らした。食堂が改めてざわつきだした。リーバッハとブーヘナウではヒトラー・ユーゲント（ナチの青少年組織。加入義務化は一九三九年以降）が捜索に参加を許されたそうだ、そんな噂もここでは早くも伝わっていた。ヘルヴィヒ少年はやたらに根掘り葉掘り質問を受けた。しかしもう彼も黙りがち。彼は新たな、よりいっそうひそやかな悲しみの発作と戦っているようにみえた。そのうちにも、ふと彼は、ジャンパーのなかにブーヘナウの体育会の会員証もしまってあったことを思い出した。遅ればせでも追加報告すべきだろうか？

泥棒は会員証をどうするだろう？　あっさりマッチで燃やしちまうかもしれない。しかし、脱走者にどこでマッチが手にはいるだろう。奴はあっさり破いて、どこかの便所に投げこんじまうかもしれない。しかし、いったい脱走者がそんな簡単にどこかへ入れるだろうか。はは、あんな紙っきれ、どこの地面のなかへだって、あっさり突っこんじまえるじゃないか、と少年は妙に安心して考えた。それから彼は回り道して、もう一度老園丁のわきを通りすぎた。彼はこの同村の男を大して尊敬も軽蔑もしていなかった。もうちゃんと前から年中いて、たかだか、そのうちに何かで死んじまうだろう年よりたちを若いものが扱うのと同じように。彼はいまも、何ということなしにギュルチャー爺さんのうしろで立ち止まった。爺さんは道路工事のところで玉ねぎの植えかえをやっている。少年ヘルヴィヒはヒトラー・ユーゲントでも園芸農園でも評判がよくて、どこでもまったくとんとん拍子の道を歩んできた。彼は元気で誠実で役に立つ少年だった。あのヴェストホーフェンの収容所におしこめられてる男たちは気の狂ったやつが精神病院に入れられてるみたいなものなのだ、と彼はかたく思いこんでいた。

「ねえ、ギュルチャー」と彼は言った。「なんだね」――「ジャンパーに会員証も入れといたんだよ」――「へえ、それで?」――「あとからでもそいつを報告しなきゃいけねえだろうか」――「おまえは全部報告したんだろ、いや、しなきゃいけなかったんだろ」と園丁は言った。

彼はいまはじめて、少年の方をふり仰ぎながら言った。「心配するなよ、ジャンパーはまた戻ってくるさ」――「そうか、そう思うかい」と少年は言った。「大丈夫さ、今日か明日にも、奴は捕まるにきまってるよ。いったい、そりゃいくらしたんだね」――「十八マルクだよ」――「そいつは、はあ、大したもんだ」とギュルチャーはまたしても少年の悲しみを新たにするように言った。「それじゃあずい分永持ちするだろうよ。おまえ、いまに娘っ子といっしょに歩くとき、そいつを着るんだろ。そしてな、その男も男は」と彼は向こうをひょいと指して、暗にほのめかした。「男はその頃には、もうとっくに死んじまってるだろうよ」。少年は額に皺をよせた。「へえ、それで?」といきなり彼はあらっぽく横柄な口をきいた。「いや、何でもないよ」とギュルチャー爺さんは言った、「何でもない、何でもない」――「爺さんはどうしておれの顔をもういっぺん見つめたんだろうな」と少年ヘルヴィヒは思った。

6

ゲオルクが薪置場のうしろに隠れた庭には、物干し綱がたてよこ十文字に張り渡してあった。家から二人の女が出てきた、一人は老婆で、一人は洗濯籠をもった中年の女。老婆はがっしりした頑固ものに見えた。若い方は疲れたような顔をして、前屈みに歩いた。「おれたちがいっしょのままだったらなあ、ヴァラウ」とゲオルクは思った――新たな、いちだんと激しい騒ぎが村はずれから路地の方へ向かってきた――「おまえはおれをいま、じっと見つめていてくれたろうになあ――」

二人の女は洗濯物に触ってみた。老婆が言った、「それはまだ濡れてるね、アイロンをかけるのはお待ち」。年下の方が言った、「これくらいがアイロンにちょうどいいのよ」。彼女は洗濯物を籠に入れはじめた。老婆が言った、「これはひどく濡れすぎてるよ」。若い方が言った、「アイロンにちょうどいいわ」――「濡れすぎてる」と老婆が言う。若い方は言う、「だれもみな、人はそれぞれね、お婆さんは乾いたのにアイロンかけるのが好き、あたしは濡れてるのにかけるのが好きよ」。とぶような迅《はや》さで、あっという間に、物干し綱は空《から》になった。おもての村は一騒動だ！　年下の方の女が叫んだ、「そら、耳を澄まして！」――「やれやれ」と老婆が言った。「しいっ、ほら、耳を澄まして！」と年下のが叫んだ、その甲高な響きは割れるように鋭かった。老婆が言った、「わたしゃまだ耳は遠くないよ。まあ、籠をこっちへおよこし」

そのとたん、ＳＡの男がひとり、建物から庭に出てきた。中年女が言った、「おまえさん、いったいいまたどこから急にやってきたんだい、長靴に拍車という恰好でさ。まさか、ワインを飲んでじゃあるまいね」

「いったい、おまえたち女ども二人は、気でも狂ったのか」とその男がどなった、「いまといういま、洗濯物だなんて！　恥ずかしいと思えよ。ヴェストホーフェンの奴がひとり、この村に隠れてるんだ。洗いざらい捜し出さなきゃならない」。中年女が叫んだ、「まあま、いつでも何かあるんだね。きのうはやれ収穫祝いだ、おとといは百四十四連隊だ、やれ、今日は脱走したのを捕まえる、とくる、そんなら明日は知事さんのお通りだからというのかね。へん、それでビート畑はどうするんだい？　へん、それでワインは？　へん、それで洗濯物は？」――「黙れ」と男は言いながら、のっしのっしと歩きだして、「どうして門を閉めないんだ？」。彼は前庭を通っていく。門の扉が一方だけ開いている。門を完全に閉めるには、もう一つの扉を元へもどして、それから、両方いっしょにうまく合わせなければならない。やっている男に老婆が手伝った。

「ヴァラウ、ヴァラウ」とゲオルクは思った――

「アンナや」と老婆が言った、「閂《かんぬき》をかけとくれ」。さらに彼女はつけ加えた、「去年のいまごろなら、あたしもまだやれたんだけどね」

年下の方がぶつぶついう、「私ならここにいるじゃありませんか」。彼女は身体をつっぱって、閂を閉める。

そのとたん、村の騒ぎの方から、また特別の騒ぎが新たに起こった。ばたばたと急調子な長靴の走る音、それから、いま閉めたばかりの門をどんどん叩く。年下の方の女が閂をひき戻すと、数人の少年団員（ドイツ少年団。十～十四歳男子のナチの組織。シャツの制服で活動）がかけこんできて、どなった。「なかを捜させて下さい、緊急警備について、われわれは捜索中なんです。村のなかにひとり隠れたんです。さあッ！　入れて下さい！」

「お待ちよ、お待ち、お待ちってば」と年下の方の女が言った。「ここはおまえたちの家じゃないよ。さあ、フリッツ、おまえ台所に行きな、スープができてるよ」――

「みんなを入れさせてくれるんだろうね、母さん。そうしなきゃだめだぜ、おれはうちのなかを案内してまわるからね」

「どこを連れてまわるってのさ、誰のうちをだい？」と女が叫んだ。老婆はその腕をびっくりするほど力いっぱい摑まえる。そして少年団員どもはフリッツを先頭につぎつぎと洗濯籠を飛び越えていく、そして早くも彼らの呼子が聞こえだす、台所から、家畜小屋から、居間から。がちゃん、ともう何かの壊れる音もした。

「アンナや」と老婆が言った、「なあ、何事もそう恨まんでおくれや。あたしを見ならっておくれ。世の中にゃ、変えられることもあるけんど、変えられないこともあるんじゃ。そういうことは辛抱がかんじんよ。アンナや、まあ、聞いとくれ！　アンナや、あたしゃよう知っとる、おまえはうちの倅《せがれ》たちのなかでもいちばん性悪を、あのアルプレヒトを、亭主にしちまった。あいつの最初の女房も同じ穴のむじなさ。ここはいつでも豚小屋同然だったよ。それをおまえはちゃんと一軒の農家にしておくれだった。その上、昔は気が向きゃブドウ山へ日雇いに行くばかりで、一年の大半はぶらついていたアルプレヒトが、いっぺんにいろんなことを覚えてさ。それに、せんの女房の、あの自堕落な女の子供たちを、おまえはまるでもう一度新しく産みなおしたみたいに、がらっと変えちまうしさ。ただね、おまえには、癇癪玉をおさえることがちっともできねえだ。ところがいまは、ここが辛抱してもらわなきゃならねえところなんだよ。ちょっと我慢してくれりゃあ、すぐともう、過ぎちまうさ」

年下の女はいくらか気を鎮めて、返事をした。その声には、本当にどんなに辛苦を重ねても、もちろん、尊敬はされるにせよ、決して幸福は与えられることのない自分の生活に対する悲しみが溢れていた。「ええ、でもね、我慢してたらあんなことになったもんだから」。厚かましく鋭く呼子が鳴っている家と、門の向こうの騒ぎをさして、彼女は言った、――「あれが私の邪魔をしたんだもの、お義母《かあ》さん。それで、あたしが血の汗流して真人間《まにんげん》にしあげてやった子供たちは、またもとの木阿弥《もくあみ》、いけ図々しいごろつきになっちまった。もともとそうなんだけど。それにアルプレヒトはアルプレヒトで、あっさりまたあんなろくでなしに逆戻りさ、あああ！」

彼女は出っ張っている棒切れを足で薪置場へ押し戻した。彼女はちょっと耳をそばだてて、それから両の耳を塞いでしまい、長嘆息して言った、「何だってよりによってその男はこのブーヘナウに隠れなきゃならないんだろ。これじゃあもう、あたしはおしまいだよ。この泥棒野郎め。狂犬みたいに、月曜日の朝っぱらから、こんな堅気の村のなかへ飛びこんできてさ。もし逃げなけりゃならないんなら、沼地にでも隠れたらよさそうなもんだ。いったいぜんたい、あたしたちまでみんな巻きぞえにしなきゃ気がすまないのかね。水っぺりにゃ、隠れるのにいい柳の茂みがしこたまあるじゃないか」

「籠をおとりよ」と老婆が言った。「洗濯物はびしょ濡れ。食事のあとにでも、暇がなかったのかね」――「一つ一つ皆、お義母さんのいう通りにしたんですよ。あたしは濡れているうちにアイロンをかけるんですよ」

その瞬間、人の声とはとても思えないわめき声が、門のうしろの路上でおこった。だがそれは、動物の声でもない。この世にいるとも思われなかった何かの生きものが、いきなり現われたにちがいない——ゲオルクの眼は、この吠えたける声を聞くと、急にらんらんと光りだした。唇が開いて歯が出てくる。顎がふくらむ、まるでいま彼自身が仲間といっしょになって吠え出さずにはいられない何かを身の内に隠しているかのように。だが、同時に彼の心の奥深く、澄んで、はっきりと、傷つけられぬ消しがたい声が高まってくる。そして、彼は知った。そのとおりに生きてきたわけではなかったけれども、これまで彼が常に大胆に、おちついて、生きることを願ってきたのと同じように、いまはここですぐに死ぬ覚悟ができたことを。

二人の女は籠をおろした。そして、黒い網細工のような皺が、彼女たちの蒼ざめた、内側は明るい顔に、現われた。年下の女は網目が太くあらく、老婆の方は細くこまかく。家から少年たちが飛びだしてきて、庭をかけぬけて、道の方へすっとんで行った。するとまたしても外から門をどんどん叩いている。老婆ははっとわれにかえったように、大きな門に手をかけた。おそらく一生で最後のことだろう、それでどうにか、自分の力で門をはずした。少年団員ども、農家の爺さん婆さん、ＳＡ隊員などの一群がどっと折り重なって庭へ転げこんできて、口々に叫ぶ。「母さん、母さん！　アルヴィンさん！　母さん、アンナ、アルヴィンさん、おれたちは奴を捕まえたよ。ちょっと見てみてよ、ちょっと、隣りのヴルム家んとこの、犬小屋に奴は入りこんでいたんだ。それでな、マックスはカールと畑にいたんだ。眼鏡かけてたんだよ、その野郎は、それがもうなくっちまったんだ！　そんな眼鏡、奴はもう要《い》らねえんだ。アルガイアーのとこの自動車で奴は連れて行かれるよ。隣りのヴルム家んとこだよ、惜しいねえ、ちょっと見てごらんよ、母さん、ちょっと見て！」

　年下の方の女も茫然自失の状態からさめた。見てはならないものを、一目見ようとひきこまれていく人間の顔つきで、彼女は門の方へ歩いて行く。爪先でのび上がってみる。道ばたのアルガイアーの自動車のまわりに、人びとがひしめきあっている。その連中を彼女は一目、ちらっと見た。すると彼女はくるりと身を翻《ひるがえ》し、十字を切って、家のなかにかけこんだ。老婆が頭をふらつかせながら、急に老《ふ》けこんでしまったように、そのあとへ続く。洗濯籠があとに残った。庭はもうがらんとして、静まりかえった。

「眼鏡をしてたって！」とゲオルクは思った、「それじゃ、ペルツァーだ。あいつ、どうしてここへきたんだろう？」

　一時間後に、フリッツは外の庭塀のところで、包装した機械部品を発見した。母親と祖母と近所の者が二、三人そこへやってきて、びっくりした。彼らは送り状の札を見て、その機械部品はオッペンハイムから来たもので、ダレ農業学校に納めるのだろう、ということになった。そこで、アルヴィンの息子たちの一人はまた二度目のエンジンをかけねばならなかった。自動車では学校まで、むろんほんの数分である。学校ではいろいろとその息子に質問した、もうまた畑に出てしまった兄のアルヴィンが脱走者の引き渡しについてどんな話をしていたかを。

「奴はさんざん殴られたかい」とフリッツが足踏みをしながら、眼をきらきらさせて訊いた。「さんざんだって?」とアルヴィンは言った、「そんなこと言う奴は、あべこべに殴られるぜ。その野郎があすこであんまり大切に扱われてるんで、おれはほんとにびっくりしたんだ」

その野郎、つまりペルツァーはアルガイアーの車からさえ助けおろしてもらった。殴る、蹴るの目にあうことにおじけづいて、彼の身体は気が抜けたようにぐにゃりとなっていたから、肩の下から抱かれて、そっと注意深く運びこまれたのだ。彼は眼鏡がないので、この慎重な扱いがどんな種類のものなのか、人びとの顔から見てとることができなかった。いっさいは煙のように霞んでいた。すべてが絶望だったから、底知れぬ疲労が彼を圧倒した。彼は本部廠舎には連れて行かれず、オーバーカムプのしつらえた部屋へ連れこまれた。「お坐んなさい、ペルツァー」と警部のフィッシャーが、いたって穏やかに言った。病気の患部、懺悔、自白、そうした何かしらを相手からひき出さねばならぬ職務の人間に特有な眼つきと声音。

オーバーカムプはわきの自分の椅子に縮《ちぢ》かんで坐って、煙草をふかしていた。見たところ彼は同僚のフィッシャーにペルツァーを任してしまっていた。「ちょっとした遠足でしたな」とフィッシャーが言った。彼は上体のかすかに慄えはじめたペルツァーをじろじろと眺めた。それから手許の書類に目を通した、「ペルツァー、名はオイゲン、一八九八年ハーナウに生まれる。この通りかね」――「はい」とペルツァーは小さく言った、脱走以来はじめての言葉だ。「しかし、こういう愚かな真似をあんたがしでかすなんて、ペルツァー、よりによってあんたが、よりによって、またゲオルク・ハイスラーなんかに煽動されて。ええ、いいかね。ペルツァー、あのフュルグラーベがスコップを叩きつけてから、いまでちょうど六時間と五十五分だ、ええ、おい、いったいおまえたちはいつからこんなことをたくらんでたんだ?」――ペルツァーは黙っていた。「そんなことが絞首台行きの考えだってことを、あんたはいったい、すぐにも気がつかなかったのかね。他の連中をどうしてとめようとしなかったんだ?」ペルツァーは小声で答えた、一言一言がこたえたからだ。「わたしはまったく何にも知りませんでした」――

「えっ、なんだって」とフィッシャーは、相変わらず手加減をみせて小声で言った、「フュルグラーベが合図する、そして、あんたは走る。そう、あんたはどうして走り出したのかね」。ペルツァーは言った、「みんなが走ったんです」――「まさにその通り。それでも、あんたは秘密をあかされていたんではないと言うのかね。ええ、ペルツァー君――「はい、知りませんでした」とペルツァーは答えた。「ペルツァー、ペルツァー！」よ」とフィッシャーが続けた。ペルツァーは、死んだように疲れて眠っている人間の耳もとで、目ざましがなりたてるような感じがして、聞きながそうとした。フィッシャーは言った、「フュルグラーベが第一の歩哨を叩いたとき、第二の歩哨はあんたのところに立っていた。その瞬間、申し合わせたように、あんたは第二の歩哨に体当たりをしかけた」――「いいえ、ちがいます」とペルツァーが叫んだ。「ええっ？」とフィッシャー。「わたしは体当たりなんかしませんでした」――「いや、失礼、ペルツァー。あんたのところにですな、ペルツァー。重要なことですが、あんたのところにですよ、第二の歩哨が立っていて、そこへ彼らが、あんたでなく、つまり、ハイスラーと、それから――それから例の――ええと――ヴァラウですか、それとが、ちょうどあんたのところに立っていた第二の歩哨に向かって、申し合わせたように飛びかかった」――「ちがいます」とペルツァーが言った。「なに、ちがうって？」――「それを申し合わせていた、ということがです」――「何を申し合わせていたって?」――「歩哨がわたしのところに立ったということで。歩哨が来たのはですね、それはなぜかというと、それは――」彼は思い出そうと努めたが、もう彼は鉛のような重荷に耐えかねた。「ま、楽に椅子にもたれて下さいよ」とフィッシャーが言った。「つまり、何も申し合わせたことはないと、何の仲間入りもしておらぬ、ただ、やたらに走っただけだというんだな。フユルグラーベが打ちかかると同時に、ヴァラウとハイスラーが第二の歩哨に体当たりした、その兵隊はただ偶然にあんたのそばに立ってたにすぎない、というんだな。ペルツァー! その通りかね?」――「はい」とペルツァーはおもむろに言った。すると、フィッシャーは一段と声をはりあげた、「オーバーカムプ!」オーバーカムプは、まるで職務の階位があべこべみたいに立ち上がった。この部屋にまだ第三者がいたなどとは夢にも知らなかったペルツァーは、びっくりして縮みあがった。彼は思わず耳をそばだてた。「すぐにゲオルク・ハイスラーを対決させるために連れて来よう」。オーバーカムプは電話の受話器をとった。「そうですか」と彼はちょっと電話で話をしてから、フィッシャーに向かって言った、「まだ完全には訊問可能とは言えないそうだ」。フィッシャーが言った、「可能かそれとも不可能か、どっちかだよ。その、まだ完全とは言えない、というのはどういうことかね」。するとオーバーカムプはペルツァーのそばへ寄って、フィッシャーよりも鋭い調子で、しかし親しみは失わずに口をきった。「ペルツァー、いまはおちついていてくれなきゃ困る。ハイスラーはこの事件を、まさにちがった風に説明しているんだ。どうか、気をしっかり持って、ペルツァー、よくまとめてみて下さいよ、あんたの記憶とあんたの理性の最後の残りを、ね」

7

ゲオルクは野外の灰味がかった青空の下で、とある畑の畝間《うねま》のなかに横たわっていた。百メートルばかり離れたところをオッペンハイムに通ずる街道が走っていた。もうじっとしていてはいけない。晩方には町中に入るのだ。町、それは隠れ場と迷路のある洞窟だ。彼の最初からの計画。夜までにフランクフルトへ行き、すぐにレーニのところへ出かける。いったんレーニのところへ行きさえすれば、それから先は簡単のように思えた。生と死の境の鉄道旅行一時間半、それに打ち勝たねばならぬ。いままでは万事すらすらといったではないか。驚くほどすらすらと、計画通りに。ただ三時間ほど予定より遅れた。空はまだ青いけれど、河からはもう靄が畑にあがってきた。午後の陽が照ってはいても、もうじき街道の車はライトをつけるだろう。

抑えがたい心の願いがむくむくと首を擡《もた》げて、それはあらゆる恐怖よりも、餓えやのどの渇きよりも強く、とうからぼろに血のにじみ出ている手の、ずきんずきんと絶え間のないいまいましい痛みよりも強い。じっとこのまま横になっていれば、もういやでも夜がくる。いまでさえ霧がかぶさってきている。おまえの顔の上のこの織物のうしろでは、太陽がもう蒼ざめている。夜のうちは、ここにいたって見つかるまい。休むがいいのだ。

彼はヴァラウの忠告を求めようとした。ヴァラウの勧告には懐疑がない。死にたければ、じっとしてるがいい。ジャンパーからぼろきれを裂けよ。新しい包帯をつくるんだ。町中へ入れ。それ以外はすべて無意味だ。

彼はくるっと俯伏せになった。からからに干からびたぼろきれを手からとると、とたんに涙が頬をつたって流れおちた。親指をつくづく眺めると、なんだかまた胸が悪くなってきた。どす黒くこわばった小さな塊。歯でもって新しく結び目をつくると、彼は寝返りを打った。明日は誰か、この手をちゃんと手当てしてくれる人が見つかるにちがいない。とつぜん彼は、来るべき明日という日に、いっさいの期待をかけた、まるで時間がひとりでに流れて運んで行ってくれるかのように。

靄が畑に濃くなればなるほど、イヌサフランの青さも色濃く染まった。ゲオルクはいまはじめてそれを見た。夜にならぬうちにフランクフルトまで行かなくとも、たぶんレーニに知らせてやることはできるだろう。ジャンパーのなかに見つけた金を、それに使ったら？　脱走してからというもの、彼はレーニのことを考えていなかった、せいぜい、何かの道標と同じぐらいにしか、あの最初の灰色の石ぐらいにしか、思い浮かべなかった。何という力をむだにしたことか、夢みるために、何という高価な眠りをむだにしたことだろう！　彼が逮捕されるちょうど二十一日前に、彼の人生の行く手に幸福をなげかけたあの少女のために。だが、おれはもう彼女の姿を思い浮かべることができない、と彼は思った。ヴァラウの姿はよくわかる、ほかのみんなも。ヴァラウがいちばんはっきり見えるにしても、ほかの連中だって、ぼんやりしか見えないのは、いま、霧でぼやけちゃってるからなんだ。今日もまた一日が終わって、歩哨の一人がぴったり並んで歩きながら、彼に話しかける、「なあ、ハイスラー、おれたちはいつまでこんな真似をしてるんだろうなあ」。そう言いながら歩哨は妙にずるそうな眼つきで彼を見つめる。ゲオルクは黙っている。はじめて脱走を考えたときの思いと、自分はもう駄目だという認識とがまざりあい、こんがらかる。

街道を最初のライトがいくつか走ってきた。ゲオルクは畝間から這い上がった。おれは貴様たちになんか絶対に捕まりゃせんぞと決意した。その勢いで彼は一台のビール運搬車に跳び乗った。すると、痛さでくらくらっとめまいがした。跳んだはずみに痛い方の手で摑んだからだ。彼には瞬時のように感じられたが、じっさいは十五分後に、オッペンハイムのとある路地の一軒の農家にすべりこんだ。運転手はいまになってやっと、お客さんがひとり乗っていたのに気がついた。「さっさと降りろ!」と彼がぼやいた。ゲオルクは跳び降りるなり、よろよろっとよろけた。その危なっかしい足どりに、何を思ったか、運転手はまたくるっと振りかえって「おまえ、マインツに行くんだろうが」と訊いた。「そうだよ」とゲオルクが言った。「ちょっと、待ちな」と運転手は言った。ゲオルクは痛む方の手をジャンパーに突っこんでいた。彼はいままで運転手のうしろ姿しか見なかった。そしていまもまだ顔を見ない。運転手が壁に向かって納入伝票に何か書いていたからだ。それから運転手は門道から中庭をこえて行った。

ゲオルクは待っていた。門前の道路はいくらか上りになっていた。ここにはまだ霧が出ていなかった。夏の日が暮れていくかのように見えて、舗道の上の光は柔らかだった。向かい側に食料品店、それと並んで洗濯屋、その向こうに肉屋があった。店の戸の鈴がちりんちりん鳴った。包みをかかえた二人の女、ソーセージの小さいのをかじっている少年。日常の生活の力と輝き。かつての彼はそれをどんなに軽蔑していたことか。ここで待っているかわりに、なかへ入って行って、肉屋の職人になり、食料品店の使い走りになり、あるいはこれらの家のどれかの客になりたい。彼はヴェストホーフェンにいたときは、通りというものを別のように想像していた。どの人の顔、どの舗石にも汚辱のあとが見える、人びとの足どりにも声音にも、子供たちの遊びにさえ、悲しみのかげがある、と信じていたのだ。ここの通りはまったく静かで、人びとはみな満足気に見えた。「ハンネス！　フリードリヒ！」と一人の老婆が洗濯屋の上の窓から、婚約者と散歩しているらしい二人のＳＡの青年を呼んだ、「上っておいで、コーヒーをあげるよ」。マイスナーやディーターリング（ＫＺ内のＳＡたち）も、やっぱりこうして休暇中には婚約者と散歩して歩いているのだろうか。四人はちょっと囁きあったあげく、「はーい」と返事をすると、どかどか家のなかへ入って行った。女は善良そうな満足の微笑を浮かべながら窓を閉めた。いま、可愛い若いお客さんたちを迎えたのだから、きっと親戚なんだろう。すると、ゲオルクの胸に、これまで一度も知らなかった悲しみがどっと溢れてきた。彼はきっと涙を流しただろう。あの、どんな悲しい夢のなかでも人の心に囁きかける、すべてはじきに消え去るのだという文句が彼をなだめてくれなかったならば。だが、それは消え去りはしない、と、ゲオルクは思った。運転手が戻ってきた。まるまるした顔に小鳥のような黒眼の光った、ずんぐりの男だった。

「乗れよ！」と彼は簡単に言った。

町に着くまえにもう夜になった。運転手は霧を罵った。「おまえ、マインツでどうする気だい」といきなり彼が訊いた。「病院に行くんだよ」とゲオルクは言った。「どこのだい」――「おれのかかりつけのさ」――「おまえはクロロフォルムを嗅ぐのが好きらしいな」と運転手が言った。「馬二十頭で曳っぱったって、おれは病院は真っ平よ。この二月にゃ凍った道路で――」二人はあやうくつぎつぎに停車した二台の車にぶつかりそうになった。運転手はブレーキをかけて、どなった。前の二台の車はちょうどSSパトロールから発車の許可をもらっているところだった。パトロールはビール運搬車の方へやってきた。運転手は書類を出してみせた。「で、そこにいるあんたは？」という声がした。「事の運びは万事まずくはなかったんだが」とゲオルクは思った、「おれはとうとう二度とも失敗したわけだな。残念ながら前もって練習できないことだからな」。彼は、あのとつぜん家が包囲されて初めて逮捕されたときと、まさに同じ気持ちだった――あらゆる感情、あらゆる思想を大急ぎで整理し、いっさいのがらくたを電光石火で片付け、この上なく綺麗さっぱりと別れる、そしてとうとう――

この男は茶色のコール天のジャンパーを着ている、それに疑いはない。歩哨は自分の報告書類を比べてみた。ヴォルムスとマインツのあいだで三時間のうちにあんまりコール天ジャンパーがあげられたんで驚いたよ、とフィッシャー警部は、さっきベルガーがビロードジャンパーの男を一人引き渡したとき、言っていたっけ。この手の服はこの辺の住民には妙に人気があって好かれるらしいな。衣類の記述を除いては、手配書は三十四年十二月のヴェストホーフェンでの書類からとってあった。しかし、ジャンパーのほかは、と歩哨は考えた、この男はこの書類とは一つも符合していない。本物はおれと同年輩の血色のよい大胆な顔つきの元気な若者だが、こいつはおれの親父ぐらいの見当だ、それにここにいる男は馬鹿に平べったい仏頂面で、でっかい鼻とそりかえった口をしている。「ハイル・ヒトラー！」彼はよしという風に合図した。

二人は黙りこくって八十キロのスピードで二、三分走った。と、いきなりビール運搬車の運転手は、だだっ広いがらんとした道でまたブレーキをかけた。「降りろ」と彼は命令した。ゲオルクはなにか答えようとした。「降りろよ！」と運転手はおどすようにくりかえした。ゲオルクがまだためらっていたので、彼の肥えた顔はみるみる歪んだ。彼はゲオルクを力ずくでも引きずりおろそうと身構えた。ゲオルクは飛び降りた。彼はまたしても手をかすって、かすかにうめいた。彼がよろよろと歩き出すうちに、ビール運搬車のライトは唸りをたてて走りすぎ、またたくまに霧のなかへ呑まれてしまった。霧はこのいましがた、数分のあいだに下りてきていた。あまり間をおかずに、また車が何台か彼のわきを唸ってすぎた。彼はもうどれにも声をかけようとはしなかった。まだ何時間ぐらい歩かねばならないのか、何時間ぐらいもう歩いたか、彼にはわからなかった。自分がいったいオッペンハイムとマインツのあいだのどの辺にいるのか、はっきり知りたいと彼は思った——窓々の明るい小さな村を彼は通っていた。村の名を聞く勇気もなかった。ときどき、通りすぎる人びとや窓からのりだしている人たちの視線が彼の顔をじろじろ眺めるので、彼は手で顔を拭いた。彼はいったいどういう靴を盗んできたのだろう、彼自身はもうこれ以上歩く望みも意志も失っているのに、靴はどこまでも彼を運んでいくのである。そのとき彼はかなりすぐ耳もとに、鳴り続ける鐘の音を聞いた。鉄道線路がとある小さな空地の前で終わっていて、それはどうやら村の広場であるらしかった。彼はもう電車の終点の人群れのなかに立ちまじっていた。彼は持ち金から三十ペニヒ出して払った。電車ははじめのうちはまるで空《す》いていたが、工場のそばの三つ目の駅から満員になった。ゲオルクは伏し目になって腰かけていた。彼は誰にも目をくれず、ただこの多勢の人たちの熱気と圧迫に身を任せていた、そのうちに彼はおちついて、楽になった。しかし、誰かが彼にぶつかったり、ちらっと視線を投げたりすると、そのたびに彼はひやりとした。

彼はアウグスティン通りという駅で下車せねばならなかった。彼は線路にそって、町のなかへなかへと入って行った。急に彼は意識をとり戻した。この手さえなかったら、気軽になれるのだがな。そんな気分にさせたものは、街路であり群衆であり、そもそも都会そのものだった。都会は人間を決して一人にはしておかない、一見、しておくように見えるけれども。この何千という家の戸口のどれか一つは、それを見つけさえすれば、彼の方に開かれるだろう。彼はパン屋でブレートヒェン（丸い小型の白パン）を二つ買った。彼のまわりで老若の女たちのべちゃくちゃしゃべる声、パンの値段のこと、その質のこと、それをぱくつく子供のこと、亭主のこと――まったくこれはいつの時代も絶えなかったのだろうか？　ゲオルク、おまえが馬鹿げたおしゃべりと思っているものはな、と彼は自分に言いきかせた、それは決してやまなかったし、これから先もやむことはないだろうよ。彼は歩きながらパンを食べた。ヘルヴィヒのジャンパーからパンの粉をいくらかはたいて落とした。彼は門ごしに、泉のある中庭を見つけた。そこで男の子が鎖でぶらさがったコップを利用して水を飲んでいるのを見かけるなり、彼も入って行って、がぶがぶ飲んだ。それからさらに歩いていくと、とてつもなく大きな広場（マインツ大聖堂の前の広場）に出た。そこには灯火《あかり》がついて人びとがいたけれども、ぼんやりと靄がかかって人気《ひとけ》のないように見えた。彼は大悦びで腰をおろすところだったが、しかしあえてそうしなかった。そのうちに鐘が鳴りだした、彼の疲れてよりかかっていた塀が震えるほど、その音は近くて強かった。すると目の前の広場は人がまばらになった。ライン河はさほど遠くないのだろうか、と彼は思った。一人の子供に訊いてみると、その子はすかさず、いやにはきはき返事をした、「あんた、今日のうちにも身投げでもしたいの?」。彼はやっとそれで気がついたが、この少女はもう子供ではなくて、ただ身体つきが華奢《きゃしゃ》なだけ、そのほかは図々しくもの欲しげだった。彼がライン河へいっしょに行こうと言うだろうと思って、ぐずぐずしている。ところが彼女の思惑《おもわく》はすっかり裏目にでた。彼がたえず思い悩んでいた考えにはっきり決着がついたのだ。いや、もう大橋の一つを渡って対岸へ行くのはよして、この町で夜を過ごすことにしよう。いまごろきっと橋のたもとは十重二十重に監視されてるにちがいない。困難な事の方が賢明な事なのだ。左岸を離れるまい。対岸へさらに下って行くには、また別の機会を工夫しよう。自分の町へは直接行かないで、ずっとまわり道して行こう。ぼんやりと彼は少女のうしろ姿を見送った。彼女のせかせかと不規則な歩きぶりが、どこか彼の恋人を思い出させたのか、それともどんな娘を見ても彼女を思い出すのか。一瞬ともいえぬほんの束の間、レーニの面影を彼はとらえることができた。もちろん、ただ立ち去っていくときのうしろ姿だけで、いまのこの少女とちょうど同じように、あの頃の彼女もやっぱり、もう一度肩をすくめてみせるのだった。そのあいだに、鐘は止んでいた。そして、彼のよりかかっていた塀も、まるで新たに化石になったかのように、震動を止めたので、とつぜんしんとした広場の静けさが、その鐘の音がどんなに強く大きかったかを、ふたたび彼に意識させた。いや、それどころか彼は、その場を離れて、塔の方をふり仰ぎさえした。尖塔のうちのいちばん頂上のところまで見届けないうちに、眼がくらんでしまった。近くのむっくりした二つの塔の上には、さらにもう一つの塔が、胸苦しくなるほど何の苦もなく、大胆に、軽々と、黄昏《たそがれ》の秋空に聳《そび》えていたからだ。だがそのとき彼はふと、これほど大きな建物に椅子がないはずはあるまい、と思った。彼は入口を探してみた。戸口がある。門はない。彼は本当になかへ入りこめたので、われながら驚いた。彼は手近なベンチのいちばん端に腰をおろした。ここで休める、と彼は思った。それからはじめてまわりを見まわした。広い青天井の下でさえ、これほど自分が小さいと思ったことはなかった。あっちこっちに、自分と同じように小さくみえる女の姿が三つ四つ、そして、自分と最寄りの柱とのあいだの距離、幾本かの柱それぞれのあいだの距離がわかり、自分の席からは上も前も果てが見えず、ただ空間また空間の連続しか見えないのに気がつくと、彼はいささか驚いた。そしておそらく、すべてのうちでもっとも驚くべきことは、彼が一瞬、われを忘れたことだった。

ところがそこへ、しっかり足を踏みしめながら——馴れた場所でもあり、職業柄することなのだが——一人の堂守が入ってきて、たちどころにその驚きを終わらせた。堂守は柱のあいだを小走りにやってきて、大声で、いかにも不機嫌そうに、「大聖堂《ドーム》のご閉鎖です」と知らせた。そして、祈禱から離れられないでいる女たちに向かって、主もまた明日お出ましになりまする、と慰めるというよりは教え諭す調子で言った。ゲオルクはびっくりして飛び上がった。女たちは堂守のわきを通り、手近の戸口をくぐって、そろそろと出て行った。ゲオルクは自分のくぐってきた戸口のところに戻った。だが、そこの戸口はもう閉まっていた。彼は急いで会堂中央の身廊を斜めに横切って女たちのあとから出て行こうとした。そのとき彼の頭にひらめくものがあった。彼は前へ進み出るかわりに、大きな洗礼台のうしろへ屈みこむと、堂守の閉めるに任せてしまった。

羊飼いのエルンストは羊どもを追いこんだ。彼は犬に向かって口笛を吹く。まだこの高いところには夜が来ない。丘と木立の上で、空はようやく浅黄色になる、女たちがあまり長いこと簞笥《たんす》のなかにしまいこみすぎた麻布のように。霧はべったりと濃く平らになって谷間を這っている。まるで平野が大小の光の群れをともなって高くせりあがって、シュミートハイム村は斜面にではなく、その平野の末端にある、とでも思えるほどだ。その霧からへヒストのサイレンと鉄道列車が叫びをあげる。工場の交代時間だ。村々、町々で、女たちは夕餉《ゆうげ》の仕度だ。もう自転車の第一群が、下の幹線道路でベルを鳴らしている。エルンストは道路の側溝のところまで上っていく。

彼は片足を前に出す。腕を胸に組んで、下を見おろす。そこは飲食店の葡萄亭のわきで道が上りになるところだ。彼の口もとに、尊大ぶった嘲りの微笑がうごめく。それは神と世界に向けられた微笑のようだ。日暮れのたびに、彼はおかしくって仕方がないのだ、みんながこの下のところで降りて、自転車を押さねばならないことが。

十分後には第一群が彼のわきを汗みずくになって、土気色の顔で、ふうふういいながら通りすぎる。「おーい、ハンネス！」――「おーい、エルンスト！　ハイル・ヒトラー！」――「ハイル・ヒトラー！　おーい、パウル！」

「おーい、フランツ！」――「やあ、エルンスト、おれは急いでいるんだ」とフランツは言った。彼は自転車を押して、けさ愉快そうに飛びはねて走った道の凸凹をこえた。エルンストは振りかえって、彼の姿を見送った。いったいあいつ何の用事があるんだ、とエルンストは思った、女の子に決まってるぜ。フランツという男がどうして何となく気に食わないのか、それでいっぺんにわかった。なんであいつには女の子が必要なんだろう、と彼は考えた。男に女が必要なら、おれにこそまさに必要なんだ。エルンストはマンゴルト家の台所の窓を叩いた。

フランツはすぐにマルネ家の台所へ入った。「ただいま！」――「おかえり、フランツ」と伯母がもぐもぐ言った。スープがもうよそってあった。ソーセージつきのジャガイモスープだ。男たちにはどれもソーセージが二つずつ、女たちには一つずつ、子供たちには半分ずつ。男たちというのは、老マルネ、長男のマルネ、娘の夫とフランツ。女たちは、マルネ夫人と娘のアウグステ。子供たちは、ハンスちゃんとグスターフちゃん。女子供たちには牛乳が、大人たちにはビールがあった。それに、スープでは簡単なので、パンとサラミソーセージ。マルネ夫人は戦争中に、一家に必要なものはほとんどすべて、どんな統制や禁令のなかでも、自分のところで乳をしぼったり、豚をつぶしたりして作ることを覚えたのである。

皿やコップ、身なり顔つき、壁の絵や口に出る言葉のはしばしにも、このマルネ一家が金持ちでも貧乏人でもなく、都会風でも田舎式でもなく、信心深くもなければさりとて無信仰でもないことがわかる。「あの子はすぐは休暇が貰えなかったね、何でも自分の勝手にはいかないさね」とマルネ夫人は、下のマインツの百四十四連隊に入った末息子のことを言った、「あの腕白にはいい薬だよ」。食卓のものはみな、フランツにいたるまで、それに賛成した、末息子はたっぷりしごかれるべきだ、そもそも、こういう若い者がみんなまたもう一度絶対服従を学ぶのはありがたい話だ、というわけだった。

「ところで今日は月曜日ね」。フランツが皿を空にするが早いか立ち上がったとき、マルネ夫人が彼に言った。一家は、フランツにも、残りのリンゴをきれいにもいでしまう手伝いを望んでいた。

フランツが出かけてしまってからも、一同はまだぶつぶつ言っていた。しかし、大して彼には文句も言えなかった。いつでも役に立つ働き者だったし、ブライルスハイムのヘルマンとしょっちゅう指しているチェスだけは別として、すべて真面目一方だったから。「あの人にちゃんとした女の人でもあればねえ」とアウグステが言った、「そうすれば、あんな風じゃないだろうけど」

フランツは自転車にまたがると、今度は野道を逆のブライルスハイム方向へ下りて行った。そこは以前は一つの村だったのが、いまでは新しい住宅団地のおかげでグリースハイムとくっついてしまっていた。ヘルマンは鉄道工場の労働者で優先権があったものだから、再婚以来この住宅団地に住んでいた。だいたい彼は、この春にマルネ家のごく若い従妹であるエルゼ・マルネと二度目の結婚をしたとき、急にいろいろな特典だの、貸付金の当たり籤《くじ》だのと、多くのことで特権を得たのだった。彼の妻はシュロースボルナー家、つまりマルネ家の分家の出で、このことがタウヌス地方における彼女の位置と、またたくさんの村々に分散したマルネ家一門一統のなかでの彼女の位置を表わしていた。ヘルマンも仲間といろいろ新しい結婚生活の快適な楽しみを物語るときなど、こう言うのだった、「うん、おれたちのマルネ伯母さん、本家のマルネ伯母さんはケーキ用の銀の食器も一揃いくれるだろうよ。あの女《ひと》はつまりエルゼの名付け親なんだ。あそこじゃ命名日のたんびに銀のスプーンをくれたからな」――「おまえのエルゼにゃきっと年中、本家のマルネ家のご馳走の方がありがたかったんだろうさ」と友人たちは言った。「なにかおめでたいときの贈り物は、いつでもそんな風なんだ」とヘルマンが言った、「そんなわけでエルゼは、取り入れだの洗濯だの豚をしめるだのっていうと、行って手伝わにゃならない、なにしろあの一家の人間だからな」。しかし、エルゼ自身はただわが家の食器や真新しい家具調度を悦んでいただけだった。彼女は十八、まるぽちゃの顔で、可愛い濡れた眼をしている。おれがこの子を貰ったのは正しかったろうか、とヘルマンは自問した。彼女はほんとにまだ可愛いねんねだからな、しかし、おれはもう数年来ひとりもので、とくにこの三年というものはどうにもやりきれないでいたんだから。

いまエルゼは台所で唄を歌っている。その声はとくに声量があるわけでもなく、とくにきれいなわけでもなかったけれど、ただむやみに歌っているものだから、小川のように溢れでて、あるときは悲しげにあるときは楽しげに、その時の気分次第だった。

ヘルマンはふっとかすかな罪の意識を感じて額に皺をよせた。彼らはチェス盤を挟んで向かい合っていた。二人は考えてもみずに三手ずつ指した。いつもこうやっておいてから始めるのだった。フランツは話をきりだした。彼はもう一日中この時間が待ち遠しくてならなかったので、いまほっとして、ついに一部始終をいくらかどもりがちに話しはじめたのだ。ヘルマンが時どきそのあいだに短い質問をさしはさんだ。いや、彼ももう薄々その話を聞いていたのだ。とにかくすべての用意は固めておかねばならない。これには、何かがあるかもしれない。誰か助けてやらねばならない者が現われたのだ。ヘルマンは自分が聞いたことをフランツにさえ黙っていた。あの、とてもいい男で、以前は彼もよく知っていた、かつての地区の指導者ヴァラウがヴェストホーフェン収容所から脱走したということを。それどころか彼は、ヴァラウの細君がその脱走に手を貸しているという話さえ聞いていた。このことが彼をひどく不安にした。というのは、それが事実だとすれば、そんな噂が立ってはならないからだ。しかし、フランツがまた訊ねた当のゲオルクのことは、ヴァラウのこととは違って、彼もぜんぜん聞いていなかった。

「よく考えなきゃいけないな」と彼は言った、「脱走が成功するということは、つねに何かなんだ」

8

この秋の夜、いつまでも目をさまして、そのなかにもしあいつがいたらどうしたらいいだろう、と考えているのは、たしかにフランツひとりではなかった。収容所からの脱走者のなかに、自分の考えている男が含まれているかもしれぬ、と頭を悩ましていたのは、疑いなく彼ひとりではなかったろう。フランツは自分の部屋のベッドのなかで寝返りを打つばかりで、ちっとも眠れなかった。食費をいくらかここで払うようになってから、この部屋を彼はあてがわれているのである。昨夜は大急ぎで壁に二、三段棚を取りつけた。リンゴの収穫がありあまって困ったからなのだ。

リンゴの匂いで彼はふらふらになって、もう一度起きあがると、窓から首を出した。火曜日に市場へまたみんな持って行ってくれるので助かる。もうちっとも食べたいとは思わない、腹はもういっぱいだったけれども、彼はまた一つリンゴをとって、せっかちにがりがりかじると、芯を庭へ投げた。昼間はパンジーやケイランサスの上に美しく青い光を投げている棒の上のまるいガラスの笠がいまはすっかり銀色の微光を放っていて、まるで月が天から庭に転がり落ちてきたようだ。土地が上りになっているので、空はマルネ家の高い垣根のすぐうしろから始まっていた。夜空に星がきらきら輝いて、平和なのどかな様子だった。

フランツはほっと吐息をついた。彼はまた横になった。「どうしてあいつがちょうどそのなかにいるわけがあろう」と彼は何度も何度もくりかえし考えた。「あいつか、でなければ別の奴だ――」とも思った。フランツにとって、彼の考えているゲオルクというのは昔の友達のゲオルクだった。いや、あいつはもともとおれの友達だったろうか。「たしかに、おれの親友、無二の親友でさえあった」と彼は不意に思った。この考えが完全に彼の心をかき乱した。

ゲオルクと知り合ったのはいつだったろう。一九二七年にフィヒテ休暇村でだ。いや、ちがう、もっとずっと前だ。学校を出てからまもなく、もうエッシェンハイムのサッカー場で出会っていた。彼フランツはサッカーが下手だったから、誰にもちやほやされなかった。それだけにまた彼は、ゲオルクのようにサッカーのことしか考えない若者を馬鹿にしてからかった。「おい、ゲオルク、おまえの肩の上にくっついてるのは頭じゃなくてボールだろ」。ゲオルクは眼を細くとんがらかした。もちろんその翌日の午後、ゲオルクに、わざと土手っ腹へボールを蹴りつけられた。それっきりフランツはサッカー場から遠ざかってしまった。それは幾たびとなくその後も彼をひきつけたけれども、やはりどうも彼の腕をふるう場所ではなかったようだ。後にもたびたび、エッシェンハイム・チームのゴール・キーパーになった夢さえ見たのだが。

四年後に彼はゲオルクと、ある講習会で再会した。それはフランツ自身がフィヒテ休暇村のために開いた講習だった。ゲオルクの話では、安く柔術が教えてもらえるのにひかれてフィヒテへやって来たのだということだった。講習会には退屈しのぎに参加している、と言っていた。彼は、このフランツ先生が昔のフランツで、とつぜんここへ先生になって現われたあのサッカー場のしょんぼりしたフランツだなどとは、夢にも知らないでいた。またしてもゲオルクの眼は点々と憎悪の星を輝かせて嶮《けわ》しくなった、まるでそそぐべき汚名と恥辱でもあるかのように。彼はフランツの講習会に水を差してやろうと決心したらしかった。だが、彼の邪魔だてがすこしも効果をあらわさず、むしろすべて反対にあうばかりだとわかると、三度目にはもう出てこなかった。フランツはたえず彼を観察していた。彼の美しい浅黒い顔にはしばしば軽侮の表情が浮かんだ。彼の歩きかたは、まるで自分より美しくも強くもない連中がみんな気の毒でたまらぬとでもいった風に、ひどくつんと真っ直ぐになりすぎた恰好だった。そして、ただボート漕ぎやレスリングのときだけ彼は夢中になり、その顔は生きかえったように元気で朗らかになった。フランツは何か自分でもわからぬ好奇心にかられて、ゲオルクの調査票を探してみた。ゲオルクは自動車修理技術を習得していたが、受講以来失業していた。

翌年の冬、彼は正月デモでゲオルクと出会った。またこわばった、蔑むような薄笑いを浮かべていた。その顔は歌のなかでやっとほぐれた。デモが解散してから、ハウプトヴァッへ（フランクフルトの警察のあった建物。転じて付近の繁華街をさす）でいっしょになった。ゲオルクは片方の運動靴に手を焼いていた。つるつる滑る町の雪で靴底がはがれてしまっていた。ゲオルクはたとえ裸足になってもはじめからおしまいまでいっしょに歩いたにちがいない連中の一人だったのだ、と気がついて、フランツはほっとした。彼はゲオルクに靴のサイズをきいた。「うちのおふくろのために、その倅はこいつを自分ひとりで修繕するのさ」とゲオルクは答えた。フランツは、休暇村の写真を何枚か持ってるが、見たくないかと訊ねた。ゲオルク、おまえも入ってるよ、と言った。もちろんゲオルクは、二つ返事で彼自身が競泳と柔術のときに写っているその写真を見たがった。「ついでのときに見てもいいいな」と彼は言った。「今晩は何か用があるかい」とフランツは訊いた。「このおれに何の用があるもんかい」とゲオルクは言った。二人ははっきりした理由もなく当惑した。旧市街に入っていく道のあいだ、ずっと彼らはもう何も言葉を交わさなかった。フランツはいま、何か口実を見つけて、ゲオルクをおきざりにしたかった。なんでまた、わざわざこの男を誘ったのか？　彼はとある店に入って、ソーセージとチーズとオレンジを買った。ゲオルクはショーウィンドーの前にたたずんで、いつもの薄笑いも浮かべず、ほとんど暗い顔をして待っていた。それがフランツには腑に落ちなかった。彼は店のなかから陳列品の向こうのガラスごしにたえず様子を窺っていたのだが。

フランツは当時、ヒルシュ小路の美しい丸くなったスレート屋根の一軒に住んでいた。部屋は狭く、床が傾斜していて、階段室へ通じる戸口がついていた。「ここにひとりきりで住んでるのかい」とゲオルクが言った。「おれはまだ家族もちじゃないよ」とフランツは笑った。「それじゃ、自分ひとりだけでここに住んでいるんだな」とゲオルクはまたさらに言った、「ふん、そうか」。彼の顔はいますっかり暗鬱になっていた。ゲオルクはきっと多勢の家族といっしょにごたごた雑魚寝《ざこね》の暮らしをしているんだ、とフランツは想像した。「ふん、そうか」という言葉は、ふん、そうか、こんな暮らしをしてるんだな、それじゃ、うまくいくのは当たりまえだ、という意味だった。

フランツは訊ねた、「どうだ、引っ越してくる気はないかい？」。ゲオルクは彼をじっと見つめた。その顔にはあの薄笑い、高慢ちきの片鱗すらなかった。あんまり早い奇襲にあって、いつもの表情で武装する暇がないかのように。「おれが？　ここへかい？」

――「まあ、そうさ」――「おまえ、それ本気で言ってるのか」とゲオルクは小声で訊いた。「ああ、いつだっておれは何でも本気だ」とフランツは答えた。しかし彼は決してその質問を本当に本気で訊いたわけではなかった。むしろ、うっかり言ってしまったのだ。そして、言ってから後になってはじめて、それは本気の話になり、ひどく真剣な話にさえなったのだ。ゲオルクは青い顔をしていた。フランツはいまにしてようやく、自分の何気ない申し出がゲオルクにとって計り知れない意味を持っていることを理解した。ゲオルクの人生の転回点なのだ。彼はフランツの腕を摑んだ。「よし、決めたぞ」ゲオルクは腕を離した。

「あいつは即座におれから離れて、くるっと回れ右したっけ」とフランツはリンゴ部屋で思った、「あいつは窓際へ歩いていった。そして、おれの小さな窓をすっかり体でふさいでしまった。夕方で、冬のことだった。おれはそれで明かりをつけた。ゲオルクの奴、椅子に馬乗りにまたがったっけ。きれいな褐色の髪の毛が頭のてっぺんからばさりとたれさがっていた。あいつは自分とおれのためにオレンジをむいてくれたな」

「おれはやかんをとって、階段室の水道から水を汲もうとした」とフランツは回想した。おれは戸口に立つ。彼は椅子からそれを眺めている。すっかりおちついた灰色の眼だ。おれが子供のころからいつも脅かされていたあのとんがったおかしな星は、その眼からすっかり消えていた。すると彼は言った、「ねえ、おれはこの部屋にすっかりペンキを塗ってやるよ。それから、箱でもっておまえに棚をこしらえてやろう。そこの錠のついた上等な箱でなら、新品みたいな戸棚もできるさ、いいかい、おい」

それからまもなく、フランツ自身が職を失った。二人は貰った失業手当の金を出しあった、臨時雇いでかせいだ金も。まったく類のない冬だった、とフランツは思った、あとにも先にもまるで経験したことのない、比較にならない冬だった。ちっぽけで、床が傾いていて、だが黄色く塗ってある部屋。屋根屋根の雪の汚斑《しみ》。たぶんあのころ二人はひどく餓えていたんだ。

本当に餓えを思い出す人、餓えとじっさいに戦ったことのある人はみなそうだが、二人にとって、世界中のあらゆる餓えのなかで、自分自身の餓えはいちばん稀薄な印象しかあとに残さなかった。二人は働き、学習し、いっしょにデモや集会に出かけた。彼らはその地区でいつも彼らみたいのが二人必要なときには、きまっていっしょに呼びだされた。そして、彼ら二人のときは、ゲオルクが訊き、フランツが答えるというだけで、「おれたちの共同世界」が成立した。それは、そこに長く滞在すればするほどおのずから更新され、そこから多くを取れば取るほどますます成長する世界だった。

少なくともフランツにとってはすべてがそう見えた。ゲオルクは時のたつにつれて、言葉少なになり、あまりものを訊かなくなった。「おれはあのころたしかにあいつを苦しめたにちがいない」とフランツは思った。「なぜおれはあいつに無理矢理本を読むように仕向けたんだろう。そのためにずいぶんおれはあいつを悩ませたにちがいない」。ゲオルクはあけすけに言ったっけ、おれにはとても覚えきれない、ほかにもやることがあるんだから、と。それからというもの、彼は昔のサッカー友達のパウルのところにちょくちょく泊まってきて、どうしておまえはそんなにひどく刺戟されちまって、のべつまくなしに演説ぶったりしてるんだい、とそのパウルからからかわれていた。ゲオルクは、フランツがいないと、淋しいらしかった。彼はまたよく自分の家族のところへ行って泊まってきて、ちょいちょい自分の末の弟を引っぱってきた。陽気な眼つきをした、骨と皮ばかりの小僧だった。フランツは思った、「あのころすでにそれが始まっていたのだ。彼は無意識のうちに失望を味わっていたのだ。おそらく彼は、おれの部屋をおれといっしょに共有して、おれとまったく一つになれると信じていたんだろう……。部屋がまもなく彼を退屈させ、おれはどこまでも彼とは別の人間だった。きっとおれはあいつに隔たりを感じさせたのだ、本来あるまじき、彼とおれとのあいだの距離を。おれはまちがった尺度をもっていたから」

ゲオルクは冬の終わりごろおちつかなくなった。もう彼はしょっちゅう出かけていた。彼はかなり頻繁にガールフレンドをとりかえた。それもひどく奇妙なやり口で。彼のフィヒテ・グループのなかでいちばんきれいな娘を彼はとつぜん振りすてて、頓馬《とんま》な、どこかできそこないの、ティーツのお針子に取りかえたりした。彼はパン屋の若い女房に言い寄って、とうとうパン屋の亭主と一悶着《ひともんちゃく》おこしてしまった。それからまた不意に、痩せて眼鏡をかけたちっぽけな女の党員と手に手をとって週末旅行に出かけた。「フランツ、あの女はおまえよりずっと物識《ものし》りだぞ」と後でゲオルクは言った。あるとき彼が言った、「おまえは友達らしくないぞ、フランツ。おまえは自分のことをちっとも話さないんだから。ところが、おれときたら、自分の女はみんなつぎつぎにおまえの前に連れてきて見せてさ、全部おまえに話してきかせてるんだぜ。でも、おまえにはきっと何か隠し事があるんだよ、とってもきれいな、ちゃんと決まったのがな」。フランツは答えた、「人間はね、結構長いあいだ、一人だって暮らせるんだってことが、おまえにはわからないんだな」

フランツは思うのだった、「おれは一九二八年の三月二十日、晩の七時ごろ、郵便局の閉まるちょっと前に、あのエリ・メッテンハイマーと知り合ったのだ。おれたちは郵便局の同じ窓口のところに立っていた。彼女は珊瑚《さんご》のイヤリングをしていたっけ。公園で二度目に逢ったとき、おれが頼んだものだから、そのイヤリングを彼女はとって、ポケットにしまった。おれは彼女にそう言った、こういうものを耳や鼻にするのはアフリカ系の女だけだって。彼女は笑った――でも、第一、惜しくもあった。珊瑚が褐色の髪の毛に映えて、とってもきれいだったものなあ」

彼はゲオルクにエリのことはひた隠しに隠していた。ある晩二人は彼と路上でばったり出会ってしまった。「そうかい」とゲオルクはあとで言った。フランツが日曜日の晩、帰ってくるたびに、ゲオルクは含み笑いをしながら「どうだったい」と訊いた。彼の眼の尖った星は途方もなく増えていた。フランツは額に皺をよせて、「そんな仲じゃないよ」と答えた。

あるとき、エリが約束をことわった。彼は、彼女の厳格な父親、室内装飾師メッテンハイマーのせいだと思った。月曜日、彼は事務所でエリを待ち受けていた。彼女は彼から逃れるように走っていって、あたし急いでるの、と叫ぶなり、つぎの電車に飛び乗ってしまった。その週のあいだずっと、彼はゲオルクが自分をしょっちゅう観察しているのに気づいた。ゲオルクはそのときフランツを見限ろうとしていたのだろうか。週末にゲオルクは特別めかしこんでいた。日曜日の講習会の準備をしておこうと、出窓の棚に本を並べているフランツに向かって、彼は出がけにこう言った、「大いに楽しんでくれ、フランツ」。日曜の晩、ゲオルクは陽焼けして愉快そうに帰ってきた。そのあいだ立ち上がらないままでいたかのように出窓の前に坐っていたフランツに、彼は「これも学習になるさ」と言った。二、三日してフランツはエリと、とつぜん通りで会った。彼の心臓は早鐘のように鳴った。彼女の顔は赤くほてっていた。「ねえ、フランツ」と彼女は言った、「あたし、やっぱりあんたに言った方がいいと思うの。ゲオルクとあたし——あたしを恨まないでちょうだい。しかたないのよ、ね、わかるでしょう、どうにもならないことなのよ」

「わかったよ」と彼は言うなり、その場をかけだした。何時間も何時間も彼は真っ暗闇のなかを歩きまわった、闇のなかに点々と二つ、珊瑚のイヤリングの赤い粒だけが光っていた。

フランツが上ってきたとき、ゲオルクはベッドに腰をおろしていた。フランツは早速自分の荷物をまとめはじめた。ゲオルクはじっとそれを見ていた。フランツはただもう二度とゲオルクの顔を見たくないと思っていたが、それでも、ゲオルクの両眼には、相手の顔を振りむかせるほどの力がこもっていた。ゲオルクはちょっと笑った。そのときフランツはむらむらっとして、彼の顔のまっただなかを、いや、できれば、その眼がしらを叩きのめしてやりたいと思った。そのつぎにきた瞬間は、おそらく二人が共同生活で完全に理解しあったはじめての機会だった。フランツは、たったいままで自分の行動を規定していたすべての願いが一つのこらず水泡に帰したことを知った。ゲオルクはおそらく今度こそはじめて、あらゆる迷いから足を洗い、まともにただ一つの目標をめざして、これまでのふしだらなおちつかない生活を脱け出そうと願っているのだった。彼は静かに言った、「フランツ、おれのためにおまえが出て行く必要はないよ。これ以上おれといっしょにいるのがいやなら――たしかに、いまおれにはよくわかる、おまえはいつもそれが何となくいやだったんだ——、おれもいつまでもここに住んじゃいない。エリとおれは、おれたちはすぐにも結婚するだろうよ」。フランツは何も言いたくなかったけれど、それでも口からは言葉が洩れた、「おまえが？　エリと？」——「そうだ、どうしていけないんだい？」とゲオルクが言った、「とにかく彼女はこれまでのほかの連中とはちがう。それは永久に、の話だ。彼女の親父さんも、おれに仕事をくれるだろう」

この婿を一目見たときから気に入らなかったエリの父親の室内装飾師は、もういっしょにさせぬわけにいかないとわかると、すぐさま結婚することを頑固に主張した。彼は部屋を一つ借りてくれた。それは、彼に言わせると、おれの可愛い娘が台なしにされるのを眼の前で見たくないからだった。

フランツはリンゴ部屋の狭いベッドの上で、首の下に腕を組みながら、当時口をついて出たあらゆる言葉、ゲオルクの顔にあらわれたすべての変化を思い浮かべていた。もう何年も彼はそれを思い出そうとはしなかった。にもかかわらず、何かしら頭に浮かぶと、彼はぎくっとした。いま彼はそうしたすべてをゆっくりとつぎつぎに思い浮かべてみた。驚きのほか、彼は何も感じなかった。彼は思った、もうまったく何ともない。どうでもいいんだ。みんなもう何ともないことに思えるのは、その後おそろしいことがたくさんあったからにちがいない。

　それから三週間して、フランツは、ゲオルクがボッケンハイム公園のベンチにとてつもなく肥った女といっしょにいるところを遠くから見かけた。ゲオルクは腕を女の背中にまわしていたが、すっかりはまわしきれないでいた。エリは子供が生まれる前に両親のところに帰っていた。ところが、フランツが隣り近所から聞いた話では、父親は急に娘をまた亭主のところへ追いかえしてしまった。おまえはあの男と結婚したんだ、おまえにはいまあいつの子供まである、おまえはあいつといっしょに暮らしていなきゃいけない、というのが父親の意見だった。そのうちにゲオルクはまた失職していた。父親の話では、アジって歩いてばかりいたからだ。エリはまた勤めに出た。フランツはこの地を立ち去るすこし前に、エリが結局実家へ帰ってしまった、という話を聞いた。

　多色刷りの一枚の絵にいろんな色のガラスをあてて見る子供の遊びがある。そのガラスの色次第で、ちがった絵が見えるのだ。当時フランツが透かして見ていたガラスはいつもきまった行状ばかりの友人を見せてくれた。ほかのガラスで見ることを彼はしなかった。まもなく彼は友の姿をその視野からも見失ってしまった。フランツはこの町に厭《いや》気《け》がさしていた、どこかへ移り住みたい気持ちだった。おそらくほかの人間ならただの殴り合いで終わったかもしれぬこのいきさつが、フランツにとってはこうした影響をもったのである。しかし、フランツのような人間にとっては、すべてがそれ相応に影響するのだ。そこで彼は、数年来会わないでいた母親のところへ行った。母親は嫁に行った娘のいる北ドイツへ引き移っていた。フランツはそこに居ついてしまった。この変化が彼の全生活の幸福な拡大になったのだ。時として彼は自分をここへ来させた動機まで忘れて、新しい土地、新しい仲間のなかに浸っていた。外面的な生活から見れば、彼は一つの都市からほかの都市へと登録し換えた多くの失業者の一人だった。全体から見れば、大学を換えた学生にも似ていた。一時同棲したちゃんとした大人しい娘を本気で愛す気にでもなれたら、きっと幸福だったにちがいない。

母親が死んでから、彼は一九三三年の末に、もと住んでいた町の近くへ帰ってきた。この帰還には三つの理由がもとになっていた。いままでのところでは、もう彼は人に知られすぎて、その土地が居にくくなったのだった。こちらでは、人びとやいろんな事情に通じていて、しかも自分のことはすでに忘れられてしまっている彼は、人びとから重宝がられた。彼は伯父のマルネのところで糊口《ここう》の資を得た。たまたま彼と道で出会った旧知の人はみな、心ひそかに思った、この男も以前はちがったことをしゃべっていたものだが、と。あるいは、転向した奴がまた一人いる、と。ある日、フランツは彼の身辺でただひとり彼のことをよく識っている鉄道工場労働者のヘルマンをたずねた。ヘルマンはおちついて、ふだんよりももっと静かな調子で、昨夜はおぞましい逮捕があったよ、と言った。それはまず第一に、捕まった男があらゆる連絡を一手に握っていたからであり、第二には、みんなもう捕まってしまったので、最近やっとその男がその役を務めることになったばかりだったからだ。ヘルマンは静かに淡々と話していたが、しかし明らかにそれは、逮捕された男が、弱さか未熟さのために、とにかくいろいろと泥を吐かされる可能性があることを物語っていた。理由のない嫌疑をかけるわけではないにしろ、やはり疑ってみたうえで行動するのが自分の義務だ。つまり、あらゆる繋がりをきりかえてしまうことだ、その逮捕された男のよく識っている人たちには警告することだ。彼はとつぜん話をやめて、フランツにぶっきらぼうに訊ねた。君はたぶんその男を以前から知っているんじゃないのかな、君は、ここに住んでいたことがある奴なんだから。たしかゲオルクという男だ。

フランツは心の動揺を抑えたけれども、その顔にあらわれた驚愕の色をヘルマンに見破られないではすまされなかった。その名前は数年ぶりにきく名前だったのだから。フランツは二言三言、ゲオルクの人物をうまく描いてみせようとしたが、とてもできなかった。それはたとえどんな平静な時でもできなかったろう。ヘルマンはヘルマンなりにフランツの混乱を一人合点した。二人はチェス盤をはさんであらゆる必要な対策を話しあった。

フランツは考えた、「われわれの予防手段はなくもがなのものだった。われわれはいろんな繋がりをきりかえたり、同志に警告したりする必要はなかったのだ。おれだって、心臓をどきつかせて帰るまでもなかったんだ」

というのは、二、三週してヘルマンがヴェストホーフェンから釈放された一人の囚人に彼を引き合わせてくれたからだった。その男はゲオルクについてこう語っていた。「奴らは彼のことっていうと、いつもおれたちの見せしめに、どんな頑丈な男でも一、二、三で殴り倒してしまうってところを見せようとしやがった。ところが、結果はあべこべさ。結局奴らは、彼みたいな奴を殴り倒すことはできないってことをおれたちに見せてくれただけさ。そこで奴らはしょっちゅうまた彼を苛《いじ》めてるんだ。というのは、いま奴らは彼を殺しちまいたがってるからなんだ。いつも彼がどんな顔をしてるかっていうと、こんなへんな薄笑いだ。それでますます奴らを怒らせちゃうのさ。こんな眼つきをして、こんなおかしな尖った星がいっぱいできてね。いまじゃ彼のきれいな顔もすっかりぺしゃんこに叩きつぶされちまった。彼は、すっかりしわくちゃになっちまったよ」

フランツは立ち上がった。彼は頭を小窓からできるだけ遠くへ出した。まったく静かだった。はじめてフランツはこの静けさを平和とは感じなくなった——世界は静かなのではなくて、黙っているだけなのだ。彼は思わず両手を月の光からひっこめた、その光はほかの光とちがって、どんな表面にもぴったりからみついて、裂け目のなかへはいりこんでくる。「おれにどうして想像できただろう」と彼は思った、「彼が今のその彼だっていうことが。どうしてそんなことが前もって知れよう。われわれの名誉、われわれの評判、われわれの安全は一挙にして彼の手中にある。昔のことのすべて、彼の話のすべて、彼の愚行のすべて、それはただくだらぬ枝葉末節にすぎない。しかし、それをあらかじめ知ることは不可能なことだった。もしもおれだったら、とてもおれには辛抱できなかったろう、そのくせ、おれこそ、おれこそ彼を――」

フランツは急にぐったりした。彼はまたベッドへもぐりこんだ。そしていま考えた、「たぶん、あいつはこの脱走者たちのなかにはいまい。こんな真似をやらかすには、第一、もう弱りすぎてるにちがいない。しかし、誰が逃げたにしろ――ヘルマンの言うことはもっともだ、脱走した奴がいるということは常に何かなのだ。いつでもそれは人の心をかきたてる。それはいつでも奴らの万能を疑わせることだ。一つの突破口なのだ」

第2章

1

教会の堂守が立ち去って、大戸が閉まり、最後の響きも円天井のなかに消え散ってしまうと、ゲオルクはいま自分が執行猶予になったことを悟った。助かったと思い違いしかねない大変な執行猶予だった。脱走以来、いや、捕われて以来、はじめて、強い安全感が彼の心に満ちあふれた。この感情ははげしいだけにまた短かった。この穴蔵は、しかしおそろしく寒い、と彼はひとりごちた。

黄昏《たそがれ》はもう深くなって、窓々のステンドグラスの色も消えた。そのうちに、四壁は遠のき、円天井は高くせりあがり、柱は果てしなく並び、定かならぬ虚空の高みに——おそらくそれは虚無であり、無限でもあるのだろう——そそり立つばかり、いよいよ黄昏の度は深まった。ゲオルクはとつぜん、自分が見られている、と感じた。彼はこの感情と戦った。それは彼の身も心をもくじこうとする。彼は洗礼台の下から首を出してみた。五メートルばかり離れて、すぐつぎの柱から一人の男の視線が彼を追っている。その男は司教の冠をかぶり杖をもって、墓標板によりかかっていた。黄昏で、きらびやかに垂らしたその服の華麗さはぼやけてしまっていたが、その顔の明るい単純な怒ったような表情は消えていなかった。その眼は、かたわらを這いずっていくゲオルクのあとを追ってきた。

闇は、普通の日暮れのように、外から迫ってくるのではない。大聖堂そのものが消えはてて、廃墟となるかのように見えた。柱にからむブドウの蔓、しかめ面《つら》の首また首、そこに見えている穴だらけの裸足、それはみな妄想であり、幻であり、石でつくられたものすべてがゆらゆらと霧散し、そして、ただひとりゲオルクだけが驚きのあまり石のように体をこわばらせていた。彼は眼をとじて、二、三度呼吸をした。すると惑乱は去って、薄闇がすこし濃くなって心を静めてくれた。彼は隠れ場所を探しはじめた。柱から柱へと跳んで行った。彼はまだ誰かに見られているかのように、身体を屈《かが》めた。いま彼がうずくまっている柱のわきには、一人のまるまると肥えた頑丈な男が墓標板によりかかって、豊頬の顔に力強い不敵な微笑を浮かべながら、彼の頭上のあらぬところに放心したような視線を投げていた。どの手にも王冠を持っていて、ゲオルクはそれと気づかなかったが、この男は、大空位時代（神聖ローマ帝国の一二五四―七三年）に反対派の擁立した傀儡《かいらい》の王者である二人の侏儒《しゅじゅ》に、たえず果てしなく王冠を授けているのだった。柱のあいだにいては人に見つけられるとでもいうように、ゲオルクはつぎの柱へいっぺんに跳び移った。ふと彼はその男をふり仰いだ。男の衣服は彼がなかにくるまって隠れられるくらいたっぷりしたものだった。彼はぎょっとして縮みあがった。彼の頭上に屈みこんでいる人間らしい表情は、悲しみと憂いに満ちみちていた。わが子よ、いったいおまえはどうしようというのだ、やめるがよい、もうおまえは最初からだめなのだ。おまえの胸は波打っている、おまえの傷ついた手は疼《うず》いている。ゲオルクはうまい場所を一つ見つけた。内壁の窪み、壁龕《へきがん》である。彼は這うようにして側堂を横切った。神聖ローマ帝国の六人の大宰相の視線をあびて、片脚をはさまれた犬のように、片手をわきへ突きだしながら。彼はいい具合に腰をおろした。彼はこわばっている痛む方の手の手首をさすった。膝の関節、くるぶし、足ゆびもさすった。

熱が出ていた。痛む方の手は、レーニのところに着くまでは、使ってはならなかった。レーニのところで、包帯もし、体を洗い、飲んだり、食ったり、眠ったりし、そして癒《いや》すのだ。彼はぎくっとした。そうだ、この夜は、長ければ長いほどいいと思った夜だけれど、できるだけ早く過ごしてしまわねばならぬ夜なのだ。彼はまたレーニを心に描こうとした。それは、時と所によってうまくいったりだめだったりする。今度はうまくいった。細くすらっと長い足をした瘠《や》せぎすの十九の少女、小麦色の顔をして、濃い睫毛《まつげ》の下で黝《かぐろ》くみえる青い瞳。それは彼の夢の種だった。思い出の光のなか、別離の歳月のうちに、最初は事実ほとんど美しいとも思わず、歩くときすこし不恰好に跳びはねるようにしてみせる長い手足のために、何となく滑稽にさえみえたこの少女が、お伽噺《とぎばなし》のなかでもほんの時どきしか出てこない一種の伝説的な人物にまでなってしまっていた。それは、日ましに遠く離れて行くにつれて、さらに夢を見るたびに、ますます美しく、ますます飛躍して、ひろがっていった。いまも彼は、眠りこんでしまわないようにと、氷のように冷たい壁によりかかりながら、彼女に向かって愛の言葉を浴びせかけた。彼女は起きあがって、暗闇のなかでじっと耳を澄ませているにちがいない、と彼は思った。

ただ一度二人がじっさいにいっしょだったときから、その後無数のこうした誓いや夢のような冒険の数々がそれに続いていた。翌日にはもう彼はその町を去らねばならなかったのだ。彼女の約束が彼の耳に残っていた、一本調子の棄て鉢な言葉。あんたが来るまで、ここで待ってるわ。逃げなきゃならないんなら、あたしもいっしょに行く。

相変わらず彼の場所からは、隅の柱のところの男の姿が見えた。暗いのに、その顔は、遠くから見るとかえって明るくはっきりしていた。ひんまがった唇《くち》もとには、最後の勧告が浮かんでいる、死の不安ではなく平和を、正義ではなく恩寵《おんちょう》を。

レーニが、仕事で留守がちな初老の姉といっしょに暮らしていたニーダーラートの小さな住居は、隠れるのにも逃げるのにも都合がよかった。当時、この小さな部屋の敷居をまたぐと、その他のことはすべて、昔の恋愛沙汰も、長い長い過去の生活も、みんなきれいに忘れてしまったけれど、ただ、こうした種類の考えだけは彼につきまとって離れなかった。部屋の四壁が目隠しの生け垣のようにぴったり合わさっていても、それでも、ここがいざという時に絶好の隠れ場だ、という考えは彼の脳裡を去らなかった。ヴェストホーフェンで、面会人が来た、と言われたとき、彼は一瞬ぎくりとして、レーニのことかと思った。そのとき彼の前に連れて来られた女を、彼は最初のうち誰だかまったくわからなかった。近所の村から、手当たり次第に農家の娘をひっぱってきてもよかったくらい、それほど、この連れて来られたエリは、彼にとって縁遠いものになってしまっていた。

眠りこんでいたのにちがいない。びっくりして彼は目をさました。大聖堂がどよめいた。明るい光が大聖堂全体を斜めに走っていた——前へ投げだした彼の足の上を越えて。逃げだすべきだろうか。まだ暇はあるだろうか。どこへ？　戸はすべて、光のさしこんでくる戸を除いて、まだ閉まっていた。たぶんまだこっそりとわきの礼拝堂の一つへ逃げこむこともできるだろう。彼はうっかり痛む方の手を突いて、あっと声をあげ、とたんに縮みあがった。おかげでもう無理に光の帯をこえて這いだすことは止《や》めた。堂守の声が響きわたった、「だらしない女どもだ。毎日忘れ物だ！」。その言葉は最後の審判の宣告のようにどよめいた。堂守の母親らしい老婆が叫ぶ、「それ、そこにあるよ、おまえのバッグが」。堂守の妻の声がそれに加わる。壁や柱にこだまして、凱歌のような甲高い響き、「ええ、ちゃんと覚えてたんですよ、掃除のときベンチのあいだに置いといたのは」。二人の女はひきさがる。神話の巨人の女がずり歩くみたいに、たいへんな響きだ。戸はまた閉められる。すべてのなかで、ただ反響だけがあとに残り、それはちりぢりに響きわれて、もう一度大きくどよめきわたる。まるで尽きることを知らぬように、どんな遠い隅々にも響きわたり、響きやまず、ゲオルクの慄《ふる》えがもう止まったときでも、まだ依然として震えわなないていた。

彼はふたたび壁にもたれた、瞼《まぶた》が重かった。もうすっかりまた暗くなっていた。どこか闇のなかにゆらいでいるいくつかのランプの明かりは、もう円天井を照らし出すこともできぬほど弱くかすかで、ただこの闇が暗く濃いことを示すばかりだ。そして、いままで濃い闇ばかり望んでいたゲオルクは、重苦しい不安な息をついていた。

おまえはいま、服を脱いでしまわなけりゃいけない、とヴァラウが彼に忠告した。だって、あとになったら、おまえはもうへばりきってしまうぞ。彼は、これまでいつもヴァラウの言う通りにしたように、そうした。そうしながら、疲れがすっかりとれているのに驚いた。ヴァラウは彼よりも二カ月あとに捕えられた。「じゃあ、おまえがゲオルクなんだな」。この年長の男が彼に挨拶したこの短い言葉に、ゲオルクははじめて自分自身の完全な価値を感じた。釈放された男が娑婆《しゃば》で彼のことをしゃべったのだ。彼がヴェストホーフェンで死の責め苦を受けているあいだ、彼の故郷の村々や町々では、ゲオルクの評判、不滅の墓標が、つくられていたのだ。いまでさえ、この氷のように冷たい壁のなかでさえ、ゲオルクは思った、一生のうちヴァラウにヴェストホーフェンでしか会えないものなら、もう一度おれはすべてを賭けてもいい……。はじめて、いやおそらくはまた、これが最後でもあるだろう、彼の若い生涯に、ほんとの友情というものが訪れたのだ。そこでは、威張ったり、小さくなったり、くっつきあったり、奉仕したりは、問題ではなかった。ただ、自分が何者であるかを示し、そのかわりに、愛される、というだけだった。

闇はもう彼の眼にはそれほど濃くなくなっていた。壁の漆喰《しっくい》が、降ったばかりの雪のように弱い微光を放っていた。彼は、自分の姿が黒く浮かび上がっているのを、全身で感じた。もう一度、いる場所を変えるべきだろうか。ミサの前にいつここは開かれるのだろう。朝までにはまだ何分と数えきれないほどたくさん、安全な時間がある。まだまだたっぷり時間はある。例えば堂守にこの先まだ何週間ものお勤めがあるように。堂守だとて、結局、永遠にお勤めを続けるわけではないのだけれど。

彼からずっと離れた、主祭壇の方角に、一本の太柱がくっきりと明るく浮き出して見えた。光がその条溝にそって走っていたからだ。この明るい円柱がいまこの円天井全体を担っているように見えた。しかし、そうしたすべてが何と冷たいことか！　氷のような世界、まるで、人間の手が、人間の思想が、一度もそれに触れたことがないような。彼はまるで氷河のなかに流れこんだようだ。彼は足と節々のいたるところを丈夫な方の手でこすった。この隠れ場所にいては凍りついてしまう。

「三回宙返り。これが、人間の身体を張ってできる最大限さ」とベローニがくわしく説明してくれたっけ。彼の同囚のベローニ、本名はアントン・マイヤーという軽業師、この男は曲芸の最中に捕まえられてきた。彼の荷物のなかに、フランスの演芸家組合からきた手紙が何通かあったのだ。彼は曲芸をしてみせるために、何度眠っているところを呼び出されたことか。陰気な、黙りこくった男で、よい仲間だったが、どうも打ちとけなかった。「いや、いま生きてる軽業師じゃ、これのできる奴はたぶん三人しかいないよ。そりゃ、まあ、ときどきならできる奴はいるさ、しかしいつもできる奴はいないね」。彼は自分の方からヴァラウに近づいてきて、自分はかならず脱走してみせる、と言った。あんた方はどうしたってもうここから出られやしない、私は脱走するときは、すばしっこい身体と、仲間の援助に頼ることができる。ゲオルクに向かっては、彼は、必ず金と服とを融通してくれる場所《アドレス》を教えてくれた。まじめな奴らしかったが、どうもとっつきにくくて、気心はよくわからなかった。ゲオルクはこのアドレスを利用しようとは思っていなかった。彼はレーニを木曜の朝、フランクフルトの旧友たちの所へやるつもりだった。ペルツァーの奴が、あの頭のよさに加えてベローニの腱と筋肉をもっていたら、脱走しおおせただろうにな。きっとアルディンガーも捕まっちまったろう。あの人はあのごろつきどもの親父みたいなものだった。ごろつきどもはいまごろおそらく彼の髪の毛をひっぱり、あの年老いた農夫の顔に唾《つば》を吐きかけているかもしれないが、しかし、あの人がもう正気ではないように見えたときでも、あの顔の堂々たる品格そのものは決して失われはしなかった。隣り村の村長が古い家同士の確執から、あのひとを密告したんだという。

フュルグラーベは、七人のなかでただひとり、彼が以前から知っていた男だった。彼はしばしばゲオルクの寄付者名簿に店のレジから一マルク出してくれた。彼はどんな絶望的な状態にいても、いつもある種の諦めきれない憤懣《ふんまん》を抱いていた男だった。おれは巻き添えを食ってるんだ、と彼は不平を鳴らした。みんながおれを吊し上げにして、どうにもおれは、いやと言えなかったんだ。

アルベルトはおそらくもう生きていまい。あいつはずっと数週間のあいだ、何やら外国為替の話だったが、自分の微罪を訴えながら、万事されるがままになっていたっけ。あいつはしまいに狂乱して、ツィリヒの奴に流刑地へ引き渡されるまでの話だった。アルベルトの奴、どんなにか数知れぬ怖ろしい打擲《ちょうちゃく》を受けたにちがいないんだ。彼の鈍い心臓でさえもついに憤怒の火花を打ち出したのだから。

おれはもうここで凍え死んじまう、とゲオルクは思った。いずれ誰かがおれを見つけるだろう。あとでは、子供たちに壁を示して言うだろう、昔、あの野蛮な時代に、ある秋の晩、一人の脱走者がここで凍死しているのが発見された、と。何時頃だろう。やがて真夜中だ。彼は、新たな真暗の闇のなかで考えた。昔の連中で誰かおれのこと憶えてるだろうか。おふくろは？　おふくろは、しょっちゅうわめき散らしていたっけ。悪い足でかび臭い路地をよろよろ歩きまわっていた。ちびで、でぶで、ひどくでっかい胸をかすかに揺すって。おれはもう二度とおふくろには会えないだろう、なんとか生き残ったとしても、とゲオルクは思った。おふくろの姿のうちで、いつも彼の意識にのぼるのは、あの眼だけだった。あの若々しい褐色の、非難と当惑に暗くされた眼。すると、彼はいま恥ずかしいような気持ちにさえなった。それは、彼が当時あの、三カ月のあいだいっしょに暮らしたエリの前で、恥ずかしい思いをしたからだった。おふくろがあんな胸をして、あんなおかしな日曜の晴れ着を着ていたものだから。彼はちっぽけな幼友達のパウル・レーダーを思い出した。彼らは十年ものあいだ同じ横町でいっしょに石けりをして遊び、さらにもう十年のあいだいっしょにサッカーをやった。それから彼は、眼の前からパウルの姿を見失った。ちびのレーダーはそのままだったけれど、ゲオルク自身が別の人間になってしまったからだ。いま彼はレーダーの雀斑《そばかす》だらけな丸顔を思い出した。まるで、永遠に遮断されてしまった愛する風土を思いみるように……。彼はまたフランツのことも思い出した。あいつはおれには親切だった、とゲオルクは思った、あいつはおれのことでえらく苦労した。ありがとうよ、フランツ。それから、おれたちは喧嘩別れしちまった。いったい、どうしてだったんだろう。あいつはどうなったんだろう。大人しい、几帳面な、まじめな人間だったが。

ゲオルクは息を呑んだ。側廊を斜めに横ぎって、ステンドグラスの窓の反射が落ちてきたのだ。たぶん大聖堂前広場の向こうのどこかの家の明かりか、自動車のライトで照らされているのだろう、極彩色に輝く巨大なカーペットが、とつぜん闇のなかに広げられる。夜な夜ないたずらに、誰のためでもなく、空虚な大聖堂の天井一面に投げだされる巨大なカーペット。ゲオルクみたいな客は、ここにも千年に一人しかいないだろうから。

あの外の明かりは病気の子供をなだめすかしたり、人を送り出したりするのにつけた明かりかもしれないが、それがついているあいだ、人生のあらゆる絵姿を映しだした。そうだ、あれは楽園から追い出された二人にちがいない、とゲオルクは思った（アダムとイヴの旧約物語図）。いや、あれは牛の頭だな、秣桶《まぐさおけ》をのぞきこんでいる、その桶のなかには、ほかのどこにも居場所のない子供が寝ている（キリスト生誕図）。そう、あれは、最後の晩餐《ばんさん》だろう、あのひとはもう自分が裏切られることを知っていたんだ（最後の晩餐図ユダの裏切り）。ええと、あれは兵士にちがいない、十字架にかかったあのひとを槍《やり》で刺してるところだろう（ゴルゴタの丘のキリスト磔刑図）……。彼ゲオルクはもうそれ以上絵のことはわからなかった。多くの絵は彼のすこしも知らぬものだった。そうしたものはいっさい彼の家にはもうなかったから。孤独を取り除いてくれるものは、すべて人の心を慰めることができる。他の人びとがいま同時に耐えている苦しみばかりではない、かつて他の人びとが耐えた苦しみもまた、人の心を慰め得るのだ。

そのとき、外の光が消えた。前よりもさらにいっそう暗くなった。ゲオルクは兄弟たちのこと、とりわけいちばん小さい弟のことを思い出した。この弟は彼自身が、子供というよりも子猫に対するような可愛がり方で育てたのだった。彼は、たった一度ちらと見ただけの自分の子供のことを考えた。それからはもう、とりとめのない思い出が続いた。いろんな顔が、あるときは朧《おぼ》ろげに、あるときはありありと、浮かんでは消えていった。ある顔には、路地の風景がまといつき、ある顔には学校の庭や運動場が、またある顔には、川が、雲や森が、まつわりついていた。それらはひとりでに彼の方へ流れこんできて、彼はかつて愛していたものの顔にしがみつきたいばかりだった。それから、すべては形を失い、母親の顔も、その他の顔も、呼びかえすことはできなかった。すべてをじっさいに眺めたように眼が痛かった。もはや大聖堂とは思われぬ遠いところで、なにか鮮かな色のものが光を放った。外を自動車が一台通りすぎたのだ。そのライトが窓の一つにあたると、反射光が床に落ちた。そのライトが壁にあたると、あとに闇が続いた。

ゲオルクは耳を澄ました。走り続けているエンジンの音が聞こえた。どうやら小さすぎる車にぎゅうぎゅう詰めこまれたらしい男女の悲鳴と笑い声とが彼の耳に聞こえてきた。車は走りさって行った。急に物凄い速さで、窓のステンドグラスの色が柱のあいだへ飛びこみ、また引っ返し、ゲオルクからますます遠く離れて行った。ゲオルクは首をがっくりと胸の上に落とした。眠りこんだのだ。彼は痛む手の上へ倒れかかった。痛みで目がさめた。深夜もすでに峠を越していた。彼の前の壁面で、漆喰がかすかに白みはじめた。夕方とは逆の順で、まず暗闇が散りはじめ、それから柱と壁が、まるでこの大聖堂が砂ででもできているかのように、たえまなくさらさらと流れるように現われてきた。この上なく弱いほんのかすかな曙光《しょこう》がさすにつれて、窓々の絵が浮かび出した。しかしそれは明るい光彩ではなく、どんより暗い鈍色《にびいろ》だった。同時にさらさら流れるのがやんで、すべてがしっかりと固まりはじめた。中廊の巨大な円天井が規範に従った姿を現わした。その規範に則って、この建物はシュタウフェン王朝の皇帝治下、幾人かの建築師の理智と無尽蔵な民衆の力によって建築されたのだ。ゲオルクが身を隠していた場所の円天井が姿を現わした、すでにシュタウフェンの時代に崇敬の的となったあの円天井が。円柱が、その柱頭のありとある百面相や獣の首が、柱の前の墓板の司祭たちが、みな新たに誇らかな死の目ざめのなかではっきり見えるようになった。即位の強権を過度にまで誇る王たちとともに。

絶好のチャンスだ、とゲオルクは思った。彼は這い出して行った。彼は小さな包みを歯と丈夫な方の手でくるくる丸めると、それをとある柱と舗石のあいだに押しこんだ。全身を緊張させ、眼を輝かせて、彼は、堂守が扉を開く瞬間を待った。

2

そのころ、羊飼いのエルンストは心底から親愛の情をこめた声で、彼のネリに挨拶のことばを送っていた。その声に犬は狂喜してぶるぶるっと身をふるわせる。「ネリよ」とエルンストは言った、「やっぱり彼女は来なかったぜ、ゾフィーのやつ、馬鹿な女だな。ネリ、あの女は自分の幸福を見つける場所を知らないんだよ。ネリ、だけど、それでも、おれたちは寝こんじまったよな、ネリ、そんなことでおれたちはぶちこわされやしないさ」

マンゴルト家はまだすっかり静まりかえっていたが、マルネのところの家畜小屋では、もう誰かががたごとやっていた。エルンストは、洗面や髭剃《ひげそ》りの道具を入れた防水袋と手拭をとると、マルネの家のポンプ井戸へ行った。冷たく快い触感に身ぶるいしながら、彼は石鹼を使って頸《くび》と胸をこすり、歯を磨いた。それから彼は手鏡を庭の垣根にぶらさげて、髭を剃りはじめた。「おれにすこし、お湯を貰えないかねえ」乳桶をもったアウグステが鏡のなかに入ってきたのを見つけて、彼が訊いた。「ええ、ちょっと入ってきて」とアウグステが言った。「まったくあんたは結婚したらやさしくなったなあ」とエルンストが言った、「以前はひどくおれには邪慳《じゃけん》だったのによ」

「朝っぱらからもうアルコールを飲んだと見えるわね」とアウグステが言った。「いやさ、コーヒーだって飲んじゃいないよ」とエルンストが言った、「魔法瓶がこわれちまってさ」

はるか遠く、下のマイン河畔では、濃い朝霧のなかで、がやがやぶつぶつあくび声のたつなかに、灯火がいくつかともった。リーバッハのはずれの家の庭木戸から、十五、六の少女がひとりハンカチを頭にまいて出てきた。そのハンカチは、その下に生えた美しい眉毛がきわだって見えるほど、白かった。静かな人待ち顔の表情である。何の疑いもさしはさまず、待っている人が今にも毎朝のように塀のうしろの道に姿を現わすのを期待して、彼女はその待っている男の方さえ見ずに、ただまっすぐ門の前を眺めている。するとまたじっさいに、若いヘルヴィヒが塀のうしろから門へ入ってきた。あのダレ農業学校のフリッツ・ヘルヴィヒである。声もかけず、ほとんどにこりともしないで、少女は彼の腕をとった。二人は抱き合って、キスした。そのあいだ、台所の窓からは、二人の女、少女の祖母と中年の従姉《いとこ》が二人の方を見ていた。別に悪意ももたず、さりとて賛成するでもなく、毎日順にまわってくるものを眺めるといった調子だ。というのも、この二人の子供たちはまだ若いけれど婚約の間柄だからだ。キスがすむと、今日はヘルヴィヒが彼女の顔を両手のあいだに抱えた。二人は、どっちが笑うか睨《にら》めっこをやっていたが、どっちもなかなか笑いださず、たがいに眼ばかり見つめあっていた。村ではどこでもたいていそうだが、この二人は遠い縁続きだったので、二人とも、この辺で普通みかけるより一段と透きとおった明るい褐色の、よく似た眼をしていた。二人の眼はいま瞬《まばた》きもせず、深く澄んだ色をして、世間で言うように、無邪気だった。おそらく世間でそう言うのは正しいのだろう。そもそもこういう眼の特徴をこれ以上よく表現することはできまいから。どんな邪気もその眼の明るさを曇らせてはいなかった。これから先、人生の重荷に抑えつけられて、何が何やらわからぬいろんなことに心がぶつからねばならないのだという予感さえも露知らぬげだ――がしかし、そのとき心臓はなぜこうも不安にせっかちにときめくのだろう――まだまだ婚礼まで先が長いということのほかは、何の悩みもなげである。だから、お互い同士、こうした明るい眼に穴のあくほど見いっていた。すると、いきなり、少女がちょっと瞼をまたたかせた。「フリッツ、いよいよあんた、返してもらえるわね」と彼女が言った、「ジャンパーを」――「うん、たぶんね」と少年が言った。「あんまりひどくされてなけりゃいいけど」と少女が言った。「ところがねえ、その男を最後に捕まえたアルヴィンっていうのが、そりゃ、乱暴で、腕っ節の強い奴なんだよ」

昨夜、村々では、ヴルム家の庭へ追いつめられた脱走者の話でもちきりだった……。ヴェストホーフェン収容所が開かれた三年あまり前のこと、人びとは廠舎《しょうしゃ》と塀を建て、鉄条網を張り、歩哨を立て、やがて囚人の最初の一隊が、哄笑《こうしょう》をあびせかけられ、足蹴《あしげ》にされながら通っていった。そのころすでにアルヴィン兄弟や、アルヴィン同様の若い衆たちが哄笑や足蹴の役を買って出ていた。夜中に叫び声が聞こえ、ひっきりなしに犬が吠えて、二、三発銃声が轟《とどろ》くと、すべての人びとの胸は重苦しい不安にとざされた。こういう隣人の前で、人びとは十字をきった。仕事で遠道をするものは、やがてまた、囚人たちが監視つきで舎外労働をしているのも見かけた。人びとはひそかに「あわれな奴らだ」と思った。しかしまたすぐ、あいつらいったいあすこで何を掘り返してるんだろう、と考えてもみた。そのころ、こういうことがあった、リーバッハでも、ある若い船員が収容所のことを公然と罵《ののし》ったのである。すると早速この男は引っぱられた。彼は、そのなかがどういうものかわかるようにと、数週間そこに拘留された。出てくると、彼は様子が変わってしまって、誰が訊いても何一つ答えなかった。彼はある艀船《はしけぶね》の仕事を見つけて、その家の者の話では、後にはもうすっかりオランダに移ってしまったという、そのころ村を驚かせた話であった。あるとき二ダースばかりの囚人がリーバッハを通って引ったてられてきたが、その連中はもう引き渡しの前からさんざんひどい目にあわされていて、人びとはおじけづき、村のある女などは泣きだしたくらいだった。ところがその晩、村の新しい若い村長は、自分の叔母にあたるこの女を家へ呼びつけて、あんなべそっかきの真似《まね》をすると、彼女自身ばかりか、彼女の息子たち、つまり彼の従兄弟《いとこ》であると同時に、そのうちの一人はまた義兄でもあった男たちにとっても、一生ためにならないから、と言って因果を含めたのであった。およそこの村の若い連中は、青年も娘もみな、どうして収容所というものがあり、誰のためにあるのか、ちゃんと親たちに説明してきかすことができた。若い者はつねに何でもよく知ろうとするものである。――ただし、昔の若い者は善いことをよく知ろうとしたのだが、いまの若い者は悪いことの方をよく知っていた。それからというもの、収容所に対しては文句もつけられなくなったので、野菜やキュウリなどいろいろと注文もあるようになり、多勢の人間の集住と賄《まかな》いに当然必要な有利な取引がいろいろと行なわれるようになった。

しかし、昨日の朝、サイレンが吼えだして、歩哨たちが地から湧いたように通りという通りに並び、脱走の噂がひろまって、やがてお昼ごろ隣り村で本物の脱走者が一人捕えられたときには、とうにもう人びとの馴れきっていた収容所が、一挙にしてまた、いわば新たに再建されたかたちだった。どうしてまたよりにもよってこのおれたちの土地に？　新たな塀がつくられ、新しい鉄条網が張りめぐらされた。ついせんだって最寄りの鉄道駅から村道を通って追いたてられて行ったあの囚人の一団は――どうして、どうして、どうして？　三年ほど前、甥《おい》の村長にたしなめられた例の女は昨夜また二度目に声をあげて泣いたのだった。脱走者をもうちゃんと捕まえてしまったというのに、そのあげく、車のはしにしがみついた男の指をわざわざ靴の踵《かかと》で踏みつけにするなんて、そんな必要があるだろうか。アルヴィン家の連中はみんな前から乱暴だった。それがいまみんなの先頭に立っている。若い血気盛んな農家の倅《せがれ》どもに囲まれ、あの捕まった男の何と青ざめて血の気の失せた姿……

そうしたすべては、若いヘルヴィヒの耳にも入っていた。彼がすこし物を考えるようになってからというもの、もう収容所はいつもれっきとして存在し、どうしてそれがそこになければならないのかという説明も、すべて収容所とともにちゃんとあったのだ。彼は他のことは何も知らなかった。彼が子供のときに収容所はもう建てられていた。いま、彼がどうやら青年になったとき、それがいわばもう一度建てられたのだ。

たしかに、あのなかにはただのごろつきや馬鹿たれはいないよ、と人びとは言っていた。当時あのなかにいた例の船員も、決してごろつき風情ではなかった。ヘルヴィヒの大人しい母親が言った、「そうだとも」と。若いヘルヴィヒは母親を見つめた。彼の心はすこしばかり不安になった。どうして今晩は暇なんだろう。彼はいつもの仲間とのつき合いや、賑やかなことや、競技や行進が好きだった。彼はトランペットやファンファーレ、万歳《ハイル》の叫びや行進の靴音といった荒々しい轟音《ごうおん》のなかで成長してきていた。とつぜん今晩二分間ばかり音楽と太鼓がすべてぴったりと鳴りやんで、いつもは聞こえない微妙なかすかな音が聞こえてきた。なぜ、あの園丁の老人は昨日の昼に、彼をじっと見つめたのだろう。彼をほめてくれた人も多勢いた。彼がちゃんと正確に述べたおかげで、脱走者が見つかったんだ、とその人たちは言っていた。

小さなヘルヴィヒは曲がり角をまがって、畑道を上って行った。彼はビート畑にアルヴィンの兄の方の姿を見つけて、声をかけた。アルヴィンはもう仕事で赤く汗ばんだ顔をしながら、道ばたへやってきた。この人は今日なんて大仕事をやってのけたことだろう、とヘルヴィヒは思った。まるでアルヴィンを弁護しなければならないように。アルヴィンは一部始終を、まるで狩猟のことでも話すみたいに、説明した。ほんのいましがたまで彼は、他人よりも早く野良に出かける一介の農夫だった。しかしいま、説明している彼は、SA《エスアー》指導者のアルヴィンであり、もしチャンスさえ与えられれば、ツィリヒのような人物にもなれる男だった。たしかにあのツィリヒだって、かつてはただのアルヴィンであり、マイン河畔のヴェルトハイムの農夫だったのだ。彼だってやはり早起きをし、彼だって、やはり汗水たらして働いたことがあるのだ。その頃彼のちっぽけな家屋敷は競売に付されたので、むだ働きに終わりはしたが。ヘルヴィヒはこのツィリヒを知ってさえいた。休暇を貰うと、この男はちょくちょくヴェストホーフェンからやってきては、居酒屋に坐りこみ、村のことをしゃべっていたからだ――追跡の説明のあいだ、ヘルヴィヒは眼を伏せていた。「おまえのジャンパーのことは」と最後にアルヴィンが言った、「おれは何も知らないよ。いや、そいつはきっと別の脱走者だったにちがいないよ。そいつはおまえが自分で捕まえるんだな、フリッツ。おれの野郎はとにかくそんなの着ちゃいなかったぜ」。ヘルヴィヒは肩をすくめた。彼は、がっかりしたというよりむしろほっとしたらしく、すたすたと学校の方へ歩いて行った。黄土色《おうど》に塗られた学校の正面が畑のはるか向こうに輝いていた。

3

この火曜日の朝、もう三十年このかたフランクフルトの室内装飾店ハイルバッハ社に定職を得ている六十二歳の室内装飾師アルフォンス・メッテンハイマーは、ゲシュタポから召喚をうけた。

人間はいつもとちがう何かわけのわからぬことにぶつかると、そのわけのわからぬこと自分の日常生活とが触れあっていそうな点を探し求めるものだ。そこでメッテンハイマーにまず浮かんだ考えは、彼の勤め先の社に欠勤届けをするということだった。そこで彼は支配人のジームゼンを電話口に呼び出して、今日は暇を貰わねばならない、と言った。ジームゼンはこの室内装飾師の頭《かしら》の知らせに、そりゃ困る、と言った。というのは、ミクヴェル通りのゲルハルト家を週末までに入居できるようにしておかなければならなかったからだ——新しい借家人のブラントが、ユダヤ人を想起させるものはいっさいきれいさっぱり取り除いてくれというのである。この注文をハイルバッハ社は二つ返事で引きうけていた。そこで、ジームゼンは電話で叫んだ、「いったいどうしたっていうんですか」——「いや、そいつはいまお話しするわけにいかんのですよ」とメッテンハイマーは言った。「せめて食後にちょっと来てくれませんかね」——「わからんですな」。彼は外へ出て、仕事場へ出かける人たちでいっぱいの通りを歩いて行った。自分がこういう人たちの群れから隔離されているような気がした。いつもなら彼はこの連中のなかでもいちばん普通なひとりだった。いや、それどころか、彼は、まったく日常の悦《よろこ》びや悲しみに終始して平凡な生活のなかに齢《よわい》を重ねてきた人間として、これらすべての人びとを代表することもできたであろう。

不幸な出来事の可能性を目の前にした人間は、誰でもすぐ、手許に貯えた確固不動なものを思い出そうとつとめるものだ。この確固不動なものとは、ある者にとっては自分の思想であり、また他の者にとっては信仰でもあり得るが、第三の者にとってはもっぱら自分の家族のことなのである。多くの者はおよそ何も持ってはいない。彼らは確固不動なものを持たず、空《から》っぽなのだ。外部の生活はすべてそのあらゆる恐怖と戦慄をともなって彼らのなかに流れこんでき、彼らは、はち切れるほど一杯になる。

メッテンハイマーは、女房に教会通いはまかせっぱなしで、「神さま」のことはふだんめったに考えたこともなかったが、その「神さま」が、まだいらっしゃることを急いで確かめてから、停留所のベンチに腰をおろした。そこは、彼がここ数日、町の西部へ仕事に行くために、乗り降りするところだった。

彼の左手は慄《ふる》えはじめた。しかしそれは、やっと外面へ現われた、なごりの慄えにすぎなかった。彼の最初の驚愕はもうすぎさっていた。彼はいま女房のことも子供たちのことも考えなかった。彼の頭はもっぱら自分自身のことでいっぱいだった。自分自身のこと、その自分は老衰した肉体に閉じこめられており、なぜか知らぬが、人びとはこの肉体を責めさいなもうとするのだ。

彼は、手の慄えの止まるまで待った。それから彼は歩いて行こうとして、また立ち上がった。時間はたっぷりあった。召喚は九時半までと記されていた。しかし、やっぱりその場所に行って、待っている方がよいと思ったのだ。そういうところにも、彼が彼なりに度胸のあるしっかり者であることが示されていた。

そこで彼は家並みづたいにハウプトヴァッへまで歩いて行った。いま彼はおちついてもの思いに耽《ふけ》った。召喚の理由は、結局、ただ彼の真ん中の娘エリの、あの以前の夫ゲオルクに関することなのかもしれぬ。しかし、あの男はもう何年このかた収監されている。かつての舅《しゅうと》であった彼自身、一九三三年の末にこのことで訊問されて以来、何も変わったことはないはずだ。それに、当時すでに、彼自身はこの結婚に反対だったこと、彼を訊問した人びととゲオルク・ハイスラーに関してはまったく同意見であることが、明らかにされていた。彼らは彼に、エリが離婚するように説得することを勧めていた。それはもちろん彼はやらなかった。それとこれとは何の関係もない、それはまた別のことだ、とメッテンハイマーは考えた。

彼はすぐそばのベンチに腰をおろした。八番地のこの家は、わしも前にすっかり壁紙を貼ったことがある。あの連中、あの夫婦は、最初から花にするの縞模様にするの、青にするの緑にするの、って喧嘩していたっけ。あのとき、黄色を勧めたのはこのわしだ。「わしがおまえさんたちの壁紙を貼ったんだ、なあ、皆の衆、だからこれから先もおまえさんたちのために貼り続けまっせ。わしは室内装飾師なんだからね」

しかし、彼ら（ゲシュタポをさす）はこの若僧（ゲオルクをさす）のことで彼から何かしら期待できるはずだった。彼は、信仰の戦いで司祭たちといっしょに戦った父親の一人では決してなかったのである。彼には、復活祭の時までだが、まだ学校に行っている末の子もいた。その獅子っ鼻のリースベトが教会のために戦う正義の兵士だとは、彼にはまず考えられなかった。そのことを彼は、彼の気持ちをそれとなく打診する司祭にもはっきり言った。娘は学校でやれといわれることは何でも大人しくやった方がいい。あの娘はすべての娘が行くところには行かしてやりたい。娘は、半ば禁じられているようなことには走るべきでなく、単純に他のみんなといっしょにやってればよい。せいぜい例外は何か特別なお祭りのときだけだ。彼は妻と自分とを信じていた——いま娘たちがどんな馬鹿げたことを学校で教えられていたところで——自分たちは娘のリースベトをまともな一人前の人間に仕立てあげることができる、と。それどころか彼は、娘のエリの子供、この父親のない子も立派な人間に育ててみせる、と信じていた。

「あんたは二番目の娘さんのエリーザベト、あんたの家ではエリと呼んでなさるが、その息子アルフォンスを、一九三三年の十二月から三四年の三月までは完全に、三四年の三月から今日までは昼間だけずっと、あんたの住居で世話してますね？」

「さようです、警部さん」とメッテンハイマーは言った。いったいこの子供をどうしろというのだろう、と彼は思った。だが、そのことでこの人はわしを召喚したわけでもあるまい。第一、こんなことをみなどこから聞いて知ってるんだろう？

ヒトラーの肖像画がかかっている下の肘掛け椅子に坐ったこの若い男は、まだ三十にもなってやしまい。まるで部屋が二つの世界に分かれて、緯度線がテーブルの上を走っているかのようだった。メッテンハイマーはぐっしょり汗をかいて、彼の呼吸はせわしく——反対側の若い男は生きいきとして元気に見え、彼の呼吸する空気はたしかに爽やかだった。

「あんたには五人お孫さんがありますな。どうして特にこの子の面倒を見るんです？」

——「娘が昼間は勤めに出るからです」。いったいこのわしに何を要求しようというんだ、とメッテンハイマーは思った。しかし、何ていったって、わしはこんな若僧におどかされはしないぞ。ほかのどことも同じ、何の変哲もない部屋。ほかの誰とも同じ、何の変哲もない若い男……。彼は顔の汗をふいた。若い警部は若やいだ灰色の眼で彼を注意深く見つめた。室内装飾師はくしゃくしゃに丸めたハンカチを手に握っていた。

「児童ホームはちゃんとある。あんたの娘さんは働いている。今年四月一日からは百二十五マルクも貰っている。それなら子供の費用ぐらい出せるはずだ」

メッテンハイマーはハンカチを片方の手にもちかえた。

「どうしてあんたはこの娘さんの面倒を見るんですかね、もう十分自分で暮らしていけるこのひとの？」

「彼女《あれ》はひとりきりです」とメッテンハイマーは言った。「あれの亭主は——」

若い男は彼をちらっとにらんで、それから言った、「まあ、お坐んなさい、メッテンハイマーさん」

メッテンハイマーは腰をおろした。彼は、とつぜん、さもないといまにも、ぶっ倒れそうな気がしたのだ。彼はハンカチを上着のポケットに突っこんだ。

「あんたの娘さんのエリの夫は三四年の一月にヴェストホーフェンへ引き渡されましたな」

「警部さん」とメッテンハイマーは叫んだ。彼は半ば飛び上がったが、またもとの椅子へどさりと落ちた。彼は静かにおちついて説明した。「その男のことはもういっさい知りたくありません。わしは、あいつにはもう永久に家の出入りを禁じました。最後には、もう、娘は奴のところには住んでおりませんでした」

「三二年の春には、娘さんはあんたの家に住んでいた。その年の六月から七月には、娘さんはまたその夫のところに住んでいた。それからまた、あんたのところに移ってきたってわけですな。娘さんは離婚はしていない」

「さようです」

「どうしてしないのかね」

「警部さん」とメッテンハイマーが言った。彼はズボンのポケットでハンカチを探していた。「たしかに彼女《あれ》はわしらの意志にそむいてあの男と結婚したんですが――」

「しかし、それにもかかわらず、あんたは父親として娘さんに離婚をすすめはしなかった」

部屋はやっぱり普通《ただ》の部屋ではなかった。部屋は静かで明るく、一本の樹の葉影が美しくちらちら映っている、庭に面したごくありきたりな部屋、そのことがまさに、この部屋の怖しさだった。この若い男が灰色の眼と淡色の髪をもったごくあたりまえの男で、しかも、すべてを知っており、万能の権力をもっている、そのことこそまさに怖しさだった。

「あんたはカトリックですね？」――「はい」――「それで離婚に反対だったんですか」――「いや、しかし結婚は――」

「あんたにとって神聖ですかね？　ええ？　あんたにとっては、ごろつきとの結婚でも神聖なものなのですかね」

「ごろつきかどうかは、そりゃ誰にもまえもってわかりませんな」とメッテンハイマーは低い声で言った。

若い男はしばらく彼をじろじろ見ていたが、それから言った、「あんた、ハンカチは上着の左ポケットに突っこんだぜ」。いきなり彼はテーブルを叩いて、大声でどなった、「いったいあんたはどうして娘さんを、そんなならず者と結婚するように教育したんだね」

「警部さん、わしは子供たちを五人教育しました。みんなわしには自慢になる子供ばかりです。わしの長女の主人はSS《エスエス》の大隊指導者(親衛隊の少佐に相当)です。長男は――」

「私はあんたにほかの子供たちのことを訊いてるんじゃない。いまは、あんたの娘のエリーザベトのことをお訊ねしてるんだ。あんたは娘さんがこのハイスラーと結婚したのを許した。あんたは去年の末に娘さんがヴェストホーフェンへ行くのにまでついて行ってやった」

この瞬間、メッテンハイマーは、やっぱりまだ自分には何かがある、非常の場合のための最後のもの、自分の確固不動の拠り所があることを知った。彼はすっかりおちついて答えた、「若い女には骨の折れる道中です」。この若い男はわしの末息子と同じぐらいの年だ、と彼は思った。だいたいこの男がどうしてわしとしゃべったりするのだ。何の権利がこの男にあるというのだ。この若い男は両親とそりが合わなかったにちがいない、教師とだってうまくいかなかったにちがいない……。左膝の上の彼の手はもちろんまたしても慄えだした。にもかかわらず、だが、彼はおちついてつけ加えた、「それは、父親としてのわしの義務《つとめ》でした」

一瞬、静まりかえった。メッテンハイマーは額に皺《しわ》をよせながら、さらに慄え続けている自分の手を見た。

「そのお義務《つとめ》の機会ももうないでしょうよ、メッテンハイマーさん」。そこで、メッテンハイマーははっとした。「あの男は死んだんですか」と彼は叫んだ。

訊問の重点がこの点におかれていたのなら、警部はきっと失望したにちがいない。室内装飾師の声音の底に、正直ほっと安心したような調子のこもっていたことを見逃すわけにはいかなかったからだ。まったく、あの若僧が死んでしまえば、万事いっぺんに片がついちまうんだが。室内装飾師が彼の生涯にほとんどない、だが決定的な瞬間に、自分で自分に課した奇妙な義務。だがしかし、この義務を何とかして免れようとする、あるときは狡猾《こうかつ》な、またあるときは苦しく耐えがたい試みの数々。そうしたすべてが片づいてしまうのだ。

「いったいあんたはなぜ彼が死んでると思うんですかね、メッテンハイマーさん」

メッテンハイマーは口ごもった、「あんたはそういって訊きなさるが——わしは別に何も考えては」

警部は飛び上がった。彼はテーブルの上へ屈みこむように乗りだした。それから、彼の声音の抑揚はすっかり物やわらかになった。「どうして、あんた、メッテンハイマーさん、あんたは婿さんが死んだ、と認めなさる?」

室内装飾師は自分のわなないている左手を右手で包むようにした。彼は答えた、「わしはぜんぜん、そんなこと認めませんが」。彼の平静は去った。別の種類の考えが、あの若僧、あのゲオルクから完全に解放されるという彼の希望を打ち砕いたのだ。いま彼は思い浮かべた、世間の話が本当なら、ああいう強情な若僧どもに奴らはひどく度のすぎた苛《いじ》めかたをしてるそうだ、だから、彼が死んだとすれば、おそらく想像もつかないほど苦しい死に方をしたことだろう。そういう人びとの声にくらべれば、この警部のこせついた潰し声など、お役目大事なへなちょこ男のつまらぬありきたりな声なのだ。

「しかし、あんたにはきっと、このゲオルク・ハイスラーが死んだということを認めるだけの根拠が何かあったにちがいないがね?」。彼はいきなりどなった、「メッテンハイマーさん、ここじゃあごまかしはききませんぞ」

室内装飾師は縮みあがった。彼は歯の根を噛みあわせながら、黙って警部をじっと見た。「とにかく、あんたの婿さんは特に持病もない頑丈な青年でしたな。だからなおのこと、あんたの主張には、なにかよりどころがあるにちがいないが？」

「いや、わしはなにも主張など致しませんです」。室内装飾師はまた平静をとりもどした。彼は左手を離しさえした。そして、いま、この右手で、この若い男の横っ面をはりとばしたら、どうなるだろう。相手は即座に彼をぶちのめすだろう。相手の顔は真っ赤になって、彼の、室内装飾師の、手のあたったところだけ白い斑点になって残るかもしれぬ。青年時代以来はじめて、彼の年老いた重い頭に、無鉄砲な、及びもつかぬ殺気だった妄想がかけ上り、かけぬけて行った。まったく、家族もちでさえなけりゃあ！と彼は思った。彼は舌で口髭をなめるように触りながら、微苦笑をおし殺した。警部は彼を見つめていた、「メッテンハイマーさん、さあ、ひとつ、私の言うことをちゃんとよく聞いて下さい。あんたの証言はわれわれ自身の観察を裏書きし、それどころか、若干の重要なポイントではそれを補ってさえくれるものなんだが、そのあんたの、自身の証言にもとづいて、われわれはあんたに警告したいですな。ねえ、われわれはあんたに警告を発したい、あんたの利害について、メッテンハイマーさん、いや、あんたの家族全員の利害についてです、あんたはいま、その家長としてここにいるわけですからな。あんたの娘エリーザベト・ハイスラーの前夫とすこしでもかかわりのあるような真似は一《いっ》切合財《さいがっさい》おやめなさい。もしもなにか思いあまって人の意見を聞きたいときには、あんたは、奥さんや家族の人たちや、教会の援助者などは相手にしないで、このわれわれの本部に足をお向けなさい、そして、十八号室を呼びだすんです。わかりましたかな、私の言うことが、メッテンハイマーさん」

「いや、よおくわかりましたです、警部さん」とメッテンハイマーは言った。彼は一言も聞いてはいなかった。何を警告されたんだ。何が裏書きされたんだ。どういうことを思いあまるというんだ、たったいま、彼がびんたを食らわそうと思った若い顔は、とつぜん花崗岩でできたようにこわばって、歯のたたたぬ権力の権化《ごんげ》そのものだった。

「では、行ってもよろしい、メッテンハイマーさん。あんたはハンザ小路十一番地に住んどる。そして、ハイルバッハ社で働いてるんでしたな。ハイル・ヒトラー！」

一瞬後には、彼は表通りにたたずんでいた。ぽかぽか暖かい秋の陽ざしが都会の上に漂って、群衆のすべてに、春にしか見られないあの浮きうきしたお祭り気分をあたえていた。群衆はたちまち彼もいっしょにそのなかへひきずりこんだ。あの奴らはいったいわしをどうしようというのだろう、と彼は思った。そもそも何のためにこのわしを呼びだしたんだ。あるいはエリの子供のためかもしれん。世間でいう通り、奴らは人から、世話をしてやる権利までとりあげちまう。とつぜん彼はいっぺんで陽気になった。いや、どこかの役所が何かの仕事のことで何かを彼に訊いただけなんだ、そう思って、彼は自分で自分と妥協したからである。いったいそんなことで、どうして彼を困らすことができよう。彼はもうそれ以上とやかく考える気は少しもなかった。彼は糊の匂いをかぎたくなった、室内装飾師の上っ張りをすっぽりかぶって、いつもの生活のなかにもぐりこみたくなった、深く深く、誰にも見つからないほど深く。その瞬間、二十九番の市電がそこへやってきた。彼は人びとを押しのけて、それに飛び乗った。すると、また彼は彼で、うしろから飛び乗った一人の男に車両のなかへ突きとばされた。新しい中折れ帽を、かぶっているというよりは頭に乗っけている小肥りの男だった。彼自身よりいくらも若くない男。二人は互いに競争するようにはあはあ息をきらしていた。「いい年をして」とメッテンハイマーが言った、「いい恥さらしでしたな」。相手もぷりぷりして言った、「いや、その通り」

メッテンハイマーが仕事場に着いたとき、ジームゼンが挨拶して言った、「いや、メッテンハイマー、あんたがこうすぐ来てくれるってことがわかってりゃあなあ。わたしゃまた、あんたんところが火事にでもなったか、それともあんたの奥さんがマイン河へでも落っこちたかと思ったぜ」

「ちょっと役所の用事だけでさ」とメッテンハイマーは言った、「何時ですかい?」

「十時半」

メッテンハイマーはさっと上っ張りを着こんだ。たちまち彼は罵りだした、「おまえたち、また縁飾《へりかざ》りをいの一番に貼っちまったな。いったいこりゃ、なんてざまだ。てんでひきたちゃしない。おまえたちは壁紙をずらずら貼ることばかり、気をつかってるんだな。まったく、すこしは気をつけろよ。これはな、下からこういう風にやらなきゃいけないんだ。これじゃみんな、なんにもならないじゃないか」。彼はぶつぶつぼやいた、「わしがいまこうやって来たから、まあいいようなものだが」。彼は梯子《はしご》の上をリスのようにいそいそと跳びまわった。

4

ゲオルクはうまくやった。彼は、大聖堂が開くが早いか、朝詣りの客に早変わりしたのだ。彼はたくさんの女たちにまじったほんの少数の男のなかのひとりだった。堂守は彼にも気づいた。ほう、昨日閉門の三分前に慌てて出ていった男もいるわい、と彼は満足げに考えた……。ゲオルクはまっすぐ起きあがるのに手間どった。彼は苦しそうにやっと足をひきずって歩いて行った。あの男はもう二日とはもたんな、と堂守のドルンベルガーは考えた、大通りに出たら、腰をぬかしてのびちまうだろう。あいつの顔は死病にとりつかれたように土気色《つちけいろ》だ。

この手の怪我さえなかったらなあ！　人間て奴は、いつでも何かほんのちょっとしたつまらぬことで、万事ぶちこわしになるもんだ！　このおれの手は、いったいいつどこでこうなったんだっけ。あの、二十四時間ばかり前に、ガラスのかけらのついた塀のところでだった……。彼は人群れに大聖堂から押し出されて、戸口を抜け、とある短い路地へ入って行った。低い屋根の家々があって、その店先はもう明るかった。その家々のあいだで、路地は、大きな、霧のために果てのわからぬ広場へ突きあたっていた。霧にもかかわらず、広場と路地はうようよと人がうごめいていた。露店がひらいていた。大聖堂の戸口にも、コーヒーとできたての菓子の匂いが強くただよった。すぐわきに、大聖堂名物の喫茶付設の洋菓子屋があるからだった。そして、少なくともミサから出てくる人びとの視線はみな、そのショーウィンドーのリンゴケーキやシュトロイゼルクーヘンの方へ移動するのだった。

冷たい湿った空気に頬を打たれると、もはやゲオルクはどうにも助からない気持ちだった。両脚は身体から脱けおちたようで、彼はもうへなへなと舗道にうずくまってしまった。老婆が二人大聖堂から出てきた。二人とも独身の姉妹である。一人がむりやり彼の手に五ペニヒ握らせた。するともう一人が罵って、「あんた知ってるんでしょうに、それはしちゃいけないことになってるのよ」と言った。妹の方は唇を噛んだ。この女は五十年このかた、叱られ通しなのだ。

しかし、ゲオルクは微笑せずにはいられなかった。彼は、人生をどんなにか愛していたのだ。シュトロイゼルクーヘンの上にのった甘いそぼろ状のものや、戦争中パンに入れて焼いたもみ殻さえも、彼はそうしたすべてを愛していた。町、川、故郷の土地、彼をとりまくすべての人びと、妻のエリ、ロッテ、レーニ、カテリンヒェン、おふくろ、小さい弟。人びとを元気づける集会のスローガンも、ギターの伴奏つきで歌う軽い唄も。彼の生活を根底から揺さぶった偉大な思想の表現として、フランツの読んで聞かせてくれた文章も。婆さんたちのべちゃくちゃ囀《さえず》るおしゃべりさえも。みんなみんな何とよい心楽しいものだったろう。ただ個々の部分がいくらか悪かっただけだ。いまでも、すべてがみな、彼には好ましかった。彼は力を奮い起こして立ち上がると、壁によりかかって、空腹を抱えながら、みじめに、広場の方を見た。人びとがいましも霧のなかを街灯の下で何やら建設の仕事に立ち働いていた。そのとき、彼の心のなかを熱いものがはげしく貫いた。とにかく自分だって、いままでのすべてのことがあるにもせよ、やはり、すべての人から、すべてのものから、おそらくはこれが最後であっても、何かしら苦しみ多いよるべない愛情をもって、愛を報いられているのだ。彼は洋菓子屋の方へ幾足か歩いて行った。残りの五十ペニヒは虎の子の資金にとっておかねばならない。彼は小銭をカウンターの上においた。女房《かみ》さんが一枚の紙の上に、粉々に砕けたビスケットと焼け焦げのケーキのはじっこをかき集めた菓子くずの山を一皿あけてくれた。女房《かみ》さんはちらっと彼のジャンパーを見た。こんなもの食べるにしちゃ、よすぎるものを着てると思った。

その視線がゲオルクをはっと正気にかえらせた。彼はそのかけらの山をあわててみんな口に頬ばってしまった。ゆっくりともぐもぐ嚙みながら、彼は広場のすみに足をひきずって行った。街灯はまだついていたが、もう要《い》らなくなっていた。はやくも秋の朝の靄《もや》をこして、向こう側の家並みが見えだした。ゲオルクは入り組んだ路地を抜けて、先へ先へと歩いていった。迷路のような路地は糸巻のように広場のまわりを巻いていて、結局彼もまた広場へ出てきてしまった。ゲオルクは、とある看板を見た。医師《ドクター》ヘルベルト・レーヴェンシュタイン。この人がおれを救ってくれるかもしれぬ、と彼は思った。彼は階段を上っていった。

まず足を踏みいれた、このあたりまえの階段室は、もう何カ月ともいえない久しぶりのものだった。床板のみしみし鳴るのにも、彼は泥棒かなんぞのように、ぎくりとした。

ここでもコーヒーの香りがする。住居の戸の背後では、あくび、子供たちの目ざめ、コーヒーを挽く音とともに、いつもの一日がはじまっている。

彼が待合室に入ったとき、一瞬しーんとなった。みんなが彼を見つめた。患者の二つのグループ。窓ぎわのソファーには一人の女と子供、それからレインコートを着た若い男、——テーブルには、年とった農夫、男の子を連れた中年の都会風な男、それにいまゲオルク。農夫が話をつづけた、「もうここは五回目だよ、どうせ助かりっこはないんだが、まあ、いくらか安心するからね。まあ、気休めさ。うちのマルティンの奴が除隊になって帰ってきて、嫁がくるまで、もちこたえささえすりゃあね」。その一本調子な声音で、彼は話をすると痛むらしいことがわかった。しかし、彼はそうした打ち明け話をしたいばっかりに、痛みを我慢しているのだ。「ところで、あんたは？」と彼は付け加えた。「いや、私は自分のことで来てるんじゃないんで」と相手は素っ気なく言った、「この坊主のことで来たんですよ。これは私のたったひとりの妹の一人っ子なんで、この子の父親は、妹がレーヴェンシュタインのところへ行くのをいかんと言いましてね。それで私が、妹のかわりに、この坊主を連れてきたんです」。老人が言った（彼は痛むらしい腹を両手でおさえていた）、「まるで他には医者がないみたいだね」。相手は気のない調子で言った、「あんただってここじゃないですか」——「わしかね？　しかし、わしはもう他の医者んところもみんな行ってみたんだ、ドクター・シュミット、ドクター・ワーゲンザイル、ドクター・ライジンガー、ドクター・ハルトラウプ」。いきなり彼はゲオルクの方を振りむいて、「あんたはいったいどうしてここへ」――「この手のおかげですよ」――「しかし、ここは手の医者じゃありませんぜ、ここは内科なんだがね」――「内科の方もなんだか悪いんですよ」――「自動車事故かい」。待合室の戸が開かれた。老人は痛みで耐えられず、テーブルの上へ、そしてゲオルクの肩の方へ凭《もた》れかかってきた。恐怖ばかりではない――子供のような手のつけられない不安でゲオルクはいっぱいになった。むかし、若いころ、方々の待合室で味わったあの不安。それはまだ、そこにいるやんちゃ坊主と同じくらいの小さなころだった。そのころと同じように、彼はしょっちゅう肘掛け椅子のふさを毟《むし》っていた。

玄関のベルが鳴った。ゲオルクはぎくっとした。だが、次の患者が入ってきただけだった。まだ子供っぽい陰鬱《いんうつ》な少女がテーブルのわきをすぎて行った。

とうとう彼は医師の前に立った。名前と住所と職業を訊かれた。彼は何やら申し立てた。もう壁がぐらぐら揺れて、彼は診察室という白色とガラスとニッケルでできた奈落、おそろしく清潔な奈落の底に滑りこんだ。滑りこむとき、彼はこの医師がユダヤ人種に属することを医師の口から聞かされた（ユダヤ人医師は患者に、自己の素姓をあらかじめ明言するようナチの法で規定されていた）。あの臭いがする。診察の後で、いつもきまってヨードチンキを塗ったり包帯をまいたりしてくれる、後始末を思い出させるあの臭いだ。「お坐りなさい」と医師が言った。

医師は戸口で早くもこの患者の印象をひどくよくないと思った。彼はそういう予兆を心得ていた。傷口が開いていない、膿腫《うみ》がない、眼の上下にうっすらと細いくまがある。この男では、そのくまはもう黒い濃い翳《かげ》になっている。どこが悪いのだろう。その上、医師は、朝っぱらから駆けこんでくる患者というものに馴れていた。昔なら巫女のところへ駆けつけるように、ぎりぎりの最後の瞬間、隣近所に気づかれぬように、早朝を選んでとびこんでくる患者。事故ですか。そうです。彼はどこまでも医者だったから、どんな傷、どんな病気でも、たちまちその強い引力にひきずりこまれる。その引力に縛られているあいだにも、彼はふたたび男の表情をちらと見て、さっきよりもさらに強く、胸苦しい不安を感じた。いったいこれはどういう包帯だろう？　ジャンパーの裏地じゃないか。彼はそれをゆっくりと全部ひろげてみた。そもそも何者だろう。年とってるのか、若いのか？　彼の不安はますます増大して、彼の首を苦しくしめあげた。まるで、この病人相手の十九年間、いまだかつて死神がこれほど彼に近づいたことがなかったかのように。

彼はいま眼のまえにひろげられた手を眺めた。その手はたしかにひどい状態だった。

しかし、この男の額と眼にあらわれた予兆を裏書きするほどにひどくはない、——この男は何でこんなに疲れているのだろう。男は手のためにやって来たのだ。だが、きっとまだ他にも、まだ自分でも気づかない病気があるにちがいない。そこでまず、ガラスの破片をとりださねばならない。この男はガラスの破片を浴びたのにちがいない、とにかく彼からとってやろう。この男は、自動車修理工です、と答えたっけ。「二週間のうちには」と医師は言った、「また仕事ができますよ」。男は何も答えなかった。ガラスの破片なんか平気の平左なのだろうか。しかし、この見知らぬ男の心臓は、完全な調子とはいえないまでも、それほど悪くはない。それじゃ、どこが悪いんだろう。第一、自分はなぜ、この男の病気を見つけだそうという内心の衝動のままに行動しないのか。

なぜこの男は事故のあとすぐ最寄りの病院に駆けこまなかったんだろう。泥はもう少なくとも一晩中ここについたままだ。彼はいまピンセットで触るので、男の注意をその手からそらさせるためにも、訊いてみようと思った。男の強い視線が彼をひるませた。彼は言い淀んだ。彼はもう一度さらによくその手を見つめた、それから、ちらっと男の顔を、ジャンパーを、男全体を眺めた。男はすこし口を歪めて、斜めに、だがしっかりと彼を見つめた。

医師は自分でも唇まで蒼ざめてくるのを感じながら、ゆっくりとうしろ向きになった。

そして手洗いの上の鏡に映った自分自身を眺めたとき、もう彼自身の顔は一面に黒ずんでいた。彼は眼を閉じた。彼は両手に石鹸をつけて、おそろしくゆっくりと洗い、水を流した。私には妻子がある。どういうわけでこの男は私のところに来るのだろう。ベルの鳴るたびに、びくつかねばならない。そして私は日ごと夜ごと、あらん限りの責め苦を受ける。

ゲオルクは医師の白い背中に眼をやった。しかし、あんただけじゃない、と彼は考えた。

医師は水道の蛇口の下に手をあてていたので、飛沫《ひまつ》があたりに飛んだ。こんなことは、もうこれ以上我慢はできない。いままたその上にこれだ。しかし、こんなに悩まねばならないなんてことは決してあり得ない。

ゲオルクは、水が噴水のように流れるあいだ、眉根をよせて考えていた、しかし、あんたひとりではない、と。

そこで医師は水道の栓を閉め、新しいハンカチで手を拭くと、普通なら患者だけしか感じない不安をはじめてクロロフォルムとともに嗅いだ、――どうしてこの男は、この私のところに来たのだろう、よりによって私のところに、どういうわけで？

彼はまた水道の栓をひねった。それから彼は二度目に洗い直した。そんなことはおまえとはぜんぜん何の関係もない。おまえのところには、ただ手が一本待合室に入ってきただけなんだ、病気の手が。その手がごろつきの袖から出ていようと、大天使の翼の下から出ていようと、おまえにはまったくどうでもよいことだ。彼はふたたび栓を閉めて、手を拭いた。それから彼は注射の仕度をした。ゲオルクの袖をまくると、彼は、この男がジャンパーの下にシャツを着ていないのに気づいた。そんなこと私とは関係ない、と彼はひとりごちた、私の問題は、手だけだ。

ゲオルクは包帯した手をジャンパーのなかに突っこむと、「ありがとうございました」と言った。医師は彼に料金のことを訊こうと思ったが、男はまるで無料奉仕でもしてもらったような調子で礼を言っていた。出て行きながら彼がよろけても、いまはもう医師にとっては、悪いところはただ手だけのような気がした。

ゲオルクが階段を下りていくと、いちばん下の中継段のところで、腕まくりをした小男が彼の前に立ちはだかった、「あんた、三階からですかね?」

ゲオルクはとっさに嘘をついた。本当のことを言った方がよいか、嘘の方がよいか、考える暇がなかったのだ、「四階からです」——「ああ、そう」と小男は言った、男は管理人だった、「私はまた、レーヴェンシュタインのところからだと思っていた」

大通りに出ると、ゲオルクは、二軒ほど先の家の戸口のところに、さっき待合室にいた農夫の老人を見かけた。彼は広場の方をじっと見た。霧はあがっていた。路店の上に茸《きのこ》の傘のように連立している布の円屋根の上に、秋の陽が当たっていた。ありとある果物や野菜が、単純な、ある程度整った花壇のように、美味そうに野趣を盛ってそこに並んでいた。だから、それはまた、農家の女たちが自分の畑や菜園の産物をそっくりそのまま広場に持ちこんできたように見えた。いったい大聖堂はどこだったんだろう。四、五階建の家々、露店の円屋根と馬、荷車や女たちの背後に、大聖堂はすっかり消えてしまっていた。

頸筋をのばしてみて、はじめてゲオルクはいちばん高い主塔、ここをつまめば市全体を持ちあげられるような金色の尖頂、を認めた。彼が、じっとあとを見送っている農夫のわきをすぎて、さらに数歩も歩いていくと、家々の屋根ごしに、馬上の聖マルティンの像がマントを切り裂いている姿が見えた。ゲオルクはものすごい雑踏のなかに身を投じた。リンゴ、ブドウ、カリフラワー、すべてが彼の目の前で踊っていた。最初彼は、もうむしょうに、マーケットのなかに顔を突っこんでぱくつきたい欲望にかられた。それから、今度はただもうむかつくばかりだった。それが、いまは彼にとってもっとも危険な状態になっていた。疲労で眩暈《めまい》がし、考える力も失せて、彼は露店のあいだをよろよろとほっつき歩くのだった。しまいに彼は魚屋の並んでいるところに辿り着いた。彼は広告柱によりかかって、一人の魚屋が大きな鯉の鱗をそぎ、はらわたを抜く光景を眺めていた。魚屋は一枚の新聞紙にそれをくるんで、一人のお嬢さんに渡した。それから彼はひしゃくで桶からフライ用の小魚をしゃくって、一つひとつにすばしっこくちょっと切り口をつけると、一摑みを秤の上にほうりあげた。ゲオルクは胸がむかむかしてきたが、それでもじっとその手際に見とれずにはいられなかった。

あの先刻の待合室の老農夫は階段口に立って、ゲオルクのうしろ姿を見失うまで黙って見送っていた。しばし彼は、秋の陽のなかを馳《は》せかう人びとをなおも眺めていた。広場全体が痛みのために真っ暗になった。上体がゆらゆら揺れた。これであのごろつきのユダヤ人医師め、わしに十マルクもよこせと言いおった、と老農夫は考えた、ライジンガーより一文も安くなんかありゃしない。ライジンガーが相手じゃ喧嘩にもならないが、このユダヤ人めは、倅が帰ってきたら、こっぴどい目にあわしてやるからな。彼は杖によりすがって背伸びをし、そろそろと広場を斜めに横切ると、足をひきずってセルフサービス食堂に入った。窓ごしに外を見ると、またしてもゲオルクが手に目新しい包帯をして広告柱によりかかっているのが眼にとまった。彼は、ゲオルクが首を窓の方へ向けるまで、ながいことじっと見つめていた。ゲオルクはなんとなく不快を感じた。たしかにゲオルクの位置からは窓の奥に何も見わけられなかったが、にもかかわらず、彼はぷいっとその場を離れると、魚屋のわきを通って、ライン河の方へ歩いて行った。

このころ、もうフランツは何百枚もプレスしてしまっていた。捕まった丸太ん棒のかわりに、まるっきりの若僧が、塵埃《ごみ》を吸いとりにやってきた。みんな丸太ん棒に馴れっこになっていたから、はじめは誰しも呆《あき》れて相手にしなかった。ところが、この若僧がまたおそろしく図々しい陽気な腕白で、早速もう綽名《あだな》までちょうだいしてしまった、曰く、山椒小僧。そこで今は、丸太ん棒、丸太ん棒と言うかわりに――山椒小僧、山椒小僧と呼ばれていた。

昨夕と今朝の更衣室では、みんなの話題は、丸太ん棒の逮捕のことよりも、アルミニウム板のプレスの仕上げ個数がとつぜん、彼らにはまだよくわからないが、引きあげられた(労働強化)ということに刺戟されていた。この出来事はその日の仕事をしていくうちに、ようやく多くの者に明らかになった。レバーを一分間に三回のかわりに四回押すように、機械の部品が何か取りかえてある、と一人が説明した。つまり、いったん差しこんだ板を、その都度また新しい位置に回さねばならぬかわりに、今度は押すたんびに板がひとりでに回転するようになったからだ。結局、まず第一に昇給が問題だよ、ともう一人は言った。そのあとを受けて、第三の年かさの男が言った、昨夜みたいにくたくたになったことは一度だってなかったぜ。それに続いて、第二の男が言った、月曜の晩はいつだってくたくたさ。

こうした会話やその原因、その語られる調子などを、いつものフランツなら長いこと考える材料にしたであろう。根本の事象が数多くの事象を誘起する、その派生的な事象はすべてまたそれぞれそれなりに根本の事象よりも重要だ、人びとがヴェールをぬぎすて、真の相貌がひらめき出るからだ。だが、いまはフランツは失望していた、いや、自分の考えの邪魔になるばかりだった。日夜彼の気になっている正確な情報は、この日常生活のひからびた不毛な土壌にいては、ほとんど滲みとおってこないのだ。

簡単にエリのところへさえ行けて、いろいろ訊けさえすればな、とフランツは思った。彼女はまた両親のところで暮らしてるのだろうか。いやいや、そんな冒険はできない。せいぜい、できても、どこかでばったり逢うのが関の山だ。

エリがまた実家へ戻ってるかどうか、注意して街路で聞き合わしてみよう、と彼は心にきめた。たぶんエリはもう金輪際この町にはいまい。だから、あれもやっぱり相変わらず尾をひいてるんだ。あのころ、おれの負わされた古傷は、いまだになおあとをひいている。愚かさからにしろ、悪戯《いたずら》でにしろ、とにかくあの傷は本当だった——一生。

なにを、くそ、馬鹿馬鹿しい、フランツは思った。あのエリはきっとぶくぶくに肥ってしまったろう。また彼女に逢ったとしたら、おれはおそらくゲオルクに向かって、よくもまああのとき大骨折っておれから巻きあげちまってくれたと、お礼を言いたくなるだろうさ。それ以外にはもう、あの女とおれとは何の関係もありゃしない。

仕事が終わったら、一走りフランクフルトへ行ってみよう、と彼は決心した。彼はハンザ小路のどこかの店で買い物をするつもりだった。そこでメッテンハイマー一家のことを聞きだせるだろう……。山椒小僧が彼のそばへ寄ってきて、彼の肘《ひじ》の下に手を突っこんだ。フランツはすこし前腕をあげた。そのおかげで、彼の作業は失敗した。びっくりしてそのつぎもやり損なった。そのつぎの三回目もまだうまくなかった。フランツは顔を真っ赤にして、小僧に躍りかからんばかりだった。小僧は彼にあかんべえをしてみせた——山椒小僧の丸い顔はまばゆい光の下で粉をふいたように白かった。その図太いきらきらした眼のまわりには、疲れのために、青いくまどりができていた。

フランツはとつぜん自分の部署のあたり全体を見わたして、聞き耳をたてた。五週間前、彼がはじめて元気よくここへ入ってきたとき、数分間、ここを眺めまわしたように。彼はベルトのシュルシュル鳴る音を聞いた。それは人の頭に食いこみ、あらゆる思考に斜めに切りこんできたが、しかし、金属帯が軌条とこすりあう微妙な騒音を消すことはなかった。彼は人びとの顔を眺めた。その顔は平等な光のなかにすっかりむき出しになって、三秒間隔でレバーを押すたびにそれがみな一斉にぴくっと動く。こんなときしか奴らはぴくつかないんだ、とフランツは思った。彼は、いましも自分が一枚無駄にしたばっかりに、すんでのところで山椒小僧に飛びかかりそうになったことなど、もう忘れてしまっていた。

このフランツから大して遠くはない、おそらく自転車で半時間ほど離れた、フランクフルト中央駅の近くの、ある繁華な通りで、なにやら人だかりがしていた。人びとが首をのばしてのぞき見していた。なかに大きなホテルまで含まれているある複合ビル街で、一人のビル荒らしの泥棒をめぐって、捕り物劇が展開されているのである。この捕り物には警官隊が総動員されているばかりでなく、SSも投入されていることを誰ひとり怪しむものはなかった。弥次馬の話によると、このビル荒らしはもう何度も警官の手を逃れてすばやく逃走し、いまもホテルの一室を急襲して取り押さえられたばかりだそうで、いくつかの指輪や真珠のネックレスを携えているとか噂されていた。「まったく映画を地で行ってるね」と人びとは言っていた。「ただグレタ・ガルボがいないだけだよ」。そうした顔また顔の上には、驚きといささかの興味をまじえた微笑が浮かんでいた。一人の少女が声をあげた。高いホテルの屋根のはじに、彼女は何か見つけたか、あるいは見えたと思ったのだ。見物の群集はますます密集し、ますます緊張して固唾《かたず》をのんだ。刻一刻を彼らは、この怪物と鳥の合いの子の奇妙な見世物に期待した。今度は消防車までが梯子と網をもって駆けつけてきた。同時に、サヴォイ・ホテルの背面でも混乱がもちあがった。一人の若い男が地下室の小門から飛びだして、肘でもって群集をかきわけて道をつくろうとしていた。ところが長いことといまかいまかと待ちくたびれてしびれをきらしていた群衆は、危険な盗賊の一部始終にすっかり気が荒くなり、遮二無二《しゃにむに》引っ捕えたい弥次馬気分に浸っていたものだから、たちまちこの若者のまわりをぐるっと取り巻いて、男をさんざ袋叩きにしたあげく、最寄りの交番に曳きずって行った。やっと後になって、この男が、通路をこしらえようとした、ただの臨時雇いのウェイターだということが交番で確かめられたが、もう後の祭りだった。

というのも、当の本物の方はサヴォイ・ホテルの屋根の煙突のうしろにもぐりこんでしまっていたからである。この本物はベローニだった。ふだんの生活ではアントン・マイヤー。だがどこへ行ってしまったのだろう、ふだんの生活は？　あの軽業師のベローニだ、彼がどんなにまともな若者だったにしろ、ゲオルクとその仲間たちがとうとう最後まで馴染めないでしまったという彼、そのベローニ自身もゲオルクと馴染めなかったことは気づいていた。本当に信頼しあうためには、もっと永いことといっしょに過ごしてみなければならなかったのだ。ベローニには、彼の位置からは身近な周囲も見えなかった。夢中になって捕り物のあとを追いかけまわし、いっしょになって捕り物気分に燃えたった人たちでいっぱいの路地も、見えなかった。急傾斜の屋根の低い鉄格子ごしに、ただ平野の外縁がわずかに見えるだけだった。西側の頭上には静かな大空が薄青色にちかちかと輝いていた、鳥も雲も見えなかった。下の群衆が待ちあぐんでいるあいだ、彼の方も屋根の上で、子供のころから叩きこまれた糞度胸でおちつきはらって待っていた。それは、商売柄、見物の心をひきつけずにはいないおちつきだ。そのくせ見物の方には、この単純な曲芸で彼らの心を魅するものが何なのか、少しもわかってはいない。ベローニはもうずいぶん永いことこの上で待っているような気がしていた。追っ手が彼の足跡を嗅ぎつければ、追いこみをかけてこずにはいまい。

三時間前に、彼は、昔のある友人の母親の持ち家で捕えられるところだった。この友人はかつて彼の一座に属していた男で、何かの仕事の事故で縁が切れていたのだ。しかし、警察は特に、彼がこれまで働いていたことのある一座という一座は全部、その座員もみなすっかり調べあげていたのだった。こうしたつながりを監視することは、いくつかの住宅ブロックを包囲することに比べて困難なものではなかった。ベローニは窓を飛びこえ、いくつかの路地を抜け、中央駅の構内に逃げこんで、そこで二度、間一髪のところまで追いつめられて、さらに、回転扉をくぐってホテルのなかへ入りこんだ。彼は公演の際に新調した服を着こんで、脱走中というのに、ホールを悠々と通してもらうほどおちつきはらって、堂々たる身のこなしぶりだった――ベローニはすこし金を持っていた。彼はさらになお、鉄道で高とびできるかもしれぬ、という一縷《いちる》の望みをつないでいた。こうしたすべてが、たったいま三十分ばかりのできごとだった。いまはもう何の希望もない、だが、この最後の道、希望のないこの道によって、せめて彼は自分の自由を守りたかった。そのためには、いま、隣家の屋根へ下りて行かねばなるまい。入念におちついて、斜めの屋根づたいに二、三メートル、彼は、鉄格子に密着した小さな壁囲いの煙突のところまで下りて行った。まだ発見されないいままだった。鉄格子の下から覗いてみると、このブロックをとりまいている黒山の群衆が見えた。彼はまずいな、と思った。まずいよりももっと悪い。彼の思った通り、これらの群衆は路地にひしめきあって、彼のような脱走者の脱走を不可能にしていた。いまベローニは町全体を、マイン河と、ヘヒストの工場とタウヌス山地の斜面を、見渡すことができた。町全体の通りや路地の鳥瞰図《ちょうかんず》のなかで、このブロックをとりまく円は、ほんの小さな黒い渦巻きにすぎなかった。ちかちかと輝く果てしない空間は、彼にはできそうもない至難の曲芸にと彼を招いているように思われた。降下をやってみるべきだろうか？　ただ待っているべきだろうか？　どっちも無意味だ、恐怖の行動も、勇気の行動も、同じく無意味だ。しかし、おれがこの二つの無意味のうち後者を選ばないとしたら、おれはベローニじゃない。彼は足先が鉄格子に届くまで、縮めた脚を下へ伸ばした。

ベローニは、二番目の煙突のうしろに陣どったときから、既に発見されていた。「足にだぞ」と二人の若者の片方が言った。この連中は隣家の屋根の端の看板のうしろに隠れていたのだ。もう一人が、相手の命ずるままに、ねらって、射った。かすかに湧きおこる罪悪感、いやあるいはただかるく興奮を覚えただけかもしれぬ、そんな感情に打ち勝ちながら。それから二人は器用に大胆に、ベローニを追ってホテルの屋根へと攀《よ》じ登っていった。ベローニが、痛みにもかかわらず、ずり落ちないで、しっかりしがみついていたからだ。煙突のあいだを抜け、屋根の一隅をはすかいによぎり、彼はなおも足跡を移動した。それから彼は鉄格子に向かって転がって行った。彼はもう一度全力をふりしぼった。二人が彼を引っ捕えるより早く、彼は低い鉄格子をこえて、もんどり打って落ちていった。

彼がホテルの中庭に墜落したので、観衆は結局何も得るところなく退散せねばならなかった。閑人の憶測やら女たちの興奮した報告などのなかで、彼はその後数時間も相変わらず民家の屋根屋根の上を、半ば怪物のように、半ば鳥のように、浮遊していた。正午ごろ、というのは彼は即死ではなかったので、病院で彼が息をひきとったとき、ここにも一組、彼のために相談中の人たちがいた。「あなたはただ死亡証明書を発行しさえすればいいんですよ」と若い方の医者が年上の方に言った、「だってあなた、足が何の関係がありますか。あいつはそれで死んだんじゃありませんぞ」。年上の医者は、かすかに湧きおこる罪悪感に打ち勝ちながら、若い方の命ずるままのことをするのだった。

5

いまはつまり十時半だった。堂守の妻は、マインツの大聖堂のしきたりできちんときまった計画通りに、掃除婦たちの一隊を指揮していた。この計画にしたがえば、一年のうち一度は必ず大聖堂内全部の清掃が順にまわってくるのだった。ただの掃除婦たちはもちろんその都度きまった場所へ配属されるだけだ。舗石、壁、階段、ベンチ。堂守の母親と妻だけは、いちだんと上等な箒《ほうき》と手のこんだ掃除道具を使って、このドイツ民族の国民的聖遺物の数々を扱っていた。

そこで堂守の妻は、とある大司教の墓標板のうしろで例の小さな包みを発見した。ゲオルクはベンチの下へでも押しこんだ方がよかったのだが。「まあ、これをよく見てごらんなさいよ」と妻は、ちょうど聖具室から出てきた堂守のドルンベルガーに言った。堂守はその発見物をとっくりと眺めて、じっと考え、「さあ、急げ、早くしろ！」と妻をどなりつけた。それから彼はその包みをもって前庭を通り、司教区信徒博物館に入って行った。「ザイツ司教さま」と彼は言った、「まあこれをよくご覧になってくださいまし」。堂守同様六十歳ほどのザイツ司教は、その包みを陳列棚に広げた。棚のなかには、ビロードの敷物の上に洗礼十字架の蒐集が番号と日付を付しておかれてあった。太綾織りの亜麻布の泥まみれなぼろきれ。ザイツ司教は頭をあげた。彼らはたがいに顔を見合わせた。「親愛なるドルンベルガー、そなたはまたどうしてこんな泥まみれのぼろきれをわしのところへ持っておいでじゃ」――「家内が、でございます」と堂守は、ザイツ司教に考える余裕をあたえるために、すこしゆっくりと言った、「ちょうどあの大司教ジークフリート・フォン・エプシュタイン像のうしろで、これを見つけましたので」。ザイツ司教は仰天したように彼を見つめた、「まあ、話してみなさい、ドルンベルガー」と彼は言った、「わしらはいったい、遺失物保管所なのか、それとも管区博物館なのか」。堂守は彼にぴったりと歩みよった。「しかし、このことで警察に行かんでもよろしいでしょうか?」と彼は小声で言った。「なに、警察へですと?」とザイツ司教は頓狂に驚いて訊ねた、「いったいそなたは、ベンチの下に見つけた毛の手袋をいちいちみな警察へ運ぶのですか？」」。堂守は口ごもった、「けさ、あそこで人びとが話しておりました」

——「話した、話した、ですと。いや、まだそなたはよくその話を聞いとらんのじゃろうが？　わしらの国には大聖堂のなかで衣服を着たり脱いだりする者がいる、とでも噂しとるというのか。しかしまあ、それにしても、この臭うこと。のう、ドルンベルガー、これではまた何の禍《わざわ》いを招くかもしれぬ。わしなら、いっそ焼きすててしまうわ。じゃが、わしの台所のかまどではとても焼く気にはなれぬ。いやまったく胸がむかつくわい。のう、よろしいか、これは早速、わしがここへ押しこむとしよう」

　十月一日から鉄の小さな暖炉に火が入れてあった。ドルンベルガーはこの包みを、そのなかへ押しこんでしまった。彼は立ち去った。ぼろきれの焼ける臭いがたちこめた。ザイツ司教は窓を開いた。彼の顔から、明るい快活さが消えて、その顔は生真面目に、いや暗鬱にさえなった。やれやれ、またしても、はや、一騒動じゃった、うっかりすれば後になって窒息もしかねまじい、怖ろしい悪臭をこもらすところを、それがまずまず軽々と窓を開けて消えてなくなることができたのじゃ。

　ゲオルクの血痕のついた上っ張りが細くなびく煙になって、ザイツ司教の窓の隙間から、おそろしくゆっくりと、おそろしく悪臭を放ちながら、消えてなくなっていくあいだ、当のゲオルクはライン河を見おろしていた。彼はいま自動車道路(アウトバーン)の上の砂地の散歩道を下流に向かって早足で歩いていた。むかし、まだ鼻たれのころ、彼はよく遠足でこの辺に来た。マインツの西の村々や小都会からは、ボートや渡船で渡ってくる方法が無数にあったっけ。とりわけ夜にそんなことを考えあぐんでいると、すべてが無意味であり、数知れぬ偶然に依存した空《むな》しい希望であるように思われた。しかしいま、彼が二本の足で幾多の偶然のあいだをあちこちと歩きまわり、幾多の可能性のあいだ、危険のまったただなかをさまよっていると、そうしたすべてがまんざら見込みがないわけでもないように思われてきた。タグボートが橋の下をくぐるために煙突を傾《かし》げている河上、砂原とその上の低い家並みが明るい段だら模様になっている向こう岸、ずっとうしろのタウヌス山地の斜面、そうしたすべてがゲオルクにとっては、戦争区域という、大きな危険のなかにある地帯のもっている歴然たる特徴を具《そな》えていて、すべてが恐れわなないているかと見えるまでに、その輪郭を鋭くありありと打ちだしてくるのだった。広場では、彼はまだ、自分の力が河岸まで行くことにさえとても足りないことを恐れていた。だがしかし、彼ができるだけ早くこの町を出て、ライン河を少なくとも三時間下って歩くことを決心したいま、彼の衰弱は大分よくなって、踏みつける大地もいちだんと固くなったように思われた。彼はこのいままでの数時間をよく考えてみた。誰がおれを見ただろう？　誰がおれの手配書を書けるだろう？　考えがこの圏内にまで入ってくると、もう彼はなかばぐらつきかけた。一定の観念がはびこって、それが他のすべてを侵蝕しはじめるとき、それは恐怖である。誰ひとり彼に眼を向けるものもないこの静かな道の真ん中で、快晴の大空から、それは降ってきた！　新たな恐怖の襲来、一種の間欠熱《かんけつねつ》、もちろんその間隔はだんだん遠のいている。彼は手すりによりかかった。空と水が数秒間暗くなった。やがてそれは、ゲオルクの信じたとおり、ひとりでに去って行った。そして、それが去って行ったればこそ、その報酬として、彼はいま、暗くもなく現実離れもしていない、常日頃の変わりない光明に輝く世界を、静かな水と鷗《かもめ》を、まざまざと見ることができた。鷗の鳴声も静けさをみだすことなく、いや、その声が聞こえてはじめて、まさに静けさを完全なものにしていた。ほんとに秋だな、とゲオルクは思った、鷗が飛んでいる。

彼と並んで誰かが手すりによりかかっていた。彼はその隣りの男をじろじろ眺めた。紺のセーターを着た船員である。ここでは一人が手すりに屈みこむと、その人間は決していつまでも一人きりではない。鎖がつながっているのである。休暇中の船員、釣りそのものには一向興味のない釣り人たち、老人連。なぜなら、この流れている水、鷗、船の荷の揚げおろし、そうしたすべては、黙りこくって眺めているこれらの人びとのために動いているのだから。当の船員と並んで、もう、そうした連中が五、六人立っていた。「ここじゃそういうジャンパーは、いったいどのぐらいするもんだね」と船員が訊いた。「二十マルクさ」とゲオルクが言った。彼は立ち去ろうと思ったが、待てよ、この質問が彼の頭のなかで何かを突き崩していた。

　手すりの下の自動車道路をこえて、頭のほとんど禿げ上がったでっぷりとした船員が一人やってきた。「ハロー！　おーい！」と上から下の禿げに向かって叫んだ。彼は見あげて、笑った。彼はがっちりした上の船員の両足をつかんだ。一、二っと声をかけて、でぶはでぶに似合わずその大きな禿げ頭を振りふり、上の船員の脚の下を這い登ってきた。そこで話がはずんだ。「どうだい、元気か」――「もちろんさ」と新手の男は言ったが、その話しぶりでオランダ人であることがすぐにわかった。するとそこへ一人の小男が、釣り道具と子供たちが砂遊びに使うような小さなバケツをもって、町からやってきた。「ほれ、もう喙長魚《ダツ》（カワカマスのこと。平穏な空気をかき乱す人の意）のしっぽがお出ましだぜ」とでぶが言った。彼は腹を抱えて笑った。彼にとって、この釣《つ》り竿《ざお》と玩具のバケツを持ったダツのしっぽの姿は、市の紋章の輪のように市の船着場にはつきものの存在だったからだ。「ハイル・ヒトラー！」とダツのしっぽが叫んだ。「ハイル・ダツのしっぽ！」とオランダ人がどなり返した。「さあおまえを引っ捕まえたぞ」と、ボクシングで鼻のひしゃげた一人の若者が言った、がしかし、その鼻はほんの一瞬そう見えただけで、すぐにまたちゃんと鼻筋は通っていた。「おまえ、市場でフライにする魚を買ってるな」。若者はオランダ人に向かって言った、「世界は広うござんすが、何か新しい話はありますかい」——「ノー、世界にゃいつだって何かあらぁな」とオランダ人が言った、「しかし、おまえたちの国じゃ、じっさい、いろんなことがあるな」——「いいや、おれたちんとこじゃ、万事着々と運んでるよ」と若者はまた鼻を横っちょにひんまげて言った、「万事すらすらとね。おれたちにゃ、もうほんとに、これ以上総統はいらねえな」。みんなが目を丸くして彼の方を見た。「すでに一人ちゃんといるが、これのことで世界中がおれたちを妬《や》っかんで困るよ」。みんながどっと笑った、親指で鼻を押さえつける彼自身のしぐさまでいっしょに含めて。「十八マルクだっけかい？」と船員がゲオルクに言った。「おれは二十って言ったんだ」とゲオルクが答えた。彼は瞼を伏せた、ただ眼を輝かせただけでも、見破られずにはいないように思われたからだ。船員は生地を触ってみた。「持ちはいいかね」と彼が訊いた。「いいとも」とゲオルクは言った。「ただ。こいつはほんとに暖かいってんじゃないね。そういうウールのセーターの方が暖かいね」——「おれの嫁さんは季節ごとに編んでくれるんだぜ」——「へえ、それじゃあ、おまえのセーターは心が通ってらあ」とゲオルクは言った。「取っかえっこする気はねえかい」

ゲオルクは考えこむ風に眼をつぶった。「ちょっと脱いでみてくれよ!」――「じゃ、便所へいっしょに行こう」とゲオルクは言った。彼は笑い上戸たちに好きなだけ笑わせておいた。彼が下にシャツを着ていないことを、奴らに気づかれてはならない。

それから、交換をすませてしまうと、彼はライン河の下手へ向かって歩くというより走るようにして行った。船員は新しいジャンパーを着こんで、しゃんとして便所から手すりの方へ戻って行った。その幅広の顔に、またしても人を交換という手でまんまと騙《だま》しちまったという得意の色を浮かべ、片手を腰にあて、片手をあばよとばかり高くあげながら。着っぱなしでいるのは危険だった、とゲオルクは思った。交換することも危険だった。もうなるようにしかならぬ。とつぜん誰かが彼のそばで「おーい!」と叫んだ。釣り竿とバケツをもって、ダツのしっぽが小さな子供のように足軽にぴょこぴょこ跳ねながらあとを追っかけてきた。「あんたいったいどこへ行くんです?」と彼が訊いた。「ずっとどこまでもライン河に沿ってさ」とゲオルクはまっすぐ前をさした。「あんた、ここの人間じゃないんで?」――「うむ」とゲオルクは言った、「おれはここの病院にいたんだ。親戚んとこへ行くんだよ」。ダツのしっぽが言った、「あんた、おれが道連れでもよかったかな。おれはとっても人ずきのいい人間なんだぜ」

ゲオルクは黙った。彼はもう一度横からちらっと相手を眺めた。ゲオルクは子供のころからいつでも、相手の人間とどこかそりが合わなかったり、その人間の顔や心に何かしらおかしなところがあったり、肉体的欠陥でもあったりすると、もうたまらない不快な気持ちと戦わずにいられなかった。こういう発作的な気分も、ヴァラウがはじめて収容所ですっかり治してくれたのだった。「ゲオルク、一人の人間がどうしてこう人ずきがよくなるか、といういい見本がここにあるぜ」。ゲオルクはこんなまわり道をして、ふたたびヴァラウを思いだした。手のつけようがない憂鬱が彼をとらえた。このおれのいまの全生活は彼のおかげだ、たとえ今日おれが死なねばならないとしても、と彼は思った。ダツのしっぽはやたらにしゃべりまくっていた、「あんた、大きな祭りのあったころ、もうここに来てたの？　みんなまったくふざけてやがるよ。あんた、むかし、占領時代（第一次大戦後にフランスは一時期フランクフルトやルール地方などを占領した）ここにいたことあるかい？　奴らが町中馬を乗りまわしてさ、白い小馬に乗っかったモロッコ兵たちさ、赤いマントを着たインディアンどもさ。みんなまったくふざけてやがるよ、でも、フランス兵は町の風景のなかでも一風変わってたよね、こう、灰青色の霧みたいでさ。あんたいったい、どうしてそんなにはやく走るんだい。今日にもあんた、オランダへ行っちまおうってのかい？」――「あそこは通れるかい？」――「まあまずあんたはモムバッハへ行きなさいよ、アスパラガスの生えてるところさ。あんたの親戚はそこにいるのかい？」――「もっと向こうだよ」――「ブーデンハイムかい、ハイデスハイムかい。農家なのかい?」――「農家もしてるよ」――「農家もしてるって?」とダッのしっぽはくりかえした。この男をつき落としてしまおうか? とゲオルクは思った。しかし、こん畜生、どうやったらいい? いや、二人連れならその方がいいぞ、もっと多勢ならなおいい。そうなりゃもうこっちのものだ。――彼らは筏《いかだ》の溜り場の旋開橋をすぎた。「おやおや、いっしょに話してると時のたつのは早いもんだ」と、ダッのしっぽは、まるで誰かから時をたたせるように言いつかっているみたいに、保証するような調子で言った。ゲオルクはラインの河上を見わたした。右手に寄って一つの島に低い白壁の家が三つくっついて並んで、その影が水に映っていた。真ん中の家は水車小屋らしい造りに見えたが、彼には何となくこれらの家が親しみのある魅惑的なものに思われた。まるで誰か彼の好きな者がそこに住んででもいたかのように。島をこえてはるか遠い岸まで鉄橋がかかっていた。彼らは歩哨の立っている橋のたもとをすぎた。「いい景色だね」と、ダッのしっぽが讃嘆した。ゲオルクはこの小男にくっついて、道からそれると、草原をこえて行った。いったん男は立ちどまって、鼻をくんくんいわせた。「胡桃《くるみ》の木だ!」。彼はしゃがんで、二つ三つ胡桃をバケツの中に拾い集めた。ゲオルクはせかせかと探しまわって石の上にのせて靴の踵《かかと》で夢中になって叩きわった。ダッのしっぽは笑いだした。「胡桃にすっかり夢中になってらあ！」。ゲオルクはぎょっとした、彼は汗をかき、疲れていた。このいまいましいダツのしっぽは、しかし結局そういつまでもいっしょにくっついてくるはずはない。どこかでまた彼は、釣りをはじめるにちがいない。ゲオルクがおだやかに質問すると、「まあ待ってくれ、急《せ》くことはない」と彼は言った。柳の茂みがはじまっていた。それがゲオルクにヴェストホーフェンを思いださせた。不快な気分がこみあげてきた。「そう」とダツのしっぽが言った。

ゲオルクはじっと正面を凝視した。彼らは岬のとっさきに立っていた。目の前に、ライン河があった。右も左も、それ以上行けなかった。ダツのしっぽはゲオルクの途方に暮れた顔を覗きこんで、げらげら笑いだした。「いい気味だ、おれはあんたを騙したんだよ、ざまみろ、うまいことたぶらかしちゃった。あんたがあんまり急いでたからさ。へん、それがわかんなかったのかい？」。彼は釣り竿とバケツをわきへおいて、股《もも》をこすっていた。「おれの方は少なくとも連れができてよかったよ」とダツのしっぽは言った。ほんのいましがた、すんでのところで危ない生命だったのを、彼は一向気がつかなかった。ゲオルクは背を向けて、丈夫な方の手で顔を蔽っていた。彼はせいいっぱい努力してやっとのことで言った、「じゃ、あばよ」――「ハイル・ヒトラー！」とダツのしっぽは言った。ところがその瞬間、柳の茂みが二つに割れて、一人の男が愉快そうに声をかけた。上唇にちょび髭を生やし、額に髪の毛をちらほら残した警官である。「ハイル・ヒトラー！　ダツのしっぽ。おいこら、おまえの魚釣証明書をお見せ」。ダツのしっぽが言った、「なんだ、おれ釣りなんかしちゃいないよ」――「それじゃ、おまえの釣り竿は？」――「なに、こりゃおれはいつだって持ってるんだよ、兵隊の鉄砲みたいになあ！」――「それじゃ、そのバケツは？」――「まあひとつ、のぞいてみて下さいよ。胡桃が三つはいってまさ」――「ダツのしっぽ、おい、ダツのしっぽ！」と警官は言った。「ところで、あんたは？　証明書もってますかね」――「そりゃおれの友達だよ」とダツのしっぽが言った。「それじゃ、なおさらだ」と警官は言った、いや言おうとした。というのは、ゲオルクがまずゆっくりと何歩か何気ない風に柳の茂みのなかへ入って行ったからだ。ところがいま、彼はだんだん足早になって、枝をかきわけると、矢庭に突っ走った。「待て！」と警官が叫んだ。もう愉快どころではない。もうお愛想どころではない、すっかりもうお巡《まわ》りらしくなって、「待て！　待て！」と叫んだ。

いきなり二人、警官とダツのしっぽは彼のあとから走ってきた。ゲオルクは自分のすぐわきで走ってくる二人をやり過ごした。すべてがヴェストホーフェンの臭いがした。ほのかに光る泥沼、柳の茂み、そしていまはまた呼子《よびこ》も。奴らに聞こえずにはいないほど高鳴る心臓。上手のすぐそばの岸に水泳場、水のひたひたよせている梁《はり》の横板、そのあいだを筏《いかだ》。「あそこにいるぞ」とダツのしっぽが叫んだ。いま呼子の響きも岸辺を突進してくる。ないのはただサイレンばかり。何よりもいまいましいのは、こんなに力が抜けていくことだ。へなへなのこの膝。うそのように力が抜ける。こんなはずがなかった。こんなことはみな夢の中のことだ。だが、いまは、走る、走る、走りに走る。彼は棒倒しにぶっ倒れた。はっと気がついたときは、もう線路にはすかいにつまずいていた。彼は河岸から遠ざかって、ある工場地帯に駆けこんでいた。壁のうしろでは、単調にぶんぶん唸《うな》る音がしていた。しかし、もう呼子は聞こえない、人声ももう聞こえない。「おしまいだ」と彼は言った。この言葉がどういう意味なのか、彼の力がおしまいなのか、彼の衰弱がおしまいなのか、自分でもよくわからずに。彼はしばし何の考えもなく、何かしら外部からの救いを、あるいはただ目をさましてくれるものを、何かの奇蹟を待っていた。しかし奇蹟は来なかった。外からの救いも。彼は立ち上がって、歩きだした。彼は二本のレールのある広い通りへ出た。しかし通りは淋しかった。家々が軒を並べていず、いくつかの工場建物が並んでいるからだった。もう河岸は監視されているかもしれない、と彼はひとりごとを言うと、また町の方へ歩きだした。失われた多くの時間！彼女はいまごろどんなに待っているだろう、と彼は思った。がしばらくしてやっと自分の愚かしさに気がついた。いやとんでもない、レーニは待ってなどいるものか、彼女は何も知らないんだもの。誰も助けてなどくれやしない、誰ひとり待っていてなどくれやしない。ここには、待っていてくれるものは誰もいるはずがない。助けてくれようはずもない。いままた転んで下敷きになった手がひどく痛む。きれいな包帯が汚れてしまった！

とある小さな広場で、屋台の店がとり片づけられていた、大きな出店の市場だ。一軒の飲食店の前にトラックが一台とまっていた。彼は入って行った。彼は五十ペニヒ玉に手をつけて、一杯のビールの前に腰をおろした。まるでそのなかがとてつもなく広いかのように、彼の心臓はものすごく跳びはねた。だが跳びはねるたびにひどくはね返された。おれはもう長くはこんな風にやっていけないぞ、と彼は思った。たぶん何時間かはいいが、もう何日も、は無理だ。

隣りのテーブルの男が彼をじろじろ見ていた。おれはこんな奴に今日逢ったっけかな。いまおれは狂犬みたいにがんばらにゃならない。何も助けにはならないからだ、何も。起《た》て、ゲオルク！

市場の内や外にはかなり多勢の人たち、客や露天商たちがいた。彼はすべてを正確に見てとった。そこに一人の若い男がいて、中年の婦人が市場の車に乗るのに手を貸していた。彼が車から離れて籠の方へ歩いてきたとき、ゲオルクは彼のところへ近づいた。

「あなた！　いったいあの車の上のご婦人はなんてお名前ですか？」――「髪を束ねて結《ゆ》った女《ひと》ですか、ビンダー夫人ですよ」――「そうですか」とゲオルクは言った、「それじゃあの婦人に用があるんだ」

彼はエンジンのかかるまで籠のわきに待っていた。それから車のそばへ行って、上に向かって訊ねた、「あなたビンダー夫人ですね！」――「何ですの、いったい」と夫人はいぶかしげに驚きながら訊いた。ゲオルクは彼女をしっかりと見てとった。「ちょっと私を乗せてください」と彼は言った、「途中でお話しします、ここでは長くなりますから」。もう車は驀進《ばくしん》した。ゲオルクはしがみついた。おそろしくゆっくりと、おそろしくこと細かに、彼は何やら説明しだした。病院のこと、遠い親戚のこと、辻褄《つじつま》をあわせて。隣りのテーブルのあの男はその間にゲオルクと話をした若い男のところへ出かけていった。「あの男はあんたに何を訊ねたんです？」と男は訊いた。「あの女のひとはビンダー夫人かと言って」と若者は狐につままれたように目を白黒させて言った。

6

室内装飾師のメッテンハイマーは、仕事場がさほど遠くないときには、家へ食事に帰るのだった。しかし、今日のお昼はある飲食店へ入って、豚のスペアリブとビールを注文した。ちっぽけな弟子の小僧には、エンドウ豆のスープをおごってやった。あとからまた小僧にもビールを注文すると、自分自身何人かの息子を仕立てあげた男たちに特有の確信をもった調子で、小僧にいろいろ質問した。誰かが戸口を入ってきて、腰をおろすと、ビールの小カップを注文した。メッテンハイマーは新しい中折れ帽でこの男がわかった。朝、両人は二十九番の市電に乗りあわせたのだった。彼は一瞬、かすかな、自分でも意識しない不快を感じた。彼は弟子としゃべるのをやめて、最後の一口を呑みこんだ。彼は急いで仕事場へ帰ってきた。彼に言わせれば、朝遅く行ったおかげで台無しにされてしまったのを、すっかり取りかえすためである。妻には召喚のことを一言も話さなかった。いま彼は、これから先も何も言うまいと決心した。そもそも彼はこんな訊問、こんな常軌を逸した召喚のことはもう忘れてしまいたかった。とにかく自分からは決して思い浮かべることをしなかった。おそらく関心もなかったのだろう。あの連中は年がら年中きっと誰かを摑みだしているのだ。おそらくこの町の多勢のなかには彼のように摑みだされた人間はもっとたくさんいるのだろう。ただ誰も他人に言わないだけのことだ。出窓のある張り出し部に縁《へり》飾りを貼っちまってあるので、彼は梯子の上から罵った。一階で正しくできたかどうか見るために、彼は梯子から降りようと思った。するといきなり眩暈がして、彼はそのままうずくまってしまった。弟子の小僧をからかうペンキ屋の笑い声、口のへらない小僧の明るい声が、がらんとして何もなく風通しのよい家をぬけて、過去と未来の住人の声――家具やカーペットなど家財道具があるときには、それに当たって弱まる声――よりもよく反響してはっきり聞こえてきた。室内装飾師は梯子の上でふらふらした。すると、階段部で一人の声が叫んだ、「仕事じまいだよ!」。室内装飾師はどなりかえした、「わしもいま、しまいだってどなるところだ!」

二十九番の市電の停留所で、彼はもうまた、あの今朝彼と鉢合わせして、それから同じ飲食店で飲んでいた小柄の中折れ帽の男といっしょになった。あいつ、ここでもまた腐れ縁か、とメッテンハイマーは思った。彼も二十九番に乗りこんだ。

メッテンハイマーは彼に黙礼した。そのとき、彼は、今日もまた、妻のための毛糸の包みを手荷物預所に置き放しにしてきたことに気がついた。彼はすでに昨日そのことでさんざん恨み言を言われていた。そこでまた彼は下車して、引き返した。彼は急いでその小さな包みをとって次の二十九番に乗ろうとやってきた。彼はもうひどく疲れていた。夕食が、いや、とにかく家庭が、恋しかった。とつぜん彼の心臓は独特の凍りつくような不快感で収縮した。前の二十九番に残してきた新しい中折れ帽の男がいきなりこの二十九番でも車内の前の方に立っていたのだ。室内装飾師は、自分の眼が信じられなかったので、席を変えた。まちがいではなかった。いま彼はもうこの帽子、剃りたての頸筋、短い腕を知っていた。メッテンハイマーは乗り換えをしないで、ツァイルまで乗って行き、あと最後の一区間は歩いて行くつもりだった。しかしいま彼はハウプトヴァッへで十七番に乗り換えた。彼はひとりきりだったので、ほっと息をついた。ところが彼が十七番の車内に入るが早いか、もううしろにせかせかした足音、跳んでくる荒い息づかいが聞こえた。中折れ帽の男がちらっと彼を横眼でなでた。その視線はほんの何気ない調子のものだったが、しかしひどく正確だった。メッテンハイマーは降りるとき男のそばを通らねばならなかったが、そのとき男はくるりと彼の方に背をむけた。そしていま、メッテンハイマーは、この男がうしろから降りてくること、もう逃れることはできないことを悟った。彼の心臓ははっきりと不安に鳴っていた。とうに肌で乾いていた彼のシャツは、またしてもぐっしょり濡れていた。いったいわしに何をする気だろう、とメッテンハイマーは思った。わしがいったい何をしたっていうんだ？　何をこれからするだろうというんだ？　彼はもう一度振りむこうとする試みを抑えきれなかった。黄昏の人群れのたくさんの帽子、季節外れの夏帽子、ハシりの中折れ帽、それらのなかを、当の男は適度の急ぎ足でやってきた。今夜はもう室内装飾師がこれ以上意表に出るような真似はしっこないことをちゃんと心得きっているかのように。室内装飾師は通りを横ぎった。彼は、家の戸口にはいる前、ある場合には抵抗もしかねない気構えを心の片隅にもっている人間の発作的な大胆さで、素早くまた振りかえった。尾行する男の顔は彼のすぐうしろにあった。肥ってしまりのない、汚い歯をした顔。その服装は新しい帽子にいたるまでかなりみすぼらしかった。おそらく帽子だって新調ではない、ただいくらかましなだけだ。この男自身はどこといって何も人を驚かすようなところはない。メッテンハイマーにとって、彼の驚きはあくまで、この男の執拗な尾行とまったく何気ない平静さとのあいだの何ともいいようのない矛盾にあったのだ。

メッテンハイマーは玄関に入ると、包みを階段において、昼間は掛けくぎで玄関の壁にとめてある戸を、閉めにかかった。「何でいったいそんなことするの、父さん」と、ちょうどそこへ階段を下りてきた娘のエリがきいた。「風が入るんだよ」とメッテンハイマーは叫んだ。「上の部屋にいれば何でもないでしょうに」とエリが言った、「八時になればちゃんと閉めてくれるでしょう」。室内装飾師は彼女をにらんだ。彼は、細い通りの向こう側にあの男が立って、彼と娘を観察しているのを見て、全身総毛だつのを覚えた。

この娘はひそかに彼がいちばん愛している娘だった。あそこで監視している男も、きっとそれを知っているのだろう。どんな秘密な行動をしたからといって、男は彼を引っ捕えようとするのか。どんな公然たる悪事があるというのか。父親が家から真っ先に自分を迎えに出てくる者を悪魔にやる約束をするという、お伽噺か何かがあったではないか。彼はこれまで家族の誰にも、いや自分自身に対しても、この子がいちばん可愛いということを隠していた。なぜだろう、それはいまもわからなかった。おそらく二つの相対立したモメントからだろう。彼女が美しく見えたからであり、また、彼女がいつも心配の種ばかり彼に与えたからである。彼は成人した子供たちの訪問を受けると、悦《よろこ》んだ。しかし、エリが入ってくると、彼の心は、いちばんまともに喜怒哀楽を感ずる場所がぴくぴくと慄えた。彼は何と多くの豪華な邸宅を、この娘のために頭のなかで装飾したことだろう——たくさんの部屋の列をぬけて若い彼女は父親にくっついて小走りに走ってきた。その姿は、夫に案内されて未来の邸宅を見てまわっている乙《おつ》にすました無愛想な女たちの姿よりもはるかに愛くるしかった。エリが彼の腕に触った。顳顬《こめかみ》と項《うなじ》で濃い髪の毛をカールした、子供子供した小さい彼女の顔に、悲哀と優美の表情が浮かんでいた。彼女は思いだした、父親がヴェストホーフェンの居酒屋のベンチで彼女の頭を抱きしめながら、思う存分泣くがいいと言葉荒く言いきかせたあの日のことを。後にはもう決して二人はこの日のことを口にだして話そうとはしなかった。だが二人とも、眼と眼を見かわすたびに、きっとそのことを思いだした。「私さっそく毛糸の包み持って行くわよ」

とエリは言った、「とにかく私はじめるわ」。室内装飾師は、あの男が通りの向こう側にいて、きっとこの包みに眼をつけるにちがいないと思うと、思わず娘がその買い物袋に何かまずいものを入れてやしないか、と心配にさえなった。彼はもちろんそのなかに色とりどりの毛糸の束のほか何も入ってはいないことを知っていたのだが。彼女の顔はまた朗らかになった。髪の毛同様金褐色の彼女の眼からは、温かい輝きが顔全体に流れ出た。あいつ、あのゲオルクの奴には、眼がついてなかったんだろうか、と父親は思った、この娘を捨てちまうなんて。彼女の朗らかさが彼の心にきりきり食い入った。彼は誰にも彼女が見えないように、彼女の前へ立ちはだかろうとした。もしもわしに何か罠《わな》がしかけられているなら、彼はまた思った、——しかしこの子は無実なのだ、と。ところが、エリは大きくて元気がよく、彼の方は小さくてよぼよぼだった。彼には彼女が隠しきれなかった。彼女が気軽にさっさと買い物袋をぶらさげながら出かけたとき、彼は緊張して通りを眺めた。彼はほっと息をついた。ちょうど尾行者は宝石店の飾り窓に向かっていた。エリは気がつかれずに通りすぎたのだ。ところが、室内装飾師は気がつかなかったのだが、宝石商の並びの飲食店からすばしこい若い男が一人飛びだしてきた。ちょび髭を生やしている。そして、男は中折れ帽の男を肘で軽くつついた。二人の視線のあわさるのがショーウィンドーの鏡に映った。同じ川で同じ魚に眼をつけている釣り師のように、二人は鏡に映った通りの向こう側を、室内装飾師の家の戸口と装飾師自身とを、見ていた。貴様はわしがわしの家族を不幸におとしいれることを望んでいるな、とメッテンハイマーは思った、しかしおまえの手には乗らないぞ。彼は急に気がおちついて、階段を上っていった。中折れ帽の男は、若いちょび髭の出てきた飲食店の戸口へ入った。彼は窓際に腰をおろした。相棒は大股で跳ぶようにして軽くエリに追いついた。追いつきながら彼は自分に言った、この若い女の脚と腰はおれの役目にはいい退屈しのぎだ。

メッテンハイマーは居間で、床の上に何かこしらえているエリの子供につまずいた。エリは子供を夜おいて行ったのだな。なぜだろう。彼の妻は肩をすくめた。妻の顔には、いろいろ心に含むところがあるのが認められた。しかし夫は何も訊かなかった。いつだって子供は彼の慰みになるのだ。そこで彼は訊いた、「何で彼女《あれ》は自分の部屋をもっているのかな」。子供は彼の人差し指を摑んで笑った。彼の方は笑えなかった。彼は子供を離した。けさ訊問の際に言われた一言一言を、彼はいま思い浮かべた。彼ももはや、ただの夢だったという気持ちはみじんも持っていなかった。彼の心は鉛のように重くなった。彼は窓際へ歩いて行った。向かいの宝石店はもう鎧戸《よろいど》をおろしてあった。メッテンハイマーは騙されなかった。飲食店の窓にぼんやり映った影の一つが彼の家を見張っていることに気づいたのだ。妻が夕飯に彼を呼んだ。彼女は食卓で、しょっちゅう言うことをまた口癖のように言った、「あんた、結局いつになったらわが家の壁紙貼ってくれるの、それが私は知りたいわ」

仕事を終えてきたフランツは、ハンザ小路のちょっと手前で自転車を降りた。彼は今ほんとにどこかの店でメッテンハイマー一家のことを訊こうかどうしようかとためらいながら自転車をひっぱっていた。すると、彼が望んでいたこと、いや、おそらくはまた恐れてもいたことが起こった。当のエリとばったり出くわしたのだ。彼は自転車にしがみついた。何か考えごとをしているエリは彼の方を見なかった。彼女はちっとも変わっていなかった。その物静かな動作はいくらか憂鬱でかげっていた、——それはまだ何の理由《いわれ》もないあのころからすでにそうだった。イヤリングもまだつけていた。それはなかなかよかった。房々した褐色の髪の毛に映えて、ひどく彼の気に入った。フランツが自分の感情を表わす言葉を見つけることのできる人間だったら、たぶんこうも言っただろう、今夜のエリは彼の思い出のなかに生きていたエリよりもずっといい、と。彼女がわきを通りすぎたことが、どんなに彼を傷つけたことか。彼女には事実見えなかったのだし、また見るはずもなかったけれども。あの郵便局でのはじめてのときのように、彼は彼女をあっさり抱いてその唇にキスしたくて堪らなくなった。なぜおれのものであってはいけないのか、と彼は思った、おれに定められたものじゃないか。彼は自分のことを忘れた。自分が威勢の悪い、つまらぬ顔をした、貧乏でのろまな、ぱっとしない人間だということを。だが彼はいまはエリをやり過ごした、——あの若いちょび髭の紳士も。彼はこの男がエリと何かかかわりのあることに気づかなかった。

それから彼は自転車の向きを変えた。約十分、彼は、彼女が子供といっしょに間借りしていた住居に入って行くまで、自転車に乗って彼女のあとを走ってきた。

彼は、エリの吸いこまれた家を上から下まで眺めた。それから自分の周囲を見まわした。エリの家の筋向こうに一軒の喫茶付設の洋菓子屋があった。彼はそこへ入って、腰をおろした。

喫茶室にはまだ客が一人だけいた。あのちょび髭を生やした瘠せてすばしこい男だ。男は窓際に坐って、外を覗いていた。フランツは今度もこの男に注意しなかった。エリのあとから彼女の家に飛びこんで行くことをしないだけの理性はまだ彼に残っていた。しかしまだ日は暮れていない。エリはきっとまた出かけるだろう。とにかくここにもう少し坐って、待っていよう。

その間、上の部屋で、エリは着がえをし、髪をとかし、服にブラシをかけ、とにかく今夜待っている客が実際に来るとすればしておかねばならないことをみなやっていた。

その客は食事までいる、いやたぶん、エリの方からの差し金ではないにしろ、明日の朝までいるだろう。最後に彼女は目新しい服の上にエプロンをかけた。それからこの家の女家主の台所へ入って、シュニッツェル（薄く叩いた仔牛や豚の肉のカツに似たドイツ、オーストリアの代表的料理）を二切れ薄く叩いて塩にし、フライパンに油と玉ねぎをのせて、ベルが鳴ったら、すぐ火にかけられるように用意した。

この家の女家主は、およそ人生の力強い発露には一も二もなく同意する、子供好きの、他愛ない五十がらみの女で、にこにこしながら彼女を見ていた。「あなたほんとに当然ですよ、ハイスラーさん」と彼女は言った、「若いときは一度しかないんですもの」――「何が当然なんですの」とエリは訊いた。彼女の顔色は変わっていた。「あなたがね、自分の家族とは別の誰かとお夕飯を食べることがですよ」。エリは、私ひとりで食べた方がよっぽどいいのよ、と舌まで出かかったが、何も言わなかった。彼女は、玄関のドアがしまってしっかりした足音が上がってくるのを心待ちしている自分を実感した。たしかに彼女は待っていた。しかし彼女は、そのあいだに何か邪魔が入ってくれたら、ということもおそらく望んでいたのだ。プディングもつくっておこう、と彼女は思った。彼女は牛乳を出して、それにエトカー社（一八九一年創業のドイツの有名な総合食品メーカー）のプディングの素《もと》を加え、かきまぜた。あの人が来てくれるなら、それならそれでいい、ととつぜん彼女は思った、来ないんなら、それもいいわ。

彼女はなるほど少し待っていた。しかし、以前、彼女がすっかり知りつくしていたあの待ちこがれる気持ちに比べれば、何という情けない期待だろう……

彼女が毎週毎夜、来る日も来る日もゲオルクの足音を待っていたあのころは、まだ彼女は自分の若い生命をあえて空しい夜に賭けていた。今日、彼女は、その待っていたことが決して無意味でも滑稽でもなくて、いまの自分のその日暮らしよりもはるかによい誇らかなものだったことを感じた。彼女は待っている力をすりへらしてしまったのだから。いまはもう私はみんなと同じだ、私にとって特別大事なものはもう何もない、と彼女は悲しく考えた。そうなのだ、もし今夜男友達が来なくても、きっと彼女は待ってなどいやしない、彼女はあくびをして、寝こんでしまうだろう。

もう待っていなくともよい、とゲオルクがはじめて彼女に言ったとき、彼女はその言葉をすこしも信じなかった。なるほど彼女は両親のもとに帰ってはいたが、しかしそれは待っている場所を取りかえたにすぎなかった。待っているということが相手をその場に引きよせる力を持っていたのだったら、そのころゲオルクは彼女のところに戻ってきたはずだった。しかし、待っていることには何の引力もない。それは相手をどうすることもできない。それはただ待っている側のものでしかなく、それゆえにこそまさに勇気を必要とするのだ。エリにとってもそれは何の利益にもならなかった。ただ、言わず語らずの静かな悲しみは、時に彼女の愛くるしい若い顔を思いがけなく美しくした。そのことをいま、この家の女家主も、料理しているエリの顔を眺めながら、思ったのだ。「シュニッツェルを食べてしまうまでには、プディングも冷えますよ」と彼女は慰め顔で言った。

もうほんとに待っていなくてもよい、とゲオルクが最後に言ったとき――悪意ではないがきっぱりと言いきったのだ、彼にとって彼女が待っていることは重荷だったから――ゲオルクがおちついた思慮深い言葉で、夫婦というものは秘蹟《サクラメント》じゃない、生まれてくる子供だって決して不可避な運命じゃないのだ、と彼女に説いたとき、とうとうエリは、ずっとこっそり借りてあった二人の部屋も解約することにした。

それでも彼女はずっと待っていた。子供の生まれた夜も。その夜にまして、彼が突然帰ってくるのにふさわしい夜があったろうか。室内装飾師は二、三日あちこち捜しまわったあげく、やっとこの怖ろしい婿の男を曳っぱってくることができた。後になって、別れた後の娘を見たとき、彼はこのことを後悔した。彼は最初結婚のことでも、それからつぎに離婚のことでもエリに意見して思い止まらせようとしたのだったが、いま彼は、この娘をもうこれ以上こうして待たしておけないことを見ぬいたのだ。そこで彼は二年目の終わりに、婿を見つけだすために役所へ出かけて行った。だが、男の両親さえ、息子がどこに隠れているのかぜんぜん知らなかった……。ともあれ終わったこの二年目というのは一九三二年のことだった。エリは、三三年を迎える爆竹の音と乾杯の声で目をさました子供をあやした。ゲオルクは見つからないままだった。あんまり捜しまわるのがはばかられたのか、それとも、エリが子供に紛れて満足してしまったのか――事はいわば自然消滅のかたちだった。彼女はまだ、自分が待つことをやめたあの朝のことを思いだすことができた。彼女はもう夜も白むころ、なにやら自動車の警笛で目をさました。通りに足音が聞こえた。ゲオルクの足音らしい。それは家の戸口を通りすぎて行った。その響きがだんだんと弱まっていくにつれて、エリの待っている心の張りも次第に弱くなっていった。最後の響きがやむのといっしょに、エリの待つ根《こん》も尽きはてた。何の覚悟も、何の結論も生まれはしなかった。母親の言うことがまったく正しかったのだ、すべての年上の人たちの言うことが。時がすべてを癒してくれる。そして、すべての鉄は冷《さ》める、と。そのとき彼女はさっさと寝入ってしまった。あくる日は日曜だった。彼女は昼まで眠った。居間の食事に現われたエリは、頬を紅くして元気のよい、新たな健康なエリだった。

三四年のはじめにエリは召喚された。あなたの夫は逮捕された、そして、ヴェストホーフェンに引き渡された、という話だった。彼女は父親に言った、あの人はやっと見つかった、離婚申請を出せるでしょう、と。父親はびっくりして彼女を見つめた。美しい高価なものにとつぜん汚い疵《きず》ができたのを眺めるように。「いまか」とだけ彼は言った。「いまがなぜいけないの？」——「それじゃあんまりあの男に打撃だよ」——「私にだっていろんな打撃があったわ」とエリが言った。「あの男はしかし、結局まだおまえの夫じゃないか」——「それは終わったのよ、もう永久に」とエリは言った。

「あなたは台所にいなくともよござんすよ」と女家主が言った、「ベルが鳴ったら、私がシュニッツェルを出しますよ」

エリは自分の部屋へ入った。彼女のベッドの脚の端に子供のベッドがあって、今日は空だった。客はもう来てもよいはずだったが、エリは待っているわけではなかった。彼女は包みを開いて、毛糸を触ってみて、それから編み目をひろいはじめた。

彼女は、いま少しは待っているが、だが大して待っていはしない。その相手は、ハインリヒ・キュープラーという男である。偶然というものは、人が偶然に身を任すとき、よく言われるような決して盲目的なものではなく、かえって狡猾で悧巧《りこう》なものである。ただ人はじっさいに偶然をまったく信頼しきっていればよい。人が偶然のする仕事にちょっかいを出して、自分で手心を加えたりすると、かえって下手なものができあがり、人はその罪を誤って偶然になすりつける。人が黙って偶然に全権を委ね、完全に偶然のままに従っていれば、偶然は多くの場合正しい結果をうむものだ。しかも、すばやく、荒っぽく、単刀直入に。

勤め先のある女友達が、ダンスに行こうとエリを誘った。彼女はいっしょに行ったことを最初は後悔した。彼女のうしろで、ウェイターが手からグラスを落とした。彼女は振りむいた。そのときちょうどホールにやってきたこのキュープラーが同時に振りむいたのである。彼は大柄の、黒い髪の男で、よい歯をしていた——その男の物腰、その微笑がゲオルクとどこか似ていることが、エリの顔を美しくした。それで、キュープラーは彼女に気づいて、びっくりし、近づいてきた。二人は朝まで踊った。近くでみれば、もちろんゲオルクと似ても似つかぬ彼だった。彼は真面目な青年だった。彼はたびたび彼女をダンスに迎えに来た。日曜にはタウヌス山地へ出かけた。二人はキスし、楽しかった。

ふとしたことで彼に、最初の夫のことを話したことがあった。「私はまあ、運が悪かったのよね」と彼女はそのとき、そのことをこう言って表現した。ハインリヒはエリに、ゲオルクと完全に手を切るように勧めた。彼女はすべて一人で片をつける決心をした。

ある日彼女は、ヴェストホーフェン収容所への訪問許可状を受け取った。彼女は父親のところに走った。彼女はもう長いこと父親の意見を聞いたことがなかった。「おまえは行かにゃならん」と室内装飾師は言った、「わしが連れて行く」。エリは許可の請願などしたおぼえはなかった。許可は彼女には有難迷惑《ありがた》でさえあった。この許可には別の理由があったのである。

殴っても蹴っても、飢餓も暗室も、この囚人にかかっては、一向にききめがなかったので、ついに、妻を呼びよせるという一計が案じられたわけなのだ。妻子、これはいつでもたいていの人間に何らかの影響をあたえるのが普通である。

そこでエリは事務所から、メッテンハイマーは会社から、それぞれ休暇を貰った。彼らは家族たちにはこの苦しい旅のことを黙っていた。汽車に乗っているあいだ、エリはハインリヒといっしょにタウヌスの草原に横になることを願っていた。メッテンハイマーは壁紙張りのことを願っていた。列車を乗りすてて、いくつかのブドウ村を後にしつつ、国道を二人並んで歩いて行くとき、エリは、まるで小娘にでもかえってしまったように、父親の手をとった。その手は干からびてぱさぱさしていた。二人とも不安で胸苦しかった。

二人がヴェストホーフェンの最初の集落にさしかかったとき、人びとは誰しも一種の漠然とした同情の眼で二人を見送った。たとえば、病院とか墓地へ行く人を眺めるように。ブドウ畑の山の村々では、どこもかしこも忙しげに立ち働き、満足げに興奮していた。それがどんなに二人の心を痛めたことだったろう……。われわれはどうしてあっさりこのうちの一人になることができないのか。どうしてあの大桶を、通りを横切って板金工へ転がして行ってはいけないのか。どうしてあそこの窓台でブドウ汁のこし器を磨いている女房《かみ》さんそのものであってはならないのか。どうして、ブドウしぼり器をすえつける前の、庭掃除の手伝いをしてはいけないのか。そうするかわりに、われわれはそのすべてのあいだを通って、耐えがたい不安を胸にしながら、特別の道を歩いて行かねばならない。大きな頭をまだ夏向きに丸坊主にした、農民というより船員風の一人の若者が二人のところへ歩いてきて、真顔で静かに言った、「この上をまわって、畑を越してな、塀のあるところまで行きなさいよ」。その母親らしい老婆が窓から覗いて、うなずいてみせた。あのお婆さんは私を慰めてくれているのかしら、とエリは思った、でも私はあのゲオルクとはもう何の関係もないんだわ。二人は畑のなかを登っていった。ガラスのかけらをさしこんだ塀に沿って歩いていった。左手に小さな工場があった。マティアス・フランク息子会社。するともう、歩哨の立っている門が見えた。門はちょうど鋭角になってぴたっと国道にくっついており、その脚がいわゆる内側《なか》の収容所の両側の塀になっていた。つまり、この内側の収容所は門だけで国道にぶつかっているのだった。あの向こうのどこかにライン河があるのだ、ということはわかったが、その河は見えなかった。褐色に煙った土地のそこここに動かぬ水たまりがきらきら輝いていた。
　メッテンハイマーは、一軒の居酒屋の庭でエリを待っていることにした。彼女はもうひとりで行かねばならなかった。エリは不安だった。しかし彼女は、もうゲオルクとは何の関係もないのだ、と自分に言いきかせた。彼女はもう、彼がどんな目にあっていても、どんな懐しげな顔をしても、彼の眼差しにも微笑にも、決して心を動かされまいと思った。

　そのころゲオルクはすでにヴェストホーフェンには長くなっていた。何度となない訊問に彼は耐えてきていた。この彼の幾多の苦悩や責め苦、それは通常なら、戦争の惨禍やきびしい運命に見舞われた一世代の人びと全体が受けねばならない苦悩や責め苦である。だが、この責め苦はさらに続けられていったのだ。明日も、いやつぎの瞬間も。ゲオルクは当時すでに、自分を救ってくれるものはもう死よりほかにないことを知っていた。彼は自分の若い生命にぶつかってくる怖ろしい力を知っていた。そしてまた、自分自身の力も知っていた。彼はいま、自分が何者であるかを知ったのだ。

最初の瞬間、エリは間違った人が連れて来られたのではないか、と思った。彼女は両手を耳のところにあげた――それは以前から彼女が、イヤリングがしっかりついているか確めるためによくする独特な動作だった。それから彼女の腕はだらりと落ちた。彼女は二人のSA哨兵にはさまれた見知らぬ男を凝視した。ゲオルクは背が高かったはずなのに、そこにいる男は膝が折れ曲って、ほとんど彼女の父親ほどに小さかった。そのとき彼の微笑で、ようやく彼であることがわかった。それこそ昔ながらの、見逃すことのできない微笑だった。半ば嬉しそうな、半ば嘲けるようなその微笑こそ、はじめて逢ったとき、彼女をじろじろ眺めながら彼が浮かべた微笑だった。いまはもちろん、その微笑の見きわめねばならぬ相手は、友人の恋人を奪ってしまいたくなるような若い女とは別のものだった。彼は、憔悴《しょうすい》しきった頭のなかで考えをまとめようとしていた。いったいこの女は何のために連れて来られたのだろう。奴らはそれで何を目論《もくろ》んでいるのだろう。彼は、自分が疲れているために、肉体的な苦痛のために、何か重要なことを、何かの策略をうっかり見過ごすことを怖れていた。

彼はエリをじっと見つめた。彼女は彼にとって、彼女の方でもそうだったように、なにか妙な存在だった。縁を折り返した小さなフェルト帽、カールした髪の毛、イヤリング。彼は彼女を観察した。むかし彼女が彼と関係があったかを、ぼつぼつ彼は思いだそうと努めた。かたわらで五、六組の眼が彼の表情のちょっとした動きも見逃すまいと見張っていた。彼の顔は最近食らった拳骨の数々でまだ歪んでいた。私はこの人に何か言わねばならない、とエリは思った。「子供は元気です」と彼女は言った。彼はじっと聴いていた。その眼が鋭くなった。あんなことを言って、どういうつもりなんだろう。たしかに彼女は何か特別な意味のことを言ったのにちがいない。きっと何か知らせに来たのだろう。彼は自分があまり弱っていて、その意味を理解できない不安を感じた。「そうかい?」と彼は訊ねるように言った。もう彼の眼つきで、彼女はまちがいなく彼と再確認しただろう。彼は最初のときと同じようにじっと、彼女の半ば開かれた唇を凝視した。もう一度彼の生命を力と緊張でいっぱいにするために、どんな情報がこれから出て来るのだろうか。彼女は適切な言葉を探していたらしく、長い悩ましい間をおいてから、言った、「もうじき幼稚園にあがるのよ」――「そう」とゲオルクは言った。彼の脆弱な頭のなかですばやく鋭敏に考えねばならないとは、なんという苦しさだ。いったいどういうことなんだ、子供が幼稚園にあがるとは?　子供は元気だ、そして、幼稚園にあがる。きっとそれは、あのハーゲナウアーが四カ月前、もう最後の指導部も逮捕されてしまってから、ぶちこまれてきたとき話してくれた配置転換のことと関係があるのだ。彼の微笑はいちだんと強まった。「あなた、あの子の写真を見たいでしょ?」とエリが訊いた。彼女はポケットのなかを探した。とたんに、ゲオルクの眼のほか、監視の眼のすべてがそこに集中した。厚紙に貼った一枚の小さな写真がとり出された。おもちゃのがらがらをもって遊んでいる子供。ゲオルクは写真の上に屈みこんだ。何か重要なことを認めるために、緊張で彼の額に皺がよった。彼は眼を上げて、エリを見つめ、また写真を見た。彼は肩をすくめて、いかにも自分が笑いものにされたように、エリを凝視した。「面会時間終わり」と監視が叫んだ。二人ともぎょっとした。ゲオルクがあわてて訊いた、「おれのおふくろは達者かい？」――「お元気よ」とエリが叫んだ。彼女は、自分にいつも馴染まず、ほとんど嫌っていたといってよいこの女と、もう一年半も逢っていなかった。「じゃ、おれの小さい弟は？」とゲオルクが叫んだ。彼はとつぜん目をさましたように見えた。彼の全身がわなないていた。刻一刻と急に彼が人間らしい相貌をとり戻してきたことが、エリにも同様に怖ろしかった。「どうしてる――」とゲオルクが叫んだとき、左右から彼は摑まれ、回れ右させられて、外へ引っ立てられて行った。

エリはどうやって父親のところへ帰ってきたかわからなかった。彼女の知っていたことといえば、ただ、父親が彼女の頭を抱きしめていて、居酒屋の主人と女将《かみ》さんと、女がもう二人、そのそばに立っており、彼女はもうそんなことに構っていられなかった、ということだけだった。一人の女がちょっと彼女の肩を叩いてくれ、もう一人が彼女の髪の毛に触った。最後に女将さんが彼女の帽子を地べたから拾って埃をはたいてくれた。誰も一言も言わなかった。声を出すには、塀があんまり近くにあったからだ。彼女の嘆きも無言だった、そして、慰める人たちも無言だった。

ふたたび家に戻ると、エリは坐りこんで、ハインリヒに手紙を書いた。事務所へ私を迎えにきては困る、もう二度と来ないでください。

それにもかかわらず、ハインリヒは彼女を事務所で待ち受けていた。彼は根掘り葉掘り訊くのだった。あのゲオルクにまたまいったのだろう、急にまたあの男が恋しくなったのだろう、あの男に同情してるのだろう、あの男が出てきたら、またいっしょになりたいのだろう。そうしたすべてをエリはびっくりして聞いていた――わけのわからないくだらぬ妄想だ、ほんとのことは私ひとりにしかわからない。彼女は静かに答えた、いいえ、私、ゲオルクなんかもう愛してはいないわ。彼が自由になったところで、決して彼のところに帰ろうなどとは思ってはいないの。終わったのよ、もう永久に。でも私、ゲオルクと逢ってから、急に、あなたといっしょにいることも楽しくなくなってしまったんだわ、ただ単純にもうそんな気になれなくなってしまったの、それだけよ。

数年前のあのころ、突然ゲオルクに彼女を横取りされてしまったとき、フランツがそうしたように、ハインリヒは彼女を待ちうけた。しかし、ハインリヒは、自身もたいして本気ではなかったから、こうした拒絶がどこまでも本気のものとは信じなかった。いったい、そんなこと、何の意味があるんだい？　そう、彼女がゲオルクをまだ愛しているのなら、それもよかろう。しかし、それだけのことさ！　第一、彼女がひとりでいたところで、それがゲオルクにとって何の役に立つというんだ？　そんなこと、あの男の耳にさえ入りはしない。後になって、それを彼に話す折があったとしても、きっと彼は信用しまい。どうしてそんな面倒臭い真似をわざわざするのさ。

いままた、そうしたすべてがあってから、およそ一年がたった。今夜、彼女はハインリヒを招待し、彼のためにシュニッツェルを料理し、プディングをかきまぜた。彼のために美しく着飾った。どうしてまた急にそんな気を起こしたのだろう、とエリは考えた。なぜいまになってまた彼と逢いたくなったのかしら……。それには、何の決心も必要ではなかった、何のむずかしい決断も。が本当に長い一年というほかには、何の特別なこともありはしない。毎晩ひとりでいることは退屈だった。エリだけが特にひとりでいるために生まれてきたわけのものでもなかった。彼女もその辺にいくらでもいる若い女の一人だった。ハインリヒの言ったことは正しかった。もういい加減疎遠になっている男のために、何だってそんな忠義だてするんだ？　一年たつうちに、殴打《おうだ》で歪んだ、あの怖ろしい顔もいくらか色褪せた。母親の言ったことは正しかった、そして年上の人たちすべての言ったことは。時がすべて癒してくれる。そして、すべての鉄は冷める。

だが、エリの心の底には、まだ一つかすかな望みが残っていた、ハインリヒが何かの偶然で来なければよいのだが。何といっても彼女の方から彼を招いたのだから、彼が来ないからといって、それで事態はどう変わったのか、それは彼女も自分自身に向かって何とも言えなかったことだろう。

下の喫茶室で、フランツは表の通りを眺めていた。街灯が光っていた。昼間はひどく暖かだったが、いまはもう、夏のとっくにすぎたことは争えなかった。小さな喫茶室は貧弱な灯をつけていた。女将《かみ》さんがカウンターでがちゃがちゃ音をたてていた。二人の粘り客が早く帰ればいいのに、と聞こえよがしの音だった。とつぜんフランツはテーブルを両手で鷲掴みにした。彼は自分の眼を疑った。街灯の立ち並んだあいだからエリの家の戸口に向かって、ゲオルクがやってきたのだ。手にいくつかの花をもって。フランツの体内ですべてが、狂暴な渦をまいてぐるぐるまわりだした。この渦のなかをすべてが回転した。恐怖と歓喜、憤怒と不安、幸福と嫉妬。一瞬のうちに、それは過ぎた。当の男が近づいてきたからだ。フランツはほっと安心し、自分を罵った。この男は遠くから見ると、ほんのちょっとゲオルクと似ているところがあった。それもただ、ゲオルクのことをちょうど考えているとき、ほんのちょっと似ているところがあるだけだった。

そのあいだに、喫茶室のお女将はどうやら二人のうち一人の客だけはやっと追い払うことができた。若紳士は金を投げるようにして、跳び出して行ったのだ。フランツはもう一杯コーヒーとシュトロイゼルクーヘンを注文した。

いま玄関のベルが鳴ると、やはりエリの顔はぱっと輝いた。一瞬後には、ハインリヒは部屋のなかに立っていた。彼は手にカーネーションをもっていた。彼はひどく当惑したように若い女を見た。彼女はいま特に彼を待っていた様子もなく、ベッドの端に坐り、その膝には色とりどりの毛糸の玉がのっていて、起き上がるにも起き上がれないのだった。エリは顔をあげた。それから彼女は袋に手をのばして、はにかんでいるせいかひどくゆっくりと、編み物道具を全部そこへ詰めこんだ。彼女は立ち上がって、ハインリヒの手からカーネーションを受け取った。台所からはもう肉の揚がる匂いがしてきた。親切なメルカー夫人。エリは微笑せずにはいられなかった。ところが、ハインリヒの顔は、彼女が微笑をやめたほど生真面目だった。彼のまじまじと見つめる視線の前で、彼女は顔をそむけた。彼は彼女の肩を摑んだ。彼女がまた顔をあげて、彼を見つめるまで、一段と強く摑んだ。他のすべてを忘れてエリはいま、ただもう、やっぱりこの人が来てくれて幸福だ、と信じた。その瞬間、人声と足音が階段と玄関に起こった。「ゲシュタポだ！」と本当に誰かが叫んだのか、それとも誰かがただそう思っただけだったのだろうか。ハインリヒの手が辷《すべ》りおちた。その顔はこわばり、エリのまだ明るい熱した顔もこわばった。ただの一度も微笑んだことのない顔のように、そしてまた、決してもう微笑むことのできない顔のように。

たとえ考えをまとめることがいくらか緩慢であったにしろ、とにかくフランツは、つぎの瞬間、喫茶室の席から見聞きしたことを、ある程度納得することができた。

この静かな小さい通りにほんのちょっとのあいだ、人目にはたたなかったが、かなりどっと車や人が行きかいした。そのとき、大型の濃紺の自家用車が次の通りの角に止まった。同時に一台のタクシーがエリの家の戸口に止まった。ほとんど同時に、二台目のタクシーが後から走ってきて、一台目の車を追い越さずに、すぐうしろで急ブレーキをかけて止まった。

そのあいだに一台目の車からはありふれた平服の若い男が三人降りて、ちょっと家のなかに入ると、四人目の男を連行してまた乗りこんだ。この四人目の男がはたして、フランツの一瞬ゲオルクと勘違いした当の男かどうかは、フランツには断言できかねたであろう。故意か偶然か男たちは車のドアと家の戸口のあいだを見えないように遮ったからである。それでもフランツには、この四人目の男がただ単純に大人しく同行したのではなく、男たちの緊張したすばやい動作のあいだを酔漢か病人のようによろよろと動いていたことがわかった。そのあいだエンジンを止めずにいた車が、それからすぐ走りだすと、二台目のタクシーもほんのちょっと止まっただけで、エリの家の戸口をゆっくり走りすぎ、二人の乗客は家のなかへ駆けこむなり、一人の女をあいだに挟んで戻ってきたのだった。

通行人が二、三人ちょっと立ち止まっていた。いくつかの窓からも誰かが見下ろしていたらしい。だが、家の前の街灯に照らされた舗道一帯は傷もつかず綺麗なままで、事故の現場とも見えず、血痕などついてはいなかった。人びとはあれこれと憶測しながら、家族のなかへ戻って行った。

フランツはいつ何時ストップを食らうかもしれぬと思っていた。しかし、何の邪魔も入らず、彼は自転車でその界隈《かいわい》から出て行った。

やっぱりゲオルクは脱走者の一人だ、とフランツは自分に言った。奴らは彼の親戚や有名無実の妻や、きっと彼の母親までも、監視している。奴らは彼がこの町にいると思っているのだ。おそらくゲオルクは、事実この町に隠れているのだろう。どうやってここから脱け出すつもりだろうか。

収容所でゲオルクといっしょだったことがあるあの男から話を聞いていたにもかかわらず、フランツは、エリが会ったような現在のゲオルクの姿をぜんぜん想像していなかった。どこまでも昔のゲオルクの記憶ばかりが不意に、だが正確に、彼に襲いかかってきた。彼はうっかり声をあげかねないほどはっきりと、目の前にゲオルクの姿を見た。このようにして過去幾世紀ものあいだ、やはり同じような暗黒の時代に、人びとは通りや喧《かまびす》しいお祭りなどの雑踏のなかで、とつぜん一人の男を見たと思っては叫びをあげたのである。その男の姿は彼らにとって過去の禁じられた思い出の幻影であり、同時にまた彼らの良心でもあった。フランツは、ゲオルクの若いころの顔、不敵な憂愁を帯びた眼つき、つむじから房々と美しく垂れた黒髪を見た。両手で支えたゲオルクの首、両肩の上にのった首、物体の首、懸賞つきの首を見た。フランツは何かに追われるようにおびえきって、全速力で突っ走った。

幸い彼のいくらか鈍重な顔つきにはたいして色は現われていなかったけれど、フランツはすっかりくたくたに悩み疲れて、ヘルマンの家へ辿り着いた。だが彼はいっぱいにふくれた胸をいっぺんに空にしてしまうわけにいかなかった。ヘルマンは仕事がすんでも帰って来ていなかったのだ。「なにか寄りあいでしょう」とエルゼが言った。彼女は悩ましげなフランツを、丸い眼で眺めた。その眼は好奇の色を浮かべていたが、きれいに澄んでいた。

何とかこの人を慰めてあげなければ、と本能的に感じて、彼女は甘草《かんぞう》ドロップを箱から出してやった。ヘルマンはちょいちょいエルゼに甘いものを買ってくるのだ。最初に買ってきてやったとき、そんなつまらぬものでも可愛い顔を輝かすエルゼを見て、ヘルマンは心を動かされたのだった。彼女のことをまだほんの子供だと思っているフランツは、彼女の髪の毛を撫でた。彼女がびっくりして赭《あか》くなったので、すぐに彼は後悔した。「じゃ、ヘルマンはいないんだね」とフランツはがっかりしたように考えこんで言った。胸から吐息がついて出た。自転車を押して道を行く彼の姿を見送ると、エルゼの胸にも、子供なりに、わけのわからぬ悩みが感染していた。

マルネ一家はすこしばかりフランツを待っていたが、やがて彼のいないまま食事をはじめた。羊飼いのエルンストが彼の席に陣どっていた。いまエルンストはネリに骨をやりに家の外へ出て行く。むっと暑苦しい台所から畑へ出ると、彼の顔つきが変わって、彼はほっと息をつく。今日は霧は濃くない。遠い周辺に、たくさんの村や町の灯が、鉄道や工場の灯、ヘヒストの染色工場やリュッセルスハイム（フランクフルトとマインツのあいだにある地方工業都市）のオペル（一八六三年創業のリュッセルスハイムに本拠をおく自動車メーカー）工場の灯が見えた。片手を腰にあて、片手に骨をもって、エルンストは静かにあたりを見まわす。その顔は悦びと誇りに満ちあふれる。まるで自分が遠い昔の一族一門の先頭に立って今日ここにやって来て、いま完全に征服した国土を、その河川を、その数知れぬ灯火を、打ち眺めるとでもいうように。彼はいま、征服したものを打ち眺める征服者のように、ぐっと全身を硬直させる。いや、はたして彼は、事実また、遠い昔の一族の先頭に立ってここにやってきたのではなかったのか？　国土は、荒野は、河川は、征服されたのではなかったのか？

　エルンストはふと動く。何か畑のうしろできーきーという音が聞こえたのだ。それは、フランツが押して上ってくる自転車の音だ。いままで明るく澄み、気高いばかりに昂揚していたエルンストの顔に、またしても性懲りもなく好奇心の狡猾な悪戯がはじまる。フランツの奴、どうしてこんなに遅く、どうしてこっちの方から帰って来るのだろう。「みんなもう飯は平げちまったぜ」とエルンストが言う。彼は図々しい眼つきで、フランツの浮かない様子をいちはやく鋭く見てとった。彼にとっては、それは同情にはならない。ただの好奇心だけである。彼の顔に浮かぶ表情は、こう語っている、「けちなフランツめ、どうせおまえをさした蚤《のみ》なら、さぞけちくさいちっぽけな蚤だろうよ」

フランツは、言葉は交わさなくとも、自分がこの若造から剣突《けんつく》を食らい、ふだんは面白がっていたこの男の嘲笑的な冷たさが容赦なく突き刺さってくるのを感じる。この男の無関心な冷淡さが彼にはやりきれない。いま彼がスープを食べに入って行かねばならないこの一家の人びとの無関心が、いまからもう彼にはやりきれない。折しも頭上にあがった星たちの無関心も、彼にはやりきれない。

7

ゲオルクは黄昏のなかへ駆けこんでいった。黄昏は仄暗《ほのぐら》くひっそりと静まりかえって、決してもう見つけられる気づかいはないように思われた。一歩進むごとに、彼は、つぎが最後の一歩にちがいない、と自分に言いきかせた。だが、一歩進むごとに、新たな一歩は最後より一歩手前のものだった。モムバッハをすこしすぎて、彼は市場の車から降りねばならなかったのだった。ここにはもう橋はなかったが、どの村にも渡船場があった。ゲオルクは一つまた一つと渡船場を後にのこして行った。渡るチャンスはまだ来なかった。すべてのものが、人間の本能と理性が、彼に警告した——人間の力のいっさいを一点に集中することができるとすれば。

彼は昨夜と同じように、時間の観念を失ってしまった。ラインの河上では霧笛が鳴っていた。ラインに沿って低い堤の上を走っている国道を、ますます大きくあいだをあけて、いくつかの灯火が唸ってすぎた。すぐ目の前の、樹の密生した島が河の流れの展望を遮《さえぎ》った。いぐさの茂みの背後に一軒の農家の灯が光っていた。しかし、ゲオルクの心には恐怖も親しみも流れこんでこなかった。その灯は鬼火のようだった。それほどあたりには人の気配がなかった。彼の視野を遮っていた島は長く延びつらなっていた。いや、あるいはもう尽きていたのかもしれない。たぶんあの灯は船からか、それとも対岸から来たものだろう。対岸を隠していたのは、もはや繁った島ではなくて、霧だったのだ。簡単にここで死んでしまうのかも知れない、ありふれた疲労のためにでも。どんな地獄へ堕ちてでもいいから。いまヴァラウと二分間でも一緒にいられるものなら……

もしもヴァラウがうまくどこかライン地方の町に入りこむことに成功すれば、そこからは国外へも出られる希望がある。そこにはちゃんと人びとが待っていて、逃亡のつぎの段階を準備しておいてくれるのだ。

ヴァラウが二度目に引っ張られたとき、ヴァラウの妻はもう二度と夫とは逢えまいと思った。彼女の面会許可願が荒々しく、いやそれどころか脅迫的に拒絶されたとき――

彼女は当時住んでいたマンハイムからわざわざひとりでヴェストホーフェンへやってきたのだった——この女は夫を救いだす決心をかためた。どんな犠牲を払おうとも。彼女は、及びもつかぬ企てにとりついていく女の執念で、この決心に従った。彼女はまず自分の分別を、それがはたしてできるかどうかなどと詮議立てする分別を、一応すっかり断ちきってしまったのだ。ヴァラウの妻は周囲の経験とか教示などに頼らず、二、三の強制収容所から脱走に成功した人たち、ダッハウからのバイムラー、オラーニエンブルクからのゼーガー等の伝説を頼りにした。そしてまた事実、こうした伝説にはある種の経験や教示も含まれている。しかし彼女はまた、自己の完全な力をはっきり自覚している人間である彼女の夫が、生きる意志に、どこまでも生きぬく野望に、燃えていることを知っていた。おそらく夫はどんなちょっとした示唆でも必ず理解するにちがいない。全体を可能と不可能とに区別することを拒絶した彼女は、多くの個々の事で、すべての障害を押しきって、巧みに前進した。いろいろな連絡をつけたり情報を伝えたりするには、彼女は二人の男の子を利用した。とりわけ上の息子は昔、父親から基礎的な教育をうけ、いま母親から計画を明かされて、完全に凝り固まっていたのである。ヒトラー・ユーゲントの服を着て、黒い眼をした粘り強い少年は、その胸に強すぎるほど燃えたつ焔《ほのお》のために、明るく輝くよりはむしろ焼き殺されんばかりだった。

いま、二日目の夜、ヴァラウの妻は、収容所からの脱走そのものは成功したことを知った。彼女は、夫のために金と服とを用意してあるヴォルムスの市民農園の簡易小屋《ラウベ》に、夫がいつ入りこむか、あるいはもう昨夜のうちにそこを突破してしまったか、知ることができなかった。この簡易小屋はバッハマン一家のものだった。夫は市電の車掌だった。妻君同士が三十年前に学校で一緒だった。その父親同士もすでに友人で、後には夫同士も友人になった。妻同士は同時に日常生活のあらゆる重荷をともにし、ここ三年間は異常な生活の重荷をも共にしているのだった。バッハマンの方はもちろん三三年のはじめにちょっと逮捕されただけだった。それ以来彼は仕事にいそしみ、煩《わずら》わされずに暮らしていた。

ヴァラウの妻が夫を待っているいま、バッハマンの妻もこの市電車掌の夫を待っていた。ひどく不安で、そのことを小刻みにぴくぴくとやたらに慄える手の動きに示しながら、バッハマンの妻は夫を待っていた。車庫から町中の住居へは、もちろんものの十分とはかからないのだった。おそらく誰かの代わりでもやらねばならなかったのだろう、そうとすれば帰りは十一時ごろになる。妻は子供たちを寝かしつけてしまった。寝かしながら、彼女自身もいくらかおちついた。

なんにも起こりゃしない、と彼女は千度目に自分に言いきかせた。なんにも見つかりっこありゃしない。いや、見つかったって、絶対に誰も私たちの尻尾をつかむことはできない。金と服をあの人が単純に盗んだということだってあり得るのだ。私たちはこの市内の家に住んでいる。あの小屋にはもう何週間このかたわが家の誰も行ったことがない。ちょっと行って見て来られたらな、あれがまだあそこにあるかどうか、と彼女は考え続けた。いや、とても我慢してはいられないわ。ヴァラウの奥さんはどうしてこんなことに堪えられるんでしょ！

バッハマンの妻は当時ヴァラウの妻に言ったものだ、「ねえ、ヒルデ、あのことが男の人たちをすっかり変えてしまったわね、私たちの夫までも」。ヴァラウの妻が言った、「うちのヴァラウを変えるものは何もないわ」。バッハマンの妻が言った、「一度ほんとに死の深みをのぞくとねえ」。ヴァラウの妻が言った、「くだらない。それじゃ、私たちはどうだっていうの、それじゃ、私は？　上の子が生まれたとき、私は危うく死にかけたのよ。だのに、そのつぎの年にはもう、また一人ですもの」。バッハマンの妻は言った、「ゲシュタポの人たちは一人の人間のことを洗いざらい何でも知ってるのね」。ヴァラウの妻が言った、「何でも、というのは、大げさよ。あの人たちは誰かから聞きこんだことを知ってるだけなのよ」

いまバッハマンの妻が、ひとりで黙って坐っていると、またしても彼女の手足はそこらじゅう慄えだした。彼女は縫い物を手にとった。それでまたおちついた。誰も私たちの尻尾をつかむことはできやしない、と彼女は自分に言いきかせた。泥棒が押しいったということなんだもの。

そこへ夫が階段を上ってきた。じゃきっとまだだわ。彼女は立ち上がって、夫のために夕食の仕度をした。夫は一言も言わずに台所へ入ってきた。妻は、夫の方を振りむかぬうちに、もう心臓ばかりか全身の皮膚で、まるで夫が入ってくると同時にこの室内の温度が二、三度下がったかのような気持ちを味わった。「どうかしたの？」と彼女は、夫の顔を見ると、訊いた。夫は何も答えなかった。彼女は食卓についた夫の両肘のあいだに夕食を盛った皿を並べた。彼の顔にスープの湯気が上がった。「オットー」と彼女は言った、「あなた、気分が悪いの？」。それでも彼は何も答えなかった。

妻は怖ろしくて絶え入りそうになった。しかし、と彼女は思った、小屋は何でもないにちがいない。だって彼はちゃんとここにいるのだから。たしかに、そのことで彼は思い出しているのだ。このことさえ早く過ぎ去ってくれれば。「あなた、いったいもう何も食べたくないの？」と彼女は訊いた。夫は何も答えなかった。「あんまりそのことばかり考えない方がいいわ」と妻は言った、「あんまり考えてばかりいると、気が狂ってしまうわよ」。夫の半ば閉じた眼から、苦悩に満ちた光がほとばしった。しかし、妻はまた縫い物をはじめていた。彼女が眼をあげたとき夫は眼を閉じていた。「いったい何があったの?」と妻は言った、「何なの?」——「何にもないよ」と夫は言った。

しかし、その彼の何という言いかた! まるで妻が夫に、もうこの世には何もないのかと訊き、そして、夫はありのままに、何もない、と答えたかのようだ。「オットー」と彼女は言って、また縫い続けた、「でも、きっと、何かあったんだわ」。しかし、夫は静かに空しく答えた、「まるっきり、何にもないよ」。彼女は彼の顔に見入った。さっと一瞬縫い物から顔をそらして夫の眼をじっと見つめて、彼女は知った、ほんとに、彼には、何にもないのだということを。彼のすべては、みな、失われてしまったのだ。

そのとき妻は冷水を浴びせかけられたようになった。彼女は肩をすぼめて、斜めに坐った、夫が食卓の隅にいないかのように、そして……彼女は針を一心に運んだ。彼女は何も考えなかった、何も訊かなかった。考えたり、訊いたりすれば、彼女の生活を破壊する答えが出てくるかもしれなかったから。

何と充実した生活だったことだろう! たしかにそれは、パンと子供たちの靴下のために月並みな戦いを重ねていく月並みな生活だった。しかしそれは同時に、強い大胆な生活であり、すべての体験する価値のある対象に熱烈に参加することであった。彼女たち、バッハマンの妻とヴァラウの妻とが、二人ともまだ小さなお下げの少女で同じ町に住んでいたころから、父親たちにいつも聞かされていたことをそれに加えれば、彼女たちの狭い家の四壁には、何一つ響いてこないものはなかった。十時間、九時間、八時間労働のための闘争。彼女たちがありとあらゆる靴下のまったく手に負えない破れ穴を繕《つくろ》っているとき、その彼女たちの前で読んで聞かされた数々の演説。ベーベル（ドイツ社会民主党の指導者）からリープクネヒト（ルクセンブルクらとスパルタクス団結成）まで、リープクネヒトからディミトロフ（ドイツ国会放火事件で逮捕、釈放されてモスクワへ）までの演説の数々。人びとは子供たちに誇らしげに話して聞かせた、すでに祖父《じい》さんたちにしてからが、ストライキをやりデモをやったものだから、捕まってぶちこまれたんだ、と。もちろん、当時まだ人びとは、そのために根絶やしにされたり殺されたりはしなかった。何というくっきりした生活だったろう。その生活がいま、たった一言訊いただけで、いやもうちょっと考えただけで、たちまち消えさり、裏切られねばならないのだろうか……。しかしもう現に私はそれを考えている。夫はどこが悪いのだろう。バッハマンの妻は単純な女で、彼女は夫を好いていた。二人は昔、恋人同士だったし、もう長いことといっしょに暮らしてきた。実に多くのことを習得したヴァラウの妻とは、彼女はちがう。だが、食卓の端にいる男も、決して彼女の夫ではない。それは闖入者《ちんにゅうしゃ》だ。見ず知らずの薄気味悪い闖入者だ。

夫はどこから来たのだろう。どうしてこんなに遅く？　彼は取り乱している。彼が変わってからもうずいぶんたつ。当時とつぜん釈放になって以来、彼は変わったのだ。当時彼女が嬉しさのあまり歓声をあげたとき、彼の顔は空ろで、疲れきっていた。いったい私は、夫がヴァラウのようなことになるのを、自分から望んでいるのだろうか？　いや、そんなことはない、とバッハマンの妻は考えたかった。だがしかし、もうある声が答えていた。その声は彼女よりもずっと年をとった、しかも同時にずっと若々しい声だった。ええ、その方がまだしもだわ、と。「私、もう彼の顔を見ていられない」と彼女は思った。夫はまるでその彼女の言葉を聞きつけたかのように立ち上がると、部屋に背を向けて窓の方へ歩いて行った。鎧戸は下りていたけれども。

ゲオルクはしまいにある小屋を見つけた。そういうおんぼろ小屋はたしかにもういくつかぶつかったことがある。そのなかには、柳の籠の山が積んであるほか何もない。それも腐りかかったような臭いがして、何の役にも立たない代物だ。

いまはただ眠るだけだ、それ以外は何もない、とゲオルクは思った。眠ってしまって、もう目がさめなければよい。彼がその一隅にもぐりこんで、積み重なった籠に衝きあたると、それはばらばら崩れた。彼はびっくりしてまた目をさました。霧が消えていた。雪のように月の光が、空っぽな扉の枠《わく》をぬけて、踏みつけた地べたの上に落ちていた。

静かに。古い足跡とゲオルクの新しい足跡とがはっきり見えた。

ゲオルクは本当に眠りこんだ。おそらく、たった二分間。彼は夢を見た。彼は辿り着いたのだ。彼はレーニの髪の毛に指を突っこんだ。髪の毛は硬くきしきししていた。彼は顔全体をそのなかに埋めて、息をつきながら、いまこそついにすべてはもう夢ではなくてなまの現実なのだ、と知った。彼はもう彼女が自分から離れられないように、髪の毛を手首に巻きつけた。片足で何かを蹴とばしたようだ。ガラスががちゃんと音をたてた。彼はまたびっくりして目をさました。目をさますと、彼はもうすっかりそんなこと忘れてしまって、ひどくあわてながら、いやほんとにおれはあのとき何かをひっくりかえしたんだ、と思った——ランプだったっけ。彼女の笑いかたはすこし野卑だった、彼女の声も。その声はあのとき、酔った女のしつっこさで、そのうえさらにこんなことまで彼に誓って言っていたのだ。「ゲオルク、でも、それはね、私たちをもっと幸福にしてくれるわよ、ほんとに私たちを幸福にね」

頭の一部が割れるようにずきずき痛んだ。思わずそこに血が出ていはすまいかと頭に手をやったほどだった。眠ることはもう考えられなかった。まったくいまごろは彼女《あいつ》のところにいられるとばかり思っていたのに、と彼は考えた。どこへどう考えを向けても、それは行き暮れてまた戻ってきた。頭のなかの真空はもうやがてぎりぎりの絶望の極限にきていた。

遠くの農園を何かがさっとかすめた。人間か、それとも、獣か。徐々にそれは軟らかな土の上を渡って近づいてきた。強まりもせず、軽い小股の足音。ゲオルクは目の前の何かを手さぐりで引っ張った。袋を、籠を。もうそれも遅かった。扉の枠がふさがって、なかが暗くなった。女の人影だ。スカートの縁《へり》でそれとわかった。女はそっと訊いた、「ゲオルク?」ゲオルクは叫びたかった。のどがつまって声が出なかった。

「ゲオルク」と少女は、すこし当てがはずれたように言った。それから彼女はおんぼろ小屋のなかへ入って、戸口の床へ坐った。ゲオルクは彼女の短靴を見た。厚いストッキングを。崩した両膝のあいだに、両手をのせた粗い地のスカートを。彼の胸ははげしく音たてときめいた。彼女がびっくりして跳びあがりやしないかと思うほどに。だが、彼女は何かほかのものに耳を傾けていた。しっかりした足音が畑をこえてやってきた。「ゲオルク」と彼女は嬉しそうに言った。彼女は膝を縮めて、膝の上のスカートをかきあわせた。もうゲオルクには彼女の顔も見えた。すばらしく美しく見えた。この光のなかで、愛の期待のなかで、美しくない顔があるだろうか。

もう一人の別のゲオルクが腰を屈めてドアをくぐると、彼女とすぐ並んで坐った。「やあ、おまえだな、そこにいるね」と彼は言った。「おれもやってきたよ」とまた、ほっとしたように彼は付け加えた。彼女は静かに彼を抱擁した。自分の顔を彼の顔におしつけた。キスはせずに。いや、おそらく、彼にキスしようとは思わずに。二人は何か小声で囁《ささや》きあった。本物のゲオルクにさえそれは聞きとれなかった。最後に、もう一人のゲオルクは笑った。――それからまた黙ってしまった。もう一人のゲオルクの手が彼女の髪を撫でているのか、服に触っているのか、聞きとれるほど静かだった。「可愛いやつ」と彼は言った。「おれのこの世のすべて」とも言った。「そんなこと真っ赤な嘘」と少女が言った。彼は彼女に強くキスした。籠が、ゲオルクが前に支えているのを除いて、入り乱れて崩れ落ちた。少女は打って変わった明るい声で言いだした、「私があなたをどんなに愛しているか、わかってもらえたらねえ」――「え、ほんとかい」ともう一人のゲオルクが大声で笑った。「いやよ、ゲオルク、もう行って」と少女が怒って言った。「もう行くよ」ともう一人のゲオルクが言った、「おまえとももうじきお別れだな」。少女は驚いて訊ねた、「どうして？」――「だってなあ、来月には、おれは隊へ入らなきゃならないもの」――「まあ、たいへん」――「なぜさ？　そいつは悪くはないんだぜ。そうなりゃ、もう毎晩の訓練はないし、もう暇はないよ」――「でも、とてもいじめられるんでしょ」――「そんなことは別さ」と、もう一人のゲオルクが言った、「それではじめて本物の兵隊というわけさ。だって、ほかのことはみんなただの兵隊ごっこじゃないか。アルガイアーもそう言ってるよ。なあおい、おまえ、去年の冬、アルガイアーとハイデスハイムへ踊りに行かなかったかい？」――「それがどうしたの？」と少女が言った、「だって私はまだあんたのこと知らなかったんですもの。ほんとに、いまとはたいへんな違いだったわ」。もう一人のゲオルクは大声で笑った。「そんなに違うかい？」と彼は言った。彼は彼女をしっかり抱いた。少女はもう何も言わなかった。しばらくして彼女ははじめて悲しそうな声で、「ゲオルク」と言った。まるで、愛する恋人を、嵐のなか、闇のなかに見失ってしまったかのように。「うむ」と彼はすっかり満足して答えた。

それからまた二人は最初のように坐っていた。少女は両膝を立て、男の手を両手に挟みながら。二人はいかにも睦まじげに外を見ていた。畑とも、静かな夜とも睦みあって。「憶えてるだろ、ほら、あそこをよく歩いたっけなあ」ともう一人のゲオルクが言った、「さあ、もう帰らにゃ」――「あなたが行っちゃうと、私心配だわ」と少女が言った――「おれはまだ戦争には行きゃしないよ」と男が言った、「ただ兵隊に行くだけだよ」――「そんなこと言ってるんじゃないのよ」と少女が言った、「たったいますぐ、あなたが私からさよならしちゃったら、ってことよ」。もう一人のゲオルクは笑った。「馬鹿なねんねだなあ。おれはまた明日来られるんだぜ。いまからもうわめき出さなくたっていいじゃないか」。彼は彼女の眼の上に、そして、顔中にキスした。「さ、いいだろ、もう笑えよ」と彼は言った。「泣くのも笑うのも、私には、いっしょくたみたいなものよ」と少女は言った。

それから、もう一人のゲオルクが畑をこえて去っていき、もはや銀色ではなく粉をふいたような青白い光のなかで、少女があとを見送っていると、本物のゲオルクは、この少女がちっとも美しくなく、丸い平べったい顔をしているのに気がついた。そして、彼は、はたしてもう一人のゲオルクが明日また来るだろうかと、少女のためにひどく危ぶんだ。いや、彼さえ自由の身なら、彼、本物のゲオルクが来るだろう。少女の顔にも淡い不安の色が浮かんでいた。彼女は、はるか遠くのぽつんと小さな一点をしっかりと見届けたいかのように、顔をしかめた。彼女は溜め息をついて、立ち上がった。ゲオルクはすこし身体をずらした。戸口の前には、もうほんの淡い月影しかなく、それもう早くも失せていった。夜が白んできたからだ。

第3章

1

ハインリヒ・キュープラーは、その夜のうちに対決させるために、ヴェストホーフェンへ送致されていた。彼は最初すっかり麻痺《まひ》したようになっていた。彼は黙ってエリの住居から連行されるままになっていたのだ。途中でとつぜん彼は荒れ狂って、周囲の者を殴打した。盗賊に襲われた真人間《まにんげん》のように。

たちまち怖ろしい殴打の数々があべこべに彼を打ち負かしてしまった。半ば意識を失い、手錠をはめられ、ぐったりと疲れて、自分のいまの状態に何の説明もつかぬまま、彼は車に乗っているあいだ、監視の者の膝や腕の上を正体なくよろめいた。収容所に着いて、受領のためSAの緊急集合が行なわれた。集まったSAたちは、この捕えられた男にすでに殴られた跡のあるのを見て、訊問のあるまでは捕えた男に触れることまかりならぬという警部のきついお達しは、無傷のまま到着した囚人の場合に関したことで、この男にはもう適用できないのだと思いこんだ。一瞬、しんと静まりかえった。それからちょっと、いつも前もって聞こえてくる虫のようなぶーんという低い唸り声、やがて一人の男の明るい叫びが聞こえ、ついで数分のあいだ暴れ狂って、最後にまた、おそらく、しんとなる。「おそらく」というのは、これまでそこに居合わせたものは誰しもみな、そのとき自分の心臓が間断なく高鳴って、その荒々しいどよめきに誰一人耳を聾《ろう》されないものはなく、誰しもその場の静けさを正確には述べられないからである。

ハインリヒ・キュープラーは見分けがつかなくなるまでさんざん殴られ、あげくのはてに気を失って運び去られた。ファーレンベルクは報告を受けとった。第四の脱走者――ゲオルク・ハイスラー収監、と。

所長ファーレンベルクは、二日前に彼の生活を襲ったこの凶事のために、脱走者たちそれぞれと同じように、ほとんど眠れないでいた。彼の頭髪にも白髪が増えはじめた。その顔も皺がよりだした。彼は、自分の損失のすべてを明白にしようとして、自分が賭けているもののことを考えるだけでも、もう生命も縮む思いで、ふっと大きく溜め息をつくと、もう役に立たなくなった切り換え装置のもつれた電話線、こんがらかった糸、つまり、藪のなかをあがきまわった。

二つの窓のあいだには、総統の肖像画がかかっていた。この総統によって彼は力ある地位を与えられているのだと納得していた。その権限はほとんど万能に近いものだ。人びとの上に立ち、人びとの身も心も支配し、生殺与奪の実権を握る、いや、それ以上のこともしかねない。一人前のしっかりした成年男子を目の前に立たせて、これを緩急自在にぶちのめすことができるのだ。いまはまだ真っ直ぐ立っている肢体がたちまち四つん這いになり、いまはまだ大胆に毅然としている男たちが、たちまち死の不安のために血の気を失い、口を割る。あるものは完全に片付けられ、あるものは裏切り者となり、あるものは首うなだれ悄然《しょうぜん》として釈放された。たいていの場合、この権力の味は全く完璧だった。しかし、時には、二、三の訊問の際に、とりわけこのゲオルク・ハイスラーの場合に、故障も起こった。このしなやかでねばねばしたしろものは、どこまでも人の指のあいだからぬるぬると脱け落ちて、握ることも摑むこともできず、踏んでも叩いても死なばこそ、傷もつかないで、結局、権力の味はすっかりなくなってしまう。こん畜生め、ちっぽけな蜥蜴《とかげ》みたいにしぶとい奴だ。ハイスラーを相手の訊問のときには、いつでもハイスラーの視線と微笑があとに残った。どんなに打っても擲《たた》いても、最後に彼のゆがんだ顔には輝きが漂い残った。——報告を聞いたいま、ファーレンベルクは、狂人の頭にだけ浮かぶ独特の克明さで、このゲオルクの顔の微笑がシャベルに二、三杯の土塊《つちくれ》で次第に掩《おお》いかぶされていく幻影を、まのあたりに見た。

ツィリヒが入ってきた。「所長殿」と彼は呼吸も苦しげだった。それほど彼の狼狽は大きかったのである……。「何だ?」──「にせものを引っぱってきたのです、あの連中は」──ファーレンベルクが彼にとびかからんばかりの様子を示したので、彼は身体をこわばらせた。ファーレンベルクがもし彼を殴ったとしても、おそらくツィリヒは身じろぎもしまい。このときまで、どんな理由からにせよ、ファーレンベルクはつねに彼を叱責したことがなかった。しかし、叱責されずとも、漠然とした息苦しい罪と絶望の感情がツィリヒのずんぐりした頑丈な肉体を首のつけ根まで満たしていた。彼は息をつこうと努力した。「あの連中はその男を昨夜フランクフルトの、ハイスラーの妻の住居で捕えたのですが、それはわれわれのハイスラーではありません。人違いなのでありますす」──「人違い?」とファーレンベルクがくりかえした。「はい、人違い、人違いなのであります」とツィリヒもくりかえした。二人の舌がこの言葉を楽しんでもてあそぶかのように。「つまり、その女が慰みものにしていた情夫なんであります。私はその男の面通しをやりました。ハイスラーの奴がたとえどんな面《つら》になっていようと、自分で手がけた奴の顔は私にはわかります」──「人違いか」とファーレンベルクが言った。彼はとつぜん何か考えこんでいるように見えた。ツィリヒは重たい瞼《まぶた》の下から彼をじっと観察した。そのとき、ファーレンベルクの狂的な怒りが爆発した。彼はどなった、「いったい、ここはどういう灯りがついているんじゃ！　何にでも顔をぶつけてみなければわからんのか？　ここには電球の付け替えができる奴は一人も居《お》らんのだろうな。このわしらのところには、居らんのか？　あの外は何じゃ！　いま何時だ？　いったい、また何という霧じゃ。またしても畜生め、毎朝同じことではないか」――「秋であります、所長殿」――「秋だと？　この糞たれ樹ども、全部丸坊主にしちまわにゃいかん。さあ、この外のこいつらを丸坊主に刈り取ってしまえ。さっさとやるんだ、さっさと」

　五分後には、本部廠舎の内外に一種の手仕事作業が行なわれた。数人の囚人がＳＡの監視の下で第三廠舎のわきのプラタナスを丸坊主にした。本職が電気技師の一人の囚人が、やはり監視下で、その間に電球をいくつか付け替えた。切り落としたものをぽきぽき折る音や鋸《のこ》をひく音が外から入りこんでくるあいだ、彼は廠舎の中で腹這いになって、スイッチをいじりまわった。ちょうど眼をあげたとき、彼はちらっとファーレンベルクの視線とぶつかった。「ああいう眼つきはなあ」と二年後に彼は話してくれた、「おれは生まれてこのかたまだ見たことがねえよ。奴はもうたちまちおれの上へ駆け上って、おれの背骨をぽきぽき折っちまうだろう、と思ったよ。ところが奴はおれの尻を蹴とばしただけで、さっさと、さっさとやらんか、さっさと、と言いやがった。結局、おれの電球は試験されて、それが点《つ》いたんで、それからまた消された。もう明るかったよ、なにしろプラタナスはすっかり丸坊主だし、第一、昼間になっちまっていたもの」

依然として気を失っているハインリヒ・キュープラーは収容所医の治療を受けていた。警部のフィッシャーとオーバーカムプは、たしかに、この男はどうあってもゲオルク・ハイスラーではない、というツィリヒの主張を正しいものと確信していたが、しかし、この見分けがつかぬほど滅茶苦茶に殴られた青年を見たあとで、肩をすくめて疑問の答えをした者も幾人かいたのである。オーバーカムプ警部はたえず口笛を細く綺麗に鳴らしていた。それはほとんどただ吹く方ばかりで、罵言では十分でないときに、彼はこの口笛の助けを借りるのである。フィッシャーは電話の受話器を首と肩のあいだに挟んで、オーバーカムプがたっぷり吹きおえるまで待っていた。オーバーカムプは一向に灯りを必要としなかった。この事務室は相変わらずまだ夜のままで、鎧戸も閉まっており、あたり前の卓上スタンド一つで十分なのだった。時折り何かの訊問のために、動かすことのできる百ワットの電球が使われた。フィッシャーは、この上役が口笛を吹くのを止めるように、いきなり相手の顔へこの電球を照らしつけてやりたい気持ちを抑えていた。そこへヴォルムスから電話がかかってきて、この口笛を自然消滅にした。「ヴァラウが捕まったんですよ」とフィッシャーが叫んだ。オーバーカムプは受話器に手をのばして、走り書きした。「そう、四人目です」と彼は言った。それからまた、「住居は封鎖するんだな」と言った。さらに、「連れてきてくれ」。それから彼はフィッシャーに読んで聞かせた。「つまりこうなんだ。一昨日、当該諸都市で、当該リストを調査の結果、そのすべての都市において、ヴァラウの家族を除き一群の注意人物が俎上《そじょう》にのぼるにいたった。これらの人物は昨日全員さらに喚問された。ほかの五人はいまはもちろんみな問題にならない。第二次の喚問で最後のリストから引き出されたのであるが、バッハマン某に嫌疑がかかった。彼は市電の車掌で、一九三三年に二カ月収容所入りをし、交際関係を監視するため釈放となった人物である――この交際関係の監視というと、われわれは去年、なあ、覚えているだろう、ヴィーラントの事件で、これのおかげでアールスベルクの隠れ家をつきとめたんだ――で、この男はそれ以来もう政治活動はしなくなっており――喚問では一回目も二回目もまったく否認したが、昨日は威嚇したためついに自白するに至った。ヴァラウの妻がこの男のヴォルムスの簡易小屋《ラウベ》にいろんなものを隠しておいた。男は何のために何をおくのか、そんなことは関知しなかったと言っている。今後の交際関係監視の目的で、ふたたび帰宅を許された。ヴァラウは二十三時二十分ごろこの小屋の地所で逮捕された。いままで陳述をいっさい拒否している。バッハマンはいままで一歩も家を出ていない。六時の勤めにも出かけない。自殺のおそれもあるが、家族からはまだ報告がない。――待ってくれ!」とオーバーカムプは言った。

彼はフィッシャーに、新聞とラジオのために報道を許可させた。ちょうどまだ朝のニュースに間に合った。オーバーカムプは、こういう措置に対して反対意見のあることを知っていた。こうしてすぐ一般に明らさまに公示して大衆の協力を求めることも、事が二人ないしせいぜい三人の脱走者である場合には、有効であろう。脱走者の人数もちょうど手頃だし、脱走のいろんな状況も、報道が適切なら、大衆の感覚にうまく合致するように調節できるのだから。しかし、これほどの脱走の試みを一般が周知することは、もうこうなれば無制限に逮捕に役立つというわけにはいかない。脱走者の数が七人、六人、あるいは五人でも、そうなると、さらに大きな数へと増大していく余地を残すばかりか、いろんな憶測、感想、疑惑、デマの種ともなる虞《おそ》れがあるからだ。いや、そんなこと言ってるうちに、とにかくヴァラウの逮捕でもう後に残ったのは三人という適正な数になったわけだから、もう公表してもよかろう。万事はつまり議論の余地なしさ。

庭木戸を少年が入っていくと、挨拶もなしで少女が訊ねた、「あんた、聴いた? フリッツ」。彼女が真新しく頭にまいていたスカーフは、特別な天日の下で、特別な草の上で白く晒《さら》したにちがいなかった。「いったい何を聴いたというのさ」と少年は言った。

「さっきね」と少女が言った、「ラジオでよ」。少年が言った、「へえ、ラジオかい。やけに今朝は忙しいんだよ。パウルは親父とブドウ園に行くし、おふくろは牛乳の引き渡しに行く。おれはおふくろの代わりに牛舎へ行く。それがみんな、七時半までにだぜ。ラジオなんかないも同然さ」――「そうお、でも今日はね」と少女が言った、「ヴェストホーフェンで事件があったのよ。三人の囚人がＳＡ隊員のディーターリングをスコップで倒して逃げたんですって。それがね、ヴォルムスへ潜入しちゃってね、三人とも三方にばらばらになっちゃったんですって」

少年はおちついて言った、「そうかい、妙だな。昨日、真鯉館で話してたぜ、収容所からきたローマイヤーとマーテスがね。スコップでやられた男は幸いにね、眼の上を斜めにやられて絆創膏一つ貼っただけだったんだとさ。三人だ、って言うのかい、ええ――」――「残念だわね」と少女が言った、「まだあんたの犯人が捕まらなくって」――「はは、そいつはもうとっくにおれのジャンパーなんか持ってないさ」とフリッツ・ヘルヴィヒは言った。「そんな馬鹿じゃないよ。いつまでも、同じ服なんか着こんで走りまわっているもんか。着ているものはもうみんな調べがついてることぐらい知ってるよ。きっとどこかで叩き売っちまったさ。いまごろはジャンパーの奴、どこか知らない店の知らない棚のハンガーにひっかけてあるだろう。もしかすると、ポケットへ石ころをつめて、ライン河へほうりこんじまったかもしれないな――」

少女はびっくりして彼を見つめた。「はじめは腹がたったさ」と彼は説明した。「しかし、いまはもう諦めたよ」と彼は付け加えた。そこでやっと彼はぴったりそばへ寄りそった。今日はまだしていなかったことの取り返しをつけるのだ。彼は彼女の肩をつかんですこし揺さぶりながら、ちょっとキスした。別れる前に、一瞬、彼はしっかりと彼女を抱きしめた。彼は考えた。「その男だって、捕まったら最後、もう生きて出てはこられないことぐらい知っているさ」。彼の考えているのは、脱走者全部のなかで、彼といささか関係のある一人の男のことだけだった。昨夜彼は夢のなかで、アルガイアーの庭のわきを通りすぎたのだ。すると、垣根のうしろの果樹のあいだに案山子《かかし》が一つ眼にとまった。古ぼけた黒い帽子と、二、三本の棒とそれに着せてある彼のコール天のジャンパー。いまは馬鹿に陽気に思われるこの夢が、夜には彼を死ぬほどこわがらせたのだ。いまでも彼の腕には力が抜けていた。静かに彼によりそっている少女のスカーフから、晒したてに特有な冷え冷えしたよい匂いがしてきた。彼ははじめてこの匂いをかいだ。彼の世界のなかへ、何かその世界の要素を、粗野な要素と優美な要素とを、いっそうはっきり際立たせるものが入りこんできたかのように。

十分ほどして学校で園丁に出っくわすと、園丁がまたきりだした、「まだ何も変わったことはないかい?」――「何のことさ」――「ジャンパーのことだよ。もうラジオでも言ってるぜ」――「ジャンパーのことをかい?」とフリッツ・ヘルヴィヒはびっくりして訊いた。少女はそのことを何も言わなかったからだ。「その男はな、結局、これこれの衣類を着こんでるところを見つかったんだよ――」と園丁は話してくれた、「いまじゃもうあれも腋《わき》の下は汗で台なしだろうな」――「ああ、かまわないでくれよ」と少年は叫んだ。

フランツが自転車で出かける前に、大急ぎでコーヒーを飲みに、マルネ家の台所へ入ってきたとき、台所の竈《かまど》のところには羊飼いのエルンストが坐りこんで、パンにジャムを塗りたくっていた。「よう、フランツ、聴いたかい?」と彼が言った。「何をさ?」――「この土地にうろうろしてたって奴のことよ――」――「誰のことだって? うろうろって、どこだよ?」とフランツが訊いた。「ラジオを聴かないんなら」とエルンストが言った、「このたいへんな事件《さわぎ》はわからねえな」。家族全員がもう二度目のコーヒーで台所の大きな食卓のまわりに集まっていたので、彼はその方に向いた――みんなもう二、三時間仕事を――リンゴの選別作業である――すませてきていた、大口の買い手が二組フランクフルトの市場で明朝買いつけることを指定してきたからだ。「ねえ、みんな、その野郎が裏の納屋にいるところでもいきなり見つけたとしたら、みんな、どうするよ?」

「納屋に錠をかけちまうさ」と婿が言った、「自転車とばして電話口へかけつけてさ、警察に来てもらうな」――「警察なんか必要ないよ」と義弟が言った、「われわれで十分だよ、そいつを縛りあげて、ヘヒストへ運んで行くには。どうだい、エルンスト」。羊飼いのエルンストはジャムをパンにものすごくべったり塗りたくっていた。ジャムつきパンというよりも、パンつきジャムといった方がいいくらいである。「おれはもう明日はここにいねえんだ」と彼は言った、「上のメッサー家のところにもういるんだもの」――「そいつはメッサーのところの納屋にも入りこんでるかもしれんぜ」と婿が言った。フランツはその場に釘づけになったようにして一部始終を聞いていた。「もちろんどこにだってそいつは入りこめるさ」とエルンストが言った、「どんな木の洞穴でも、どんな古納屋でもな。だけど、このおれの覗きこむところには、絶対に奴はいないだろうよ」――「どうしてさ」――「だって、そうなりゃ、おれはもう決してそこを覗かないもの」とエルンストが言った、「おれはそんなものちっとも見たくないからね」。みんな黙っている。みんな、エルンストが大きなジャムパンをぱっくりと、まるで馬の口のくつわのように大口あけてくわえているのを、じっと見ている。「まあ、よくもそんな真《ま》似《ね》ができるねえ、エルンスト」とマルネ夫人が言った、「おまえは宿なしだし、およそ自分のものったら何もないんだからね。それじゃ、明日そのかわいそうな男が捕まって、昨夜はどこそこにいたって自白したら、それでおまえは監獄にぶちこまれるかもしれないよ」――「監獄だって?」とマルネ老人が言った。無口な小柄の農民である。同じものを食い、同じ生活をしているのに、妻はでっぷり肥えて、彼の方はすっかり瘠《や》せこけている。「おまえはKZにぶちこまれて、もう二度と出てこない。そしたら、おまえの身のまわりの品はどうなるだろうね。家族はみんなひどい目にあうよ」

「おれは、そうは思えねえ」とエルンストは言った。彼は信じられぬほど自由自在の舌で口のまわりをきれいに舐めてしまった。子供たちがびっくりして目を丸くした。「おれにはちっとばかり、オーバーウルゼルのおふくろのとこの家財道具と貯金帳があるきりさ。まだ家族はいねえし、持ってるのは羊だけだ。その点じゃ、おれは総統と同じだぜ、女房も子供もいないんだからな。おれには牝犬のネリがいるだけだよ。しかし、総統は前に家政婦をおいたこともある。おれは読んだぜ、総統がみずからその女の葬式に出かけたって話を」。するといきなりアウグステが言った、「それじゃあんたに一言いうわ、エルンスト、私あんたのことをマンゴルト家のゾフィーに洗いざらい話してやったのよ。どうしてあんた、あの女《ひと》を騙したりするの、ボッツェンバッハのマリーヒェンんだ。「――あんたの息子は、エラに結婚申し込んだと婚約してるだなんて？　そのくせあんた、先々週の日曜には、エラに結婚申し込んだんでしょ」。エルンストは言った、「でもね、そういう類《たぐい》の結婚申し込みは、じっさいのところ、マリーヒェンに対するおれの気持ちとはぜんぜん関係がないんだよ」――「だって、そりゃ完全な二重結婚だわ」とアウグステが言った。「いや、二重結婚じゃないよ」とエルンストは言った、「こりゃ生まれつきさ」――「エルンストは生まれつき父親譲りなのさ」とマルネ夫人が説明した、「あの親父が戦死したときにゃ、昔の女たちがみんな、エルンストの母親といっしょになって大泣きしたものさ」――「あんたも大泣きしたのかい、マルネさん？」とエルンストが言った。マルネ夫人は瘠せこけた夫の方をちらと見た。彼女は答えた、「私だって血も涙もない人間じゃないからね」

　フランツは息もつかずに聞き入っていた。この台所にいる人たちの頭と話題がひとりでに、彼の心のひそかに希望する場所に行きつくにちがいないことを期待するかのように。ところがさっぱり――人びとの頭も話題も勝手にそこをとびこえて、てんでんばらばら思い思いの方向に走って行ってしまった。――フランツは自転車を納屋から引きずりだした。――今朝はもう、どこをどうやってヘヒストへ下りてきたか、さっぱりわからなかった――彼の周囲を走る自転車の群れも、狭い路地の喧騒も、ただの響きにすぎなかった。

「おまえあいつを知らないかい？」と更衣室で一人が訊いた、「以前におまえがいた所かなんかでよ」――「よりによってあいつのことをか」とフランツは言った、「そんな名前はまるきり知らねえな」――「まあ、こいつをよく見てみろよ」とその男は新聞を彼の鼻先につきつけて言った。フランツは、三人の男の写真を見おろした。ゲオルクと再会するということで、彼はがんと殴られるような気がしたけれども――とにかくこれでも再会と言えば言える、この手配書の写真のゲオルクは生《なま》のゲオルクと思い出のなかのゲオルクの中間にあって、半ばの現実性をもっていたのだから――左右二人の見知らぬ写真も見ると、彼は自分がそのうちの一人のことばかり考えていることを恥ずかしく思った。「知らねえな」と彼は言った、「この写真はぜんぜん縁がないよ。やれやれ、この二、三日、馬鹿にいろんなことを聞かされるな」。その新聞紙は二、三十人の手をつぎつぎと渡った。「おれたちは知らねえな」と異口同音で、そして口々にこう言った、「おやおや、いっぺんに三人かい――きっともっと多勢だぜ――どうして逃げだしたんだい？――なんだ、そんなこと訊く奴があるか――スコップで叩き殺したんだとさ――しかし見込みはねえな――どうしてよ、もう外へ出ちまってるんだぜ――いつまで続くかね――こういう身にはなりたくねえもんだ――こいつはもうずいぶん年とってるぜ、まあ見てみろよ――こいつはどうも知ってるような気がするな――どっちみち覚悟は決まってたんだ、もう何も失うものはなかったからな」。一人の声が静かに説明した。すこし押しつぶしたような声だったが、それは、その男が戸棚《ロッカー》に屈みこんでいるか、それとも靴紐を結んでいるか、どっちかだったからだ——「戦争にでもなったら、収容所はどうされるかな」。ぞっとする悪寒《おかん》が人びとを襲う。みんな、そそくさとひしめきあいながら、身仕度を整えている。その声が同じ調子でつけ加える、「そうなったら、いったい国内の治安を維持するために、どんな処置がとられるだろうな?」

たったいまそう言ったのは、いったい誰だろう? その男はちょうど屈みこんでいたから、顔は誰にも見えなかった。しかし、声はおれたちの知った声だ。いったい何を言ったというのか。何も禁じられたことを言ったわけではないのだ。短い沈黙、そして、二度目のサイレンが鳴ったとき、ぎくりとしないものは一人もなかった。みんなが前庭を駆け抜けていくとき、フランツは誰かがうしろで訊いているのを耳にした。「ところでアルベルトも相変わらずあのなかに入ってるのかい?」。すると、相手が答えるのが聞こえた、「うむ、そうだと思うよ」

レーヴェンシュタインの診察を受けてきた老農夫ビンダーは、ちょうど妻に向かって、ラジオを止めろ、とどなりつけるところだった。マインツから帰って以来、彼は蠟《ろう》引き布をかぶせたソファーに転がっていた——前よりも具合が悪い、と彼は思った。彼は口をあけたまんまじっとラジオに聴き入った。自分の体内で生と死が格闘しているのも忘れた。急いで手伝って上着を着せ靴を履かせてくれ、と妻をどなりつけた。彼は息子の車のエンジンを始動させた。彼は、どうにも彼を救うことのできない医者に復讐するつもりなのだろうか、そしてまた、昨日手に包帯をして静かに立ち去っていったあの患者、しかもいま、わかったとおり、やはり彼と同じく当然死ぬ運命にあるあの患者に復讐するつもりなのだろうか？　それともまた、単純に彼は、こういう行動によっていっそう生きている人たちに仲間入りできると思ったのだろうか？

2

そのあいだに、ゲオルクは、誰にも見つからず無事に、小屋から這い出していた。彼は惨めだった。歩一歩と足を運ぶのが無意味に思われた。しかし、どんな夜の恐怖よりも力強い新しい日の躍動は、いままでその訪れを待っていたすべての人の心をさらっていく。濡れたアスパラガスの葉が彼の足にからみつく。風が出てきた。ほんのすこし霧を吹き散らすほどの軽い風だ。霧で何も見えなくとも、ゲオルクは新しい陽の光が自分の上を、すべての上をかい撫でていくのを感じた。やがてアスパラガスのなかの小さないちごの粒がまだ低い陽光に輝きはじめた。ゲオルクは最初、煙った岸の背後に微光を放っているのも太陽だと思っていたが、それは近づいてみると、岬に燃えている火であることがわかった。霧は徐々に、だが目立って消えていった。岬に立っている二、三の平たい建物、ボートのつないである樹のない突端、ひろびろと広がった河面が、彼の眼に映った。眼の前の、国道から河岸に通じる道ばたの畑の真ん中に家があった。夜なかの恋人たちはこの家から来たのかもしれなかった。だしぬけに岬の方から連打する太鼓の音が響いてきて、思わず彼は歯をがちがちいわせた。隠れるにはもう遅すぎた。彼はいっさいを覚悟して、身を硬くして依怙地《いこじ》に歩き続けた。しかし、あたりは静かだった。農家では何の気配もなく、ただ岬から男の子たちの声が聞こえてきた。それは大人の男の声でないというだけで、彼にはすてきに美しく天使のように明るく思われた。そしていま、櫂《かい》で水を叩く音は早くもぴちゃぴちゃと岸辺に近づいてきて、そのあいだに岬の火は消えていた。

おまえがもうこれ以上人間たちを避けられないのなら、今度はまず彼らにぶつかって行って、彼らのなかへとびこんでしまわにゃだめだ、ヴァラウが彼に教えていた。

彼にとってもはや逃れられないこの人びとは、二十四、五人の少年たちだった。彼らは、敵の種族の猟地へ侵入するインディアンのように、荒々しい叫びをあげて、ボートから跳びおり、リュックサックを陸に揚げ、炊事道具、桶、テント一式、旗などを運んだ。この騒ぎが静まると、たちまち一団は二派に分かれ、しかも、ゲオルクが見ていると、それは一人の瘠せっぽちな淡い金髪の少年の指揮によって動いていた。少年はつぶれた声をはりあげて――まだほんの子供っぽい声ではあるが――ぶっきら棒につぎつぎともっともらしい命令を下していた。二人の少年が棒を渡してそれに炊事道具だの桶だのの環や柄をひっかけて肩に担ぎ、重い荷物を担いだ四人の仲間と二人の鼓手がそれを護衛し、七人目の小旗をもった一人が引率して、農家の方へ去って行った。ゲオルクは砂の上に腰をおろして、彼らを見送った。自分がもう子供でなくなったというのではなく、人が自分から子供の時代を奪ってしまったのだとでもいうように。「休め！」と、瘠せっぽちの少年が、そのあいだに整列して人員点呼をとっていた残りの連中に号令をかけた。そのとき瘠せっぽちは、初めてゲオルクに気がついた。少年たちの一部は平たい石ころを探していたが、早くも水面に石を投げて水切りの数を数える彼らの声が聞こえた。他の連中はゲオルクから半メートルばかり離れた草地に一人の小さな少年を囲んで腰をおろした。その褐色の髪の房々と長い少年は何かを膝にかかえて彫っていた。ゲオルクはほとんどわれを忘れて、少年たちがああだこうだと口を出したり品定めをしたりするのをじっと聞いていた。二、三人の少年があれこれと身構えをしてみせて、気になる大人から眺められているのを感じた子供がよくやるしゃべり方で、しゃべりたてた。

　褐色の髪の少年は跳びあがって、ゲオルクのわきを走りすぎ、真面目な緊張した顔つきで大きくモーションをつけると、いま彫ったばかりのものを空中高くほうり投げた。それは、すべてのものと同じく、重力の法則に従って彼の前に落ちてきた――しかし、それはその少年をひどく落胆させたらしかった。少年はそれを拾って、額に皺をよせながら眺めまわし、また腰をおろして、仕上げにかかった――仲間たちの好奇心は嘲笑に変わっていった――ゲオルクは一部始終を見ていたので、微笑しながら言った、「おまえ、ブーメランをつくるつもりなんだろう」。少年はおちついた強い眼差しでまっすぐ彼をじっと見た。それがひどくゲオルクの気に入った。「おれは手を怪我してるからな、手伝ってやれないんだが」と彼は言った、「でも、教えてはやれそうだな――」。彼の顔は暗くなった。昨日ブーヘナウでペルツァーを嗅ぎつけたのはこういう少年たちではなかったか？　このおちついた美しい眼つきをした少年も、やはりあの庭の門をどんどん叩いたろうか？　少年は眼を伏せた。ほかの子供たちは彫り手の少年よりもゲオルクのまわりにおしかけてきた。何もしないうちからもうゲオルクは少年たちの群れにぐるっと囲まれてしまった。彼はあのハーメルンの笛吹き男のように笛を吹く必要すらなかった。しかし、群れ全体がもういちはやく曇りのない鋭い敏感さで嗅ぎつけていた。この男は何だか臭いぞ。冒険かな、それとも特別な災難か、悲運だろうか。それはもちろん彼らにはさっぱりわからなかった。彼らはゲオルクのそばへぴったり寄って、べちゃくちゃしゃべりながら、包帯をした彼の手に横眼を使っていた。

オーバーカムプはこのころすでに、ヴェストホーフェンで報告を前にしていた。ゲオルク・ハイスラー自身ではないが、彼の身につけていた最新の着衣、ファスナーつきの茶色のコール天ジャンパーが国家の手に落ちた、という報告である。あの船員は昨夜ジャンパーを交換してから、それを売った金でたらふく飲むべく古着屋へ行ったのである。嫁さんがいいセーターを編んでくれたので、この交換品はいい飲み代《しろ》ということになったのだった。ところが、この古着商はすでにたびたび禁制品を買いこんだ前歴をもっていたので、いろいろ手配書のまわされる際には、特に厳重警告されていた。それどころか、すでにこの店には臨検が行なわれてさえいたのである。船員は最初、この優秀な品物をおめおめ警察に引き渡さねばならないことを知って、悲観した。しかし、損害賠償が確約されたので、彼はほっと安心した。自分自身のことが簡単に証明されると、彼はこの交換の目撃者を六人まで披露に及んだ。目撃者たちは、この交換の相手がもう一人の道連れといっしょにペータースアウの方角に行ったらしい、という印象をもっていた。訊問の行なわれているうちに、ただちにこの道連れの男の名前が浮かび上がってきた。ダツのしっぽだ。

男はすぐさま引ったてられてきた。オーバーカムプは船員の証言の結果に基づいていろいろ指令を与えた。彼はこの、いままで皆目見当のつかなかった事件が、急に風向きが変わった感じがした。とびこんでくる報告や訴えのなかには、いままたヴァイゼナウのビンダー某という農夫の証言も現われた。この老人は昨日の朝レーヴェンシュタイン医院の待合室でこの手配書に符合する怪しい男を見かけたと言った。老人はその同じ朝、手に新しい包帯をしたその男がライン河に向かって行く途中でも、また出会ったのだった——これらの人びとは皆、ただちに連行された。彼らの証言によって、昨日の昼までのハイスラーの足どりは推定することができた。そこからさらにその後の道すじも導き出すことができるだろう。

いつのまにか少年たちは草地から砂地へ移ってゲオルクをびっしりと囲んでしまい、髪の毛の房々したブーメラン彫りの少年はもう隅っこに小さくなって坐っていた。そのうちにみんなの顔が突然いっせいに河の方へ向いた。一隻《いっせき》のボートが島からやってきたからである。そこから、リュックサックを背負った男が一人降りた。それからいまわかったのだが、もう一人、面長の明るい顔にきりっとした不敵な表情を浮かべた、背の高い少年が降りてきた。その表情には子供っぽいところはほとんどなかった。「こっちへよこせよ」とその少年は早速ブーメラン彫りの少年に声をかけながら近づいて、そのブーメランをじっとおちつきはらって独特な振りまわし方をして空中へ投げ上げた。ブーメランはくるくると渦をまいて回転した。

そうこうしているうちに、第二隊が農家から戻ってきた。教師はあっさりした調子で、すべて迅速的確に処理した痩せっぽちの少年を賞讃した。それからふたたび改めて整列し、人員点呼が行なわれた。一同は出発した。ゲオルクも立ち上がった。「立派な少年たちですね、先生」と彼は言った。「ハイル・ヒトラー！」と教師は急いで答えた。彼は日焼けした若々しい顔をしていたが、どこか無理して若さをつなぎ止めているようなところがあって、それが硬い感じを与えた。「そうです。立派なクラスです」。ゲオルクが何も言わないのに、彼はしゃべりつづけた、「最初から立派な基礎があったのです。わたしはできるだけそれを伸ばしてやったのです。幸いに、このクラスと復活祭に登山をしてきたのです」。このクラスを持つようになったことが、この男の生活に大きな役割を演じたようだな、とゲオルクは考えた。彼はごく自然に、この男とおちついて話を交わすことができた。夜の気配はたちまち彼のはるかうしろに取り残された。日常の生活が静かに流れ、そのなかへ足を踏み入れた彼を押し流して行く。「船着場までは、まだだいぶありますか?」――「二十分もかからんでしょう」と教師が言った、「私たちはみんなそこへ行くんです」。こいつに向こう岸へ連れて行ってもらおう、とゲオルクは考えた、こいつがおれを連れて行ってくれるだろう。「前進、前進」と教師は少年たちに命じた、彼は自分自身がもうその空気のなかにいたので、この見知らぬ男から発散する異様な気配に気づかなかった。いっしょにボートで来た背の高い少年は、相変わらず彼と肩を並べて歩いて行った。彼はこの少年の肩に手を置いていた。もしこれらの少年たちのなかから徒歩旅行の小さな道連れを選ぶならば、ゲオルクなら、教師と並んで歩いているこの美しい少年も、賢そうな額をしたあの瘠せっぽちも選ばず、ブーメランのあの少年を選んだであろう。このブーメランの少年の澄んだ眼差しは、あたかもほかの少年たちには見えない事も見抜いているかのように、何度も彼に注がれた。「夜通し外で過ごしたんですか?」――「そうです」と教師が言った、「あそこの島で野営しました。訓練のためですから、家のそばで野営したんですが。昨日の夕方と今朝は野外炊事を行ないました。昨日は実地に即して、あそこの高地を占領するには現今ではいかなる手段をもってするかを解明しました、そして歴史を遠く遡ってみました、おわかりでしょう、騎士たちの軍勢はそれをどうやったか、ローマ人たちはどうやったか、ということです――」――「あんたのクラスへもう一度入り直したいくらいですね」とゲオルクは言った。「あんたは立派な先生ですな」――「好きな道は立派にやれるものです」と教師は言った。

彼らはいま、川岸沿いに岬を縦断していた。横手には、ひろびろした流れが開けた。茂みや木立ちでいままですべておおわれていたあの島が、実は三角形の細長い小さな島で、無数の岬や小島の一つにすぎないことがわかった。ゲオルクは考えた、向こう岸へ渡れれば今日中にレーニのところへ行ける。

「戦争に行きましたか？」と教師が訊いた。ゲオルクは、自分と同年ぐらいのこの男が、彼をずっと年上だと思っているのに気づいた。彼は言った、「いいや」――「残念ですね。行っておられれば、子供たちにお話をしていただけたのに。私はどんな機会も逃がさないようにしているんです」――「あんたをがっかりさせたことでしょうよ」とゲオルクが言った、「私は話が下手ですからね」――「私の父もそうでした、私たちに一度も戦争の話はしてくれませんでした」――「あの少年たちが健全な手足を持ったままでいられるといいですね」。教師は言った、「私も、彼らが健全な手足を持ったままでいられるようにと望んでいます」。彼は、持ったままでいられるというところに力を入れて言った、「彼らがいま健全な手足を持っていられるのは、職務を果たすのを避けたからじゃありませんからね」。行く手に渡船場の階段と歩哨が見えたので、ゲオルクは心臓がどきどきした。だが習慣が人間に及ぼす力は根強かった、ゲオルクはこんな場合にもなおこう答えた、「あんたはいま、教師の務めに心身を打ちこんでいる、それもやはり職務を果たすことですよ」

「私はいま、そういう職務を果たすことを言っているのではありません」と教師は言った。彼の言葉は、姿勢を正して彼と並んで歩いている少年にも向けられていた。「生死にかかわる非常事態で職務を果たすことを言ったのです。そのときには、どうしてもやりとおさなければなりません――いったい、私たちは何でまたこんな話をはじめたのでしょう?」彼はもう一度この見知らぬ道連れの男を眺めた。もっと道さえ長ければ、自分の考えをこの男にぜひとも伝えてやりたいのだが。この気心の知れない男に、途中で自分の信念をどんなにぶちまけてやれることだろう!「さあ着きました。子供たちを二、三人いっしょに連れて行っていただくのは、迷惑ではありませんか?おっしゃって下さい」――「いいとも、構いませんよ」とゲオルクが言った、心臓が喉元でどきどき脈打った。「われわれ残りの者たちが砂浜で採集してる間、その子供たちを自分のクラスへ引き取ってやると、同僚が約束してくれたのですが。まあ、渡し舟が来るまで待っていてみましょう」。きっとあのブーメランの少年はおれといっしょに行くだろう、とゲオルクは考えた……

しかし、三度目の整列、人員点呼が行なわれてみると、残念なことにあのブーメランの少年は、教師の方の組へ分けられてしまった。

ダツのしっぽは、すでにヴェストホーフェンに出頭させられていた。彼は自分が立派な描写家であることを充分に要領よく示した。彼みたいな閑人《ひまじん》は、実に仔細に物を眺めるものである。こういう人間たちは決して行動することがないから、彼らの頭のなかには観察したものがいつでも無上の宝物のようにしまいこまれている。だから彼らは、しばしば警察のこの上ない下働きになる。ダツのしっぽは、彼の昨日の道連れがペーター・スアウのとっ先へ着いたとき、どんなにひどく驚いたかを詳細に警部たちに陳述した。「奴の包帯は新しかったです」と彼は言った、「雪みたいな真白な綿ガーゼで、こいつがまったく素敵な目印です。あの男の歯は少なくとも五本欠けているに違いありません、おそらく上が三本、下が二本、上の方が下の方より隙間が大きかったですからね。そして片方の側に」と言ってダツのしっぽは自分の口のなかへ指を曲げて突っこんだ、「何ていうか、こんな裂け目みたいなものがあって、ちょうど誰かが奴の口を左の耳のところまで、引き伸ばそうとしたようになっていました」

ダツのしっぽは非常に感謝されて帰された。こうなれば後はもうジャンパーが確認されればいいだけだ。そうすればすべての駅、橋頭堡、派出所や郵便局、船着場や宿泊所へ、全国に張りめぐらされた警戒網へ、生々しい手配書をまわすことができる。

「フリッツ、フリッツ」といまダレ農業学校でみんなが叫んだ、「おまえのジャンパーが見つかったぞ！」フリッツはそれを聞くと、気が動転した。彼は外へ飛び出した。物置小屋のうしろでは、もう道路工事ができ上がっていた。フリッツは温室を覗きこんだ。園丁のギュルチャーが八重咲きのベゴニアの種を取って、それをすぐより分けようとしていた。「おれのジャンパーが見つかったよ」すると、振りむきもせずに、この男はこう言った、「じゃあ、もう一息で捕まっちゃうな。まあ、おまえ、喜ぶがいいさ」

「喜ぶって？　あんな奴が着た、汗だらけの、穢《きたな》らしい、血が跳ねかかったジャンパーなんか！」——「よく見てみるといいぞ、おまえのジャンパーじゃないかもしれないしな」

「来た、来た」と少年たちが叫んだ。もう静かな大気の中にモーターの排気音が聞こえてきた。渡し舟の航跡は流れを横切り、他の水よりもいくらか明るい色になって、渡し舟が岸に着くまで消えずに残っていた。朝日がちょうど渡し守のスカーフと、飛んでいる一羽の鳥と、白い岸壁と、はるか彼方の丘の蔭から頭を出している教会の塔に当たっていた。まるでこういうものこそ、深く永遠に心に刻みつけられる値打ちがあるかのように。渡し舟はまだそれほど近づいていなかったから、まだ早すぎたのだが、いま石段を二、三段人びとが船着場へと下りたとき、人間の内部では何かが分離した。ひたすら先へ先へと進みたがり、流動したがり、決して静止しようとしないものが、常に留まりたがり、移り行こうとしないものから分離したのだ。そして一部は大河の流れとともに漂い、一部は岸にしっかりしがみつき、全力をあげてこの村々や岸壁やブドウ畑の山に纏《まと》いつくのだった。少年たちもみな、おとなしくなってしまった。静けさが生まれてくるときは、いつどこででも、それは太鼓の響きや笛の音よりも、いっそう深く滲みとおるからだ。

ゲオルクは対岸の船着場の歩哨を見た。いつもあそこに立っているのだろうか？　それとも、彼を捕えるために立っているのだろうか？　少年たちが彼を取り巻き、階段を下へ連れ下ろし、ひしめき合って、彼を渡し舟へ押し込んだ。だがゲオルクはただ歩哨の方ばかり窺っていた。

「どいてくれ、子供たち、おれを通してくれ、おれは飛び込むんだ。やりそこなったって、いちばん悪い死に方じゃないからな」。彼は頭を上げた。はるか彼方にタウヌス山地が見えた。あそこへは以前よく行ったものだった。いつか誰かといっしょにリンゴをもぎに行ったこともあったっけ――あれは誰だったろう？　そうだ、フランツだった。いままたリンゴがなっているにちがいない、見ろ、秋だ。これほど美しいものがこの世にあるだろうか？　空はもう霞んではいない、雲一つなく、淡い青い色をしている。

少年たちはおしゃべりをやめて、この男が変に眺めている方を見たが、何も見当たらなかった、たぶん鳥はもう飛んで行ってしまったのだろう。渡し守の妻が金を集め出した。――もう河の真ん中を過ぎていた。歩哨はじっと、やって来る渡し舟を見まもっていた。ゲオルクは歩哨から視線を移さずに、手を水に浸した。するとちびたちもみな、手を水に浸した。ああ、みんなばかげた妄想だ、しかし、もし奴らがおまえを連行し、引き渡し、拷問するならば、そのときにはおまえは、あっさり万事片づけることもできたのに、と歎くことだろう。

ダレ農業学校からヴェストホーフェンまでは、自動車でものの五分とかからなかった。フリッツはヴェストホーフェンを地獄のようなところと想像していた。しかし来てみると、そこには小ざっぱりした廠舎や、綺麗に掃除された大きな広場、いくつかの哨所、樹冠を刈り込まれた数本のプラタナスがあるばかりで、静かな秋の朝日を浴びているのであった。

「君がフリッツ・ヘルヴィヒかね？　――ハイル・ヒトラー！　――君のジャンパーが見つかったよ。そら、そこにあるぞ」、フリッツは横眼で机の上を見た。そこには茶色の真新しい彼のジャンパーが置いてあり、想像していたように、ぜんぜん穢くも血まみれにもなっていなかった。ただ片方の袖口のところに黒いしみがついていた。彼はもの問いたげに警部の方を見た。相手は彼に向かって微笑しながらうなずいた。フリッツは机に歩み寄り、袖口のところを軽く触って見た。彼は手を引っ込めた。

「どうだい、君のジャンパーだろ」とフィッシャーが言った、「え？　着るがいいぞ」。フリッツがまだためらっているので、彼は微笑しながらそう言った。「しっかりしろよ」と彼は大声を出した、「君のじゃないのか？」。フリッツは眼を伏せた。彼は低声で言った、「わたしのじゃありません」――「君のじゃないって？」とフィッシャーが言った。フリッツはひどく狼狽しながら、頑固にかぶりを振った。「すっかりよく調べて見ろ」とフィッシャーが言った、「どうしてこれがおまえのジャンパーでないんだ？　違う点でもあるのか？」フリッツは眼を伏せながら、最初のうちはつかえつかえ、それからは微に入《い》り細を穿《うが》って、なぜそれが自分のジャンパーでないかを説明した。彼のは内ポケットにもファスナーが付いているのに、これはボタンで留めてある。ここのところに彼は鉛筆で穴を開けてしまったのだが、この裏地はそこが何ともなっていない。このポケットのところには、フック掛け用の会社の商号入りの帯布が縫い合わせてあるが、彼のは、彼がいつもフック掛けの帯布を切ってしまうので、お母さんが袖のところにそれを二つ付けてくれたのだ。彼はしゃべればしゃべるほど、ますます多くの違いを考えついた、自分のジャンパーのことを詳しく述べれば述べるほど、何だか彼はますます気持がよくなってきたからである。とうとう彼は荒々しく陳述を止めさせられて、送り帰された。学校へ着くと、彼はこう説明した、「まるっきり、おれのじゃありゃしなかった」。みんなはびっくりして笑った。

その間にゲオルクはとっくに渡し舟を降りて、少年たちに取り巻かれながら、歩哨のそばを通り過ぎていた。みんなと別れの挨拶を交わしてから、エルトヴィレからヴィースバーデンへ通じる自動車道路を、彼はさらに歩き続けて行った。

オーバーカムプは、われ知らず吐き出すように低く口笛を吹き続けた、机に向かい合って坐っていたフィッシャーの両手が、しまいにはとうとう震えだした。あの小僧は自分のジャンパーを取り返したくてうずうずしていたのだから、あれをせしめてしまったかもしれないのだ。あいつが正直で、あのジャンパーを自分のでないと言って受け取らなかったのは、まだしも幸いだった。あのジャンパーは盗まれたジャンパーではなかったのだから、ジャンパーを交換した男も捜索中の男ではない。医師レーヴェンシュタインを拘引したのも無駄だった。たとえ彼が昨日包帯をしてやった男が、ジャンパーを交換した男と同一人であったとしても。

もしも全収容所がある衝撃を受けなかったならば、オーバーカムプはなお何時間も口笛を吹き続けていたことであろう。誰かが慌しく飛びこんできた、「ヴァラウが連行されてきました」

後にある男がこの朝のことをこう語った、「おれたち収監者たちに、ヴァラウの引き渡しは、バルセロナの陥落とか、フランコ軍のマドリッド入城か、敵に地上の権力をすべてゆだねる結果になると思われる、それに似た出来事のようなひどい衝撃を与えた。七人の脱走のため全収監者が怖ろしい仕打ちを受けた。それにもかかわらず彼らは、食糧や寝具の供給停止や、強化された強制労働や、殴打と威嚇の下に行なわれる数時間にわたる訊問を平然と、いや、しばしば嘲笑をもって耐えた。隠してはいられなかったおれたちの感情が、拷問者どもをいっそう刺戟した。大部分の者は、脱走者たちを自分たち自身の一部だと強く感じていた、だから、まるで、脱走者たちを自分たちが派遣したような気がしていた。脱走の計画はぜんぜん知らなかったが、自分たちが何か非常な難事を仕遂げたような気がしていた。多くの者たちにとっては、敵は全能であるように見えた。強者は、最高の権力者であってもやはり人間である以上、強者も時には、過ちを犯すこともあり、過ちを犯しても何一つ失うことなくおちついていられることもある――いやそればかりか、強者の過ちは、かえって強者に一層の人間味を与えるのだ――だがしかしみずからの全能者を呼号する者は、全能か無か、どちらかしかないから、決して過ちを犯すことは許されない。もし全能を誇る敵に対して、たとえいかに小さな反撃であれ、成功するならば、それだけですでにすべてに成功したことになるのだ。脱走者たちが比較的迅速に、しかもおれたちにはそう思えたのだが、侮辱的なほどあっけなくつぎつぎと連れて来られたとき、こういう感情は恐怖のみか、ほどなく絶望に変わってしまった。最初の二日間は、おれたちは自問した、奴らははたしてヴァラウを捕えることができるだろうか、と。おれたちは、ほとんどヴァラウを知らなかった。彼は引き渡されて来てからたった数時間おれたちのところにいただけで、すぐにまた訊問に引き出されたのだった。そういう訊問の後で、二、三回彼の姿を見かけたことがあった、彼は少しよろめきながら、片手で腹を押さえ、もう一方の手でおれたちに向かって、あたかも、まだまだ降参はしない、おまえたち安心していろ、と言おうとするかのように、ちょっと合図して見せた。このヴァラウまでがいま捕えられ、送り帰されて来たとき、幾人もの人びとは子供のように泣いた。おれたちはもうみんな、駄目だ、と思った。みんなそうされたように、今度はヴァラウが虐殺されるのだ。ヒトラー支配の最初の月に、すぐに、おれたちの指導者は幾百人となく虐殺された。国中いたるところで、毎月、幾人も虐殺された。あるいは公然と処刑され、あるいは収容所で責め殺された。一世代全体が、根こそぎにされてしまった。この怖ろしい朝、おれたちはそう思った、それをまた口に出して言った、おれたちはこんなに大量に根こそぎやられてしまった、こんなに大量に刈り取られてしまった、おれたちは後に続く世代もなしに死んでいかなければならないと、はじめてそう口に出して言った。ほとんど史上にその例がないこと、だがしかしかつて一度おれたちの国民に起こったこと(三十年戦争)、一国民に起こり得るもっとも怖ろしいこと、それがいまおれたちに起ころうとしているのだ。世代と世代のあいだに無人地帯が設けられようとしているのだ、もうこの無人地帯を横切ってこれまでの経験を伝えることはできない。もし人が闘争し、倒れ、ほかの者が旗を受け取り、闘争し、また倒れ、そしてつぎの者がその旗を受け取り、また倒れなければならないとしても、それは自然な成り行きだ。おれたちは何一つ、闘争せずには獲得することができないのだから。しかし、誰一人もうその旗の意味するものをまったく知らず、旗を引き継ごうとしなかったなら？　そのときには、ヴァラウを収監するとき、人垣を作って並び、彼に唾を吐きかけ、彼をにらみつける若者たちがいつまでも続くのだ。そのときには、この国に芽生えた最良のものが、雑草だ、と子供たちに教えられ、引き抜かれてしまうのだ。あの外の若者たちや少女たちはみな、一度ヒトラー・ユーゲントや、勤労奉仕や、軍隊に入れば、野獣に育てられ、遂には自分の母を引き裂く、あの伝説の子供たちと同じになってしまうのだ」

3

この朝メッテンハイマーは、いつものように時間通りに仕事場へ出かけた。彼は心のなかで、たとえどんなことになろうと自分の仕事だけに専念しようと決心していた。昨日の訊問も、娘のエリも、今日もまた自分の跡をつけまわしているあの中折れ帽の男も、自分が立派な仕事をする妨げになってはならない。彼はとつぜん、自分が四方八方から狙われ、懐かしい壁紙から引き離される危険に絶えず曝《さら》されていると感じた。しかし彼には、自分の仕事が新しい光を浴びて現われ、混乱した世界のなかで彼に神が授けたもうた、ほとんど崇高な職務のように思われた。

彼は昨日はだいぶ仕事に遅れたから、今日は時間通りに着こうと懸命になっていたので、まだ今朝はラジオも聴かなければ、新聞も読んでいなかった。それで彼は、着いたとき、ペンキ塗りの職人たちが互いに交わし合った眼差しに気づかなかった。時どき短く唸るように指し図を与えるだけで、あとは黙りこんで仕事に打ち込んでいる彼を、今日はみんながこれまでにないほどよく手伝った。だが彼はそれに少しも気づかなかった。もちろんみんなは、彼が歯を食いしばって仕事に打ち込んでいるのを、自分たちの仕事の意義に対する崇高な考えの結果だなどとは夢にも思わず、家族が痛ましい不幸に見舞われた老人におのずと現われる品位を、そこに見出していたのだった。彼の職人たちのなかでいちばん腕の立つシュルツは、ちょうど彼にちょっと手を貸しているところだったが、老人の厳しい小さな顔を横眼で見てからとつぜんこう言った、「どこにでもあることですよ、メッテンハイマーさん」――「何がだい?」とメッテンハイマーが言った。自分の気持ちを言い表わす自分自身の言葉を持ち合わせず、ありきたりの言葉しかないので、悔みを述べるとき誰もが言う、誠実だが幾分不自然なあの口調で、このシュルツは言いたした、「あんなことは、いまではドイツのどこの家庭でも起こることですよ」――「何がドイツのどこの家庭でも起こるのかね?」とメッテンハイマーが反問した。

これにはシュルツはもう我慢ができなかった、彼は腹を立てた。仕事場では、いま十二人余りの人びとが内装にかかっていた。半数は会社の長年の常雇いで、シュルツも、その一人であった。こういう仲間内では、長年のうちに互いの生活を少しも隠しだてしないようになっていた。みんなは、メッテンハイマーには綺麗な娘たちがあり、なかでもいちばん綺麗な娘が老人の意に反して不幸な結婚をしたことを知っていた。あの当時は、老メッテンハイマーも仕事に身が入らなかった。みんなはまた、別れた婿が強制収容所へ入れられていることも知っていた。そしてみんなは今朝、ラジオや新聞でいろいろなことを思い出したのだが、老人の厳しい顔つきはそれを証拠だてているように思われた。彼に、このシュルツに、メッテンハイマーは隠しだてなどする必要はないのだ。彼は、当のメッテンハイマーこそ何一つ知らずにいるのだ、ということに思い当たらなかった。

昼になったとき、数人の者は食事を温めてもらうために、階下の管理人の女房のところへ下りて行った。彼らはしつこいほどメッテンハイマーに、お出でなさいと招いた。メッテンハイマーはあわてていて弁当を忘れてきたし、飲食店へも行きたくはなかったので、彼らの口調に気も留めず、招きに応じた。ここまではあの自分をつけまわしている男もやっては来なかった。気心の知れた老若の職人たちが昼食の場所に選んだこの階段室では、安心していられた。職人たちは見習いの小僧をからかって、こき使い、管理人の女房のところへ塩を取りにやったり、飲食店へビールを買いに走らせたりした。
「さあ、あの小僧にも飯にさせてやってくれよ」とメッテンハイマーが言った。

十二人余りの職人たちのなかには、この国をハイルバッハのように、一種の会社みたいに思っている者たちもいた。自分たちの手固い仕事が認められたような気がし、自分では適当だと思う賃金が貰えれば、それでもう万事どうでもよかった。こういう人びとが異議を唱えるのは、自分たちが素晴らしい住居の壁紙を張りながら相変わらず端金《はしたがね》しか貰えないという簡単な事実ではなくて、抽象的な、時にはまったく妙な、たとえば宗教上の問題だったりした。だが、メッテンハイマーを慰めようとしたシュルツという男は、最初からずっとこの国家に反対していた。彼は仕事の競争やそれに類する事で、何が誤魔化しであり、何が目的に適《かな》っているか、見分けることができた。また、目的に適ったことは、必ず同時に、じっさいの仕事にも、その仕事で食っている者にも、有益なのを知っていた。彼は、人びとがいつも餌で誘《おび》き寄せられて、それにひっかかっていることを知っていた。腹のなかは変わらず元通りの男だとよく知っている者は、シュルツを頼りにしていた。たしかにそれは、もはや元通り、変わらないなどとは言えない。人間の内部のもっとも重要なものが行動に発揮されるか、それとももっとも秘められた箇所へ引っ込んでしまうかでは、考え得るかぎりの大きな相違があるのだ。そこにいる人びとのなかには、まったく狂信的なナチ信者のシュティムベルトもいた。みんなは彼を、スパイや密告者と見なしていた。しかしみんな、人びとが想像するよりもずっと平気で恐れなかった。注意してこの男を避けたが、彼らから見れば本来多少ともこの男の仲間のように思える者たちまでが、この男を避けていた。彼らはみんなこの男を、学校の最下級の学年から始まって、どんな種類の集団にも必ずいる、病的な告げ口屋とか、あるいは単にひどく太った奴とか、そういう孤立した妙な奴のように見ていた。

しかし、階段室で昼飯を食っていたこの人びとはみんな残らず、もしもこの瞬間にこのシュティムベルトがメッテンハイマーを眺めた卑しい胸の悪くなるような顔つきを見たならば、きっとこいつに飛びかかって、したたかに殴りつけたことだろう。だが彼らはみな、飲み食いの手を休めて、ただメッテンハイマーの方ばかり眺めていた。メッテンハイマーはそこにあった新聞を偶然手に取って、そのある箇所をまじまじと見つめた。そしてまっ蒼になった。みなは、彼がいまはじめて事情を知ったのだと気づいた。みんな息を呑んだ。メッテンハイマーはゆっくり顔をあげた。その顔は新聞紙のうしろに隠れていたあいだにすっかり変わってしまっていた。その眼には、地獄に突き落とされたような表情が浮かんでいた。いま彼はあたりを見まわしてみると、自分のまわりには左官や壁紙貼りの職人たちがいた。見習いの小僧もそこに坐っていた。この小僧もやっと飯を食いに帰って来たのだが、また食う手を休めていたのだった。狂暴な例のシュティムベルトは、図々しく彼の頭越しににやにや笑っていた。しかしほかの人びとの顔にはみな、心痛と尊敬の念が現われていた。メッテンハイマーは息を継いだ。地獄へ投げこまれたのではなかった——彼はまだ人間の世界にいる一人の人間だったのだ。

この同じ昼休みに、フランツは工場の食堂で聞き耳をたてていた。「おれは今晩フランクフルトのオリンピア映画劇場へ行くんだ」と誰かが言った。「何をやっているんだい?」——「『クリスチナ女王』さ」——「おまえたちのガルボ（映画『クリスチナ女王』に主演する女優、グレタ・ガルボ）なんかより、自分の可愛い娘《こ》の方がよっぽどいいや」と三番目の男が言った。最初の男が言った、「可愛がるのと眺めるのとじゃ、そりゃまったく話が別さ」——「おまえは眺めるだけでも嬉しいんだろうが」と三番目の男は言った、「おれあ、家が一番いいや」——「こんなに働かされてやっとありついたのが、この映画の切符なんだぜ」。フランツは心のなかでは思い悩んでいたが、表面は眠そうな様子で耳を傾けていた。また万事お流れだ、と彼には思われた。今朝はそれでもある一瞬があったのに、突破口があったのに。彼は突然はっとした。このオリンピア映画劇場の話が彼を、午前中ずっと頭を悩ましていたある考えに連れ戻したのだった。無事にエリに近づけるのは、エリの両親の家を通じて以外には道がない。自分で出かけて行くか？　家の戸口は監視されてはいないか？　手紙もではないか？　就業時間が終わったら自転車で行ってみよう、と彼は考えた、切符を二枚買おう、おれの計画はうまくいくかもしれない。うまくいかないとしても、誰にも迷惑はかからない。

ゲオルクはヴィースバーデン国道を先へ先へと歩いて行った。彼は決心した、つぎの陸橋まで歩こう。この目標にも、何も別に期待できるものがあるわけではない。とにかく、十分間ごとに何か目標がなければならない。彼はかなり多くの自動車をやり過ごした。荷を積んだトラックや、軍人が乗った自動車や、分解された一台の飛行機や、ボン、ケルン、ヴィースバーデンから来る自家用車や、彼が知らない新型のオペル社製の自動車など。どれに合図したらいいだろう？　あれか？　それとも、しない方がいいだろうか？　彼は歩き続けた、埃《ほこり》を嚙んだ。外国の車、かなり若い男がたった一人で運転している。ゲオルクは手をあげた。車の持ち主はすぐ停車した。もう何秒も前からゲオルクの歩いていく姿を見ていた。退屈と孤独の入りまじった気持ちに悩まされていたので、自分でも誰かを待ちうけていたように思えて、ゲオルクの合図を待ちかねていたみたいな気さえしたのだ。彼は膝掛けや、ゴム引きコートや、がらくたを除けて、自分の隣りの席を明けて、「どちらへ?」と言った。

彼らは互いに鋭くちらりと見つめ合った。この外国人は背が高く、瘠せていて、肌の色が蒼白く、髪の毛も白ちゃけていた。白ちゃけた睫毛《まつげ》の奥の彼ののんびりした青い眼には、真面目な表情も、快活な表情も、これといって特別な表情はすこしも浮かんでいなかった。ゲオルクは言った、「ヘヒストへ」。そう言ってしまってから、自分でも驚いた。「ああ」と外国人は言った、「わたしヴィースバーデンです。けれど、同じ、同じ。あなた、寒いですか?」。彼はもう一度車を止めて、自分のチェックの膝掛けの一枚を、ゲオルクの肩にかけてくれた。ゲオルクはしっかりとそれにくるまった。彼らは互いに微笑をかわした。外国人はいま車をスタートさせた。ゲオルクは、チューインガムを頬張ったところが瘤《こぶ》のようになったこの男の横顔から眼をそらせて、ハンドルを握っている両手を眺めた。この魚のひれのような白ちゃけた両手は、顔よりも雄弁だった。左手には指環が二つ嵌《はま》っていた、その一つをゲオルクはエンゲージ・リングだと思ったが、男が手を動かしたとき、その指環が逆さにまわされていて、掌に黄色味を帯びた平たい石が光ったのに気づいた。ゲオルクはすべてをこんなに仔細に眺めるのが煩《わずら》わしかったが、そうせずにはいられなかった。「ここ遠い、上へまわります」と外国人が言った、「けれど綺麗です」――「えっ?」――「上の方、森、ここ近い、埃です」――「上へ、上へ」とゲオルクに言った。彼らは国道をそれた、最初はほとんど気づかぬくらいの畑のあいだの登り坂だった。だがやがて一種の驚きを感じながら、ゲオルクは丘が迫ってくるのを見た。もう森の匂いがしてきた。「日の光が綺麗になります」と外国人が言った。「あの樹、ドイツ語で何と言いますか？　いいえ、あそこ、森全部です。全部赤い？」ゲオルクは言った、「ブーヘン(ぶなの意)」――「ブーヘン。わかりました、ブーヘン。エーバーバッハ修道院、リューデスハイム、ビンゲン、ローレライ、あなた知ってますか？　たいへん綺麗です」。ゲオルクは言った、「私たちは、ここのこういう所の方がずっと好きです」――「そうですか、わかりました。あなた飲みませんか？」彼はまた車を止めて、荷物のなかをもぞもぞ探しまわって、一本の瓶を出して蓋を開けた。ゲオルクは一口飲んで、顔を歪めた。外国人が笑った。歯がとても真っ白で大きく、もしも歯茎の肉がひどく引っ込んでいなかったら義歯とまちがうほどだった。

彼らは十分ほどかなり急な傾斜を登った。ゲオルクは、痺《しび》れるような森の匂いを嗅ぎながら眼を閉じた。登りきった森の端のところから、車は林道へ入った。外国人は振り返って、「ああ」とか「おお」とか歓声をあげて、ゲオルクに景色を見ろと促した。ゲオルクは頭を向けたが、眼は閉じたままでいた。彼方の川を見渡し、野原や森を眺めるのは、それはいま彼には堪え難かった。彼らはだいぶ林道を進んでから、まがった。ぶなの森を貫いて、朝日が金色の斑点になって射しこんできた。落葉のせいで、時どきこの綿屑のような日光がかさかさと音をたてて動いた、ゲオルクは体をこわばらせた。泣き出しそうだったのだ。もうとても弱くなっていた。彼らはまず森に沿って平野の方へと車を走らせた。外国人が言った、「あなたの国、たいへん綺麗です」――「そう、この国がね」とゲオルクは言った。「えっ？ ――森たくさんある、道路りっぱです。国民もりっぱ。たいへん清潔、たいへん秩序あります」。ゲオルクは黙っていた。外国人は手前勝手な流儀に従ってこの男を国民の代表者と考えて、ゲオルクの方を時どきじっと眺めた。ゲオルクはもはや外国人の顔を見ず、ただ彼の手ばかり見つめていた。力強い、だが白ちゃけた、この両手は彼の心に微《かす》かな敵意をよび起こした。

森を後にし、刈り取られた畑を通り抜け、それからブドウ畑を通った。ひっそりと静まりかえり、一見人気《ひとけ》もないので、あたり一帯は、樹々がところ繁く植えつけられているのに、荒野のような感じを漂わせていた。外国人はゲオルクを横眼で見て、鋭く彼の手に注がれ、下に向けられたゲオルクの視線をとらえた。ゲオルクははっとしたが、この妙な外国人がいま車を止めたのは、この指環をちゃんと直し、石を上へ向けるためにすぎなかった。彼はゲオルクにその石を見せた。「あなた、たいへん気に入りましたか？」――「ええ」とゲオルクはためらいながら言った。「気に入ったら、お取りください」と外国人は微笑を浮かべながらゆっくり言った、彼の微笑は唇が引っ込むだけのものだった。ゲオルクはひどくきっぱり、「いりません」と言った。そして外国人がすぐ手を引っ込めなかったので、押しつけられでもしたかのように激しく、「いらない、いらない」と言った。質に入れることだってできたのにと、それからゲオルクは考えた、この指環のことは誰も知らないのだから。だが、もう手おくれだ。

心臓が、ますますどきどき高鳴ってきた。数分前から、谷の向こうの森の端を出て、この静寂をぬって車を走らせ出してから、頭のなかにある考えが生まれた。彼自身にもまだはっきり摑めない、ある考えの芽のようなものが生まれたのだった。だがしかし彼の心臓は、理性よりもそれをよく摑んだかのように、打ちに打った。「よい太陽」と外国人が言った。五十キロぐらいの速度で走っているだけだった。もしやるとしたら、とゲオルクは考えた、何でやるのがいちばんいいだろう。こいつがどんな奴だろうと、とにかく張子じゃない。あそこのこいつの両手も張子じゃない、こいつは抵抗するだろう。彼はゆっくり、ごくゆっくり、肩を下げていった。もう指が右足のそばにある鉄梃《かなてこ》に触った。これで奴の頭をがんとやる、それから奴をほっぽり出す。奴は長いあいだここに伸びているだろう。おれに会ったのが、こいつの運の尽きというものだ。いまはちょうどそんな時代なんだ。食うか食われるかなんだ。こいつが見つかるまでには、おれは、こんなに実にするすると、この国をうまく抜け出してしまっている。彼は腕を引っ込めて、右足で鉄梃をわきへ押しのけた。「ここのワイン、何といいますか？」と外国人が訊ねた。ゲオルクはしゃがれた声で言った、「ホッホハイマー」。そんなにひどく暴れるんじゃない、羊飼いのエルンストが飼い犬に向かって言うように、ゲオルクは自分の心臓に向かって言いきかせた。おれはそんな事はなんであれ、しやしないぞ。さあ、ほら、ま、おちつけ。よろしい、もしおまえがどうしてもやると言うのなら、おれはここで降りるぞ。

道がブドウ畑がつらなるなかを出て国道に接する所に、道標が立っていた。ヘヒストへ二キロ、と書いてあった。

ハインリヒ・キュープラーはまだ相変わらず訊問はできなかったが、それでも、包帯の手当てがすんで助け起こされると、面通しは受けられるようになった。この目的のために留置されていた証人全員が彼のそばを通って、彼をじろじろ眺めた。彼は、この全員をにらみかえした。完全に正気にかえっていたとしても、ぜんぜん見たこともない顔ばかりなのだから。煮〆《にしめ》シャッポ、農夫ビンダー、レーヴェンシュタイン医師、船員、ダツのしっぽなど、彼の人生行路にただの一度も出会ったことのない連中ばかりだった。

煮〆シャッポが満足げに言った、「そうかもしれんし、そうでないかもしれんな」。ダッのしっぽもやはりそう言った。その実彼は、これが本物でないことをちゃんと知っていた。けれども極端に走らないと、局外者たちは惜しいと思わないのだ。ビンダーはほとんど暗い顔をして、「そうじゃありませんな、ちょっと似てるところもあるが」と述べた。レーヴェンシュタインは簡明に決定的な証拠をあげた、「この人の手は何ともなっていません」。事実、この眼の前に引き出された男は、その手だけ無傷だった。

そこで、レーヴェンシュタインを除いたほかの証人は全部官費でもとの出発地へ送り返された。煮〆シャッポは製酢工場のところで車から降ろしてもらった。ビンダーは痛みで暗く翳った世界を通って、ヴァイゼナウの家の蠟引き布のソファーの上に帰った。出かける前と変わりなく、やはり死なねばならないのだったから、何の成果もなかったわけだ。ダッのしっぽと船員は、昨日交換の行なわれたマインツの船着場のところで降ろしてもらった。

それからまもなく、身柄と住居を監視下においてエリを再び釈放せよ、という命令が発せられた。おそらく、本物のハイスラー自身がやはり彼女のところへ連絡に来ようとするだろう。キューブラーは今の健康状態ではさしあたり釈放できない。

エリは最初、独房で化石のようになっていた。夜が来て、簡易ベッドに手足をのばすことが許されたとき、ようやくこわばっていた緊張がほぐれて、彼女はこの出来事の意味を探ろうとした。彼女の知っていたハインリヒはまじめな青年で、よい両親の息子であり、何もうしろ暗いところなど見せなかった。彼がゲオルクのようなことを何か企んだというのだろうか。そうだ、彼はよく税金のことだの、さまざまな街頭募金、旗行列、質素な煮込み鍋料理(毎月第一日曜に煮込み鍋料理を食べるようナチが奨励した)など節約のためのナチの行事のことを悪口言っていたが、その程度は別に世間の人たちに比べて多くも少なくもないほどのものだった。とにかく彼女の父親だって、何か気に入らぬことがあれば悪口を言ったし、SSの義兄でさえまったく同じことを悪口言っていた。義兄にとっては、それは本来好ましいことだが、まだ完全でないから悪口を言うのだそうだ。たぶんハインリヒは誰かのところで、禁制の放送を盗聴したのだろう。あるいは誰かが発禁の本を彼に貸したのかもしれない。しかし、ハインリヒは別にラジオにも本にも夢中になどなってはいなかった。彼はいつも、公けの生活をしているものは人一倍慎重でなけりゃいけないと言い暮らしていた。公けの生活というのは、自分が従事している父親の毛皮加工業のことだった。

ゲオルクが数年前エリを残して去ったとき、彼が彼女といっしょに残して行ったものは、これまですくすく育ってきた子供ばかりではなく、まだなまなましい部分もあるがもう癒えきってしまった部分もあるいくつかの思い出ばかりでもなかった。当時彼ゲオルクの生活を形成していたすべてについての、中途半端なぼんやりした二、三の観念もまた、彼は残して行ったのだった。

多くの人たちとは反対に、エリは捕えられた最初の晩に、すぐに寝入ってしまった。彼女は年齢に似合わぬ体験をした子供のように疲れきっていた。翌日も、彼女が不安になったのは、父親のことを考えたときだけだった。彼女は平静を取り戻してはいなかった。正気になるにはあまりにわけのわからぬことばかりだった。半ばは期待のうちに、半ばは追憶のうちにある、現実離れな状態だったのだ。彼女には何も心配はなかった。子供も実家で無事育てられている――こんなことをあれこれ考えている心の底に、知らず知らずすべてを予期する覚悟が生まれていた。

昼過ぎまもなく独房から呼び出されたとき、彼女には既に一種の勇気ができていた。それはひょっとしたら変装した憂鬱にすぎなかったかもしれない。

父親と女家主の証言によって、彼女の事情はもうかなり明白になっていた。彼女の釈放はすでに指令されていた。脱走者がなおも彼女に近づこうとした場合、彼女は現状では自由の身であった方がずっと役に立つし、ほかの男といっしょになるために夫と別れたがっているのだから、きっと夫を保護はしないであろう。そこで訊問は簡単に片付いた。昔のことや前夫の古い交際関係などについてのあらゆる質問に、エリはたどたどしくためらいがちに答えた。彼女の賢明さがそうさせたのではなく、それが彼女の持ち前だったのだ。それに、彼女は夫との共同生活のそうした部分のことをほとんど記憶していなかったからである。はじめのうちは、友達がよく私たちのところへ参りました。でも、その人たちはみんな、姓は呼ばずに名前だけで呼びあっておりました。私とは何の関係もないこういう訪問客は、まもなく来なくなりました。ハイスラーは毎晩外へ出かけてばかりおりました。ゲオルク・ハイスラーとはどこで知り合ったのかという質問に対して、「町でです」と彼女は答えた。フランツのことは彼女の頭に少しも浮かばなかった。――

あんたはもう帰宅してもよろしい。しかし、あんたがこの脱走したハイスラーのことで役所に内緒で何か企てたり報告を怠ったりするような愚か者であれば、このつぎ逮捕されたときには、もう二度と子供にも両親にも逢えなくなる危険を冒すことになるんだよ。エリはこういう説明を受けた。

この申し渡しをきいて、エリはほっと口をあけた。彼女は両手を耳のところに持っていった。それからすぐ太陽の照る戸外に立つと、彼女はもう一年も故郷の町から離れていたような気がした。

女家主のメルカー夫人は黙って彼女を迎えた。彼女の部屋はすっかり散らかっていた。床には、毛糸の毬《たま》や子供のもの、クッションなどが転がっていた。それに、瓶にいけたハインリヒのカーネーションの花束がまだ生きいきとして馥郁《ふくいく》と香っている。エリはベッドに腰をおろした。主婦がそこへ入ってきた。仏頂面をして、いきなりぶっつけに、十一月一日までに立ち退いてくれと言った。エリは返事をしなかった。いつも彼女に親切だったこの女を、ただまじまじと見つめるばかりだった。この通告は、さんざ長いあいだ思いあぐね、ひどくおどされて、自分を苦々しく非難しながら、たったひとり育てている息子のことを思い悩んだあげくのはてに、結局そうするよりほかはないということになった最後の結論でもあったのだ。

その間にも、午後の時間は進んでいた。ヘヒストに着いたゲオルクは、路地や飲食店のいっぱいになる工場の交代時間を首を長くして待った。いま、彼はヘヒスト発の最初の満員電車に寿司詰めになって乗っていた。

決心がつかず、女家主のメルカー夫人はエリの部屋に立っていた。自分がいつも好意をもち続けてきたこの若い女性を慰め労《いた》わるような言葉がひとりでに浮かんでくることを待ち望むかのように。だがしかし、そんな親切な言葉も、純粋な好意の命ずるところに従わなければならないという気持ちも、べつだん浮かんではこなかった。

「ねえ、エリさん」と結局、彼女は言った、「悪く思わないで下さいな。人生てそんなものですよ。私の心のうちがどんなか、わかってもらえたらねえ」。エリはいまも返事をしなかった。――玄関のベルが鳴った。二人の女はひどくびっくりして、思わず眼と眼を見あわせた。叫び声がして、騒ぎがおこり、どっと戸口に押し入ってくることとばかり思ったのだ。だが、二度目のベルが響いただけだった。メルカー夫人が急いで立ち上がった。すぐに彼女のほっとした声が玄関から聞こえてきた、「あなたのお父さんだけですよ、エリさん」

メッテンハイマーはエリのこの住居を一度も訪ねたことがなかった。彼自身の家もけっしてりっぱではないし、広くもなかったけれど、しかしどうみてもこの住居に娘が別れて住んでいるのは不都合なように彼には思われたのだ。彼はエリが逮捕されたという噂を小耳にはさんでいたので、いま彼女が元気で眼の前に立っているのを見ると、嬉しさで顔色を失った。彼は娘の手を両手で握りしめ、撫でさすった。こんなことはかつてないことだった。「いったいわれわれはどうしたらよいんだ」と彼は言った、「どうしたらよいだろうな」――「何もしないことよ」と娘が言った、「何もできやしないわ」――「しかし彼がやって来たら」――「誰が?」――「あの男だよ、おまえの以前の夫さ」――「あのひと私たちのところへはきっと来ないでしょう」とエリが悲しそうに静かに言った、「私たちのことなんか問題にしてやしないわよ」。父親が入ってきたときには、さすがに彼女は嬉しかった。とにかく彼女はこの世でひとりぼっちではなかったのだから。しかし、いま父親が彼女自身よりも頼りなく途方に暮れているのを見ると、その悦《よろこ》びも消えていった。「しかしな」とメッテンハイマーが言った、「人間は困ってくると何を考えだすかわからんよ」。エリは首を振った。「だがまあ、とにかく、エリ、あの男が来るとしたら、あの男がわしの家へやってくるとしたら、というのは、おまえは最後にはわしのところに住んどったからだが、あの家は監視されとるぞ。おまえのところもだ。わしがあとで家《うち》の居間の窓際に立っていて、あの男がやってくるのを見つけたら、エリ、いったいどうする？　勝手に来させておいていいだろうか？　むざむざ罠《わな》にかからせておいてもいいのか？　それとも、何か合図をすべきだろうか？」エリはじっと父親を見つめた。父親はどうかしている、と彼女は思った。「いいえ、私にはわかっているの」と彼女は悲しげに言った、「あのひとはけっしてもう来やしませんわ」

室内装飾師は黙りこんだ。彼の顔には良心の激しい苦悩がありありと現われていた。エリは驚き怪しむように優しく彼を見つめた。「神さま」――こう言った室内装飾師の一言には真心こめた祈りの響きがこもっていた、「あいつさえ来なければなあ！　あいつが来たら、とにかくわれわれはおしまいだ」――「どうしておしまいなの、父さん」

――「それがおまえにわからんのか。まあ、考えてごらんよ、あいつが来る、わしがあいつに合図をする、つまり、警告を発するわけだな。そしたら、わしはどういうことになる? われわれは? ――で、考えてごらん、あいつがやって来る、わしはそれに気がついても、合図をしない。あいつはけっしてわしの息子じゃない。他人だ。他人よりもっと悪い。そこで、わしは合図をしてやらない。あいつは捕まる。そんなことが出来るかね?」

「まあ、おちついてくださいな、父さん、あのひとけっして来やしませんから」とエリが言った。

「ところで、あいつがおまえの方にやって来るとしたら、エリ。あいつが何かの方法でおまえのいまの住居を知ったとしたら?」

こう訊かれてはじめてエリは、自分でもはっきり気づいたとおりに答えようかと思った。そのときは自分は、どんなことがあっても、彼を助けねばならない、と。だが、彼女は、父親を心配させまいとして、またこう言っただけだった、「来やしないわ、あのひと」

室内装飾師はひとりでじっと考えこんでいた。不幸が、あの男が、戸口をそれて行ってしまえばよいが。彼が早く脱走に成功しちまってくれればよいが。それよりもむしろその前に早く捕まっちまってくれれば――その方がいいだろうか、いや、そんなことはたとえ敵に対してでも願いはしない。だがしかし、どうして自分はこんな手におえない疑問の前に立たされねばならなくなってしまったのだろう。元をただせばみんな馬鹿な娘の恋愛沙汰から起こったことだ。彼は立ち上がると、打って変わった調子で言った、「昨晩おまえの部屋にいたっていう男は、そりゃまた、いったい、どこの誰だい」

玄関で彼はもう一度振りかえって言った、「おまえに来てた手紙だよ」

その手紙はついさっき、彼の家の勝手口に入れてあったものだった。――エリ様、という上書をエリはじっと見た。父親が立ち去ると、彼女はそれを開いてみた。何も書いてない紙に包んで映画の切符が一枚入っているきりだった。きっとエルゼからだ。この女友達はよく彼女に割引券を都合してくれた。この緑色の切符は天から舞い下りてきたのだ。こんなことでもなければ、自分はきっと、両手を膝においたまま夜中までベッドの端に坐り通していることだろう。でも、構わないかしら、と彼女は思った、こんな不幸のどん底にいる身で、映画なんかに出かけてもいいものかしら？　どうもあまりそぐわないようだ。いや、そんなこと気にしたってはじまらない。かえって、映画なんて、こんなときのためにこそあるものなのだ、ちょうどいいわ。

「ここにまだ昨夜のシュニッツェルの冷たくなったのが二切れありますよ」と女家主

が言った。ちょうどいいわ、とエリは思った。このシュニッツェルはロシア革みたいに硬いけれど毒は入ってないわ。メルカー夫人はすっかり呆れてこの美しく悲しげな若い女を眺めていた。エリは黙って台所の食卓に腰をおろすと、冷たいシュニッツェルを二切れとも順に平げてしまった。ちょうどいいわ、とエリは考えた。彼女は自分の部屋へ行って、身につけていたものを脱ぐと、上から下まできれいに身体を拭いて、いちばんいい下着と服を着こみ、髪を房々と輝くまでブラシをかけた。褐色の悲しげな瞳で鏡の中からこちらを見ているこの可愛い縮れ毛のエリにとっては、人生もほんの少しばかり耐えやすく楽になった。父さんが言うように、奴らがほんとに私を監視しているのなら、それもいいわ、と彼女は思った。私には何にも気づかれるようなことはないんだもの。

「みんな単なるデマさ」と、家ではメッテンハイマーがひどく心配している妻に向かって語っていた、「エリは自分の部屋にいるよ。とても元気だぜ」――「どうしてあの娘をいっしょに連れて来なかったの」。メッテンハイマーの家族のうちでいまなおこの老夫婦の家の屋根の下に暮らしている者たちが、夕食のテーブルについた。父親と母親、エリのいちばん下の妹、つまり例の信仰問題では父親にとって一向役に立つ闘士とは思われなかった、獅子っ鼻のリースベト、いまも彼女はわざわざ家の晩餐にさっぱりと着がえをして、姉たちと同じように愛らしく物静かに坐っていた、――それから、エリの子供、つまり孫である。おなかに蠟引き布のエプロンをかけたこの子は、その座の沈黙にすこし気圧《けお》されて、大きなスプーンを持って、大皿の上の湯気のなかを振りまわしていた。

メッテンハイマーは、妻から何も訊かれたくないので、視線を皿に釘づけにして、ゆっくり食べていた。彼は、妻がいまこの一家にのしかかっている重荷のすべてを理解するだけの頭を持っていないことを、神に感謝した。

ゲオルクは事実、歩いて三十分ほどしかメッテンハイマーと離れていない所にいたのだった。彼は満員電車を降り、それから別の電車でニーダーラートへ向かった。目的地に近づけば近づくほど、いま自分を待っていてくれるものがあるという感情が強まった。いまこそ自分の寝床は用意され、自分の食事はできている。いまごろはきっと彼女が階段の音に聞き耳をたてているだろう。やがて電車を降りたときには、絶望にも似た緊張感で彼はいっぱいになった。これまで夢のなかで何度となく通った道をいま現実に歩んで行くことが何だか怖ろしくてできないような心地だった。

植え込みのあるいくつかの静かな通りを、彼は思い出のなかをさまようように通り抜けた。現在の意識は消え、それとともに危険の意識も消えて行った。あのころは、道ばたの落葉ががさごそと音をたてたのではなかったか、と彼は自問した。その落葉を靴にからむので蹴とばしながら歩いているのも気がつかずに。彼の心は気おくれして、どうにも家のなかへ入って行けないのだった。それはもう心のときめきではなく、狂暴に心を揺さぶってくるのだった。――彼は階段の窓によりかかった。たくさんの家々の植え込みや庭がそこで境を接していた。一本の大きな栗の樹がたえず落葉を降らせていて、それが塀や舗石やバルコニーを一面に蔽っていた。何軒かの家の窓はもう灯がともって明るかった。この眺めを見ているうちに彼の心もおちついてきて、さらに階段を昇って行った。戸口にはレーニの姉の名前を書いた古い表札がまだかかっていた。その下にもう一つ、見知らぬ名前を書いた表札。ベルを鳴らすか、それともノックするか。こんなこと、子供の遊びですらないな? ベルか、ノックか。彼はそっとノックした。「どうぞ」と、縞のエプロンをした若い女が言った。彼女はちょっと細目に戸を開けた。

「レーニさんはご在宅ですか」とゲオルクは訊いた。彼の声は太い声だったので、自分で思ったほど小声で言えなかった。女はじっと彼を見つめた。女の健康な顔に、その青いビー玉のような眼に、驚愕の表情が浮かんだ。女は戸を閉めようとした。彼は片足を戸のあいだに入れた。「レーニさんはご在宅ですか」――「ここにはおりません」と女はしゃがれた声で言った、「お帰りになってください、さあすぐに」――「レーニ」

と彼は静かにはっきりと言った。その声はまるで、呪文を唱えて、いま彼女がそんな姿にされてしまっているエプロンをかけたがっちり屋の世話女房から、ふたたび自分の昔のレーニを呼び出そうとするような調子だった。しかしその呪文は効かなかった。その女は恥知らずな恐怖の色をさらけだして彼をじっとにらんだ。それは、魔法をかけられて哀れな姿にかえられた者たちが、元通りで変わらない人びとを見つめるときの恐怖だった。彼はさっと戸を開いて、女を玄関へ押しこみ、うしろの戸を閉めた。女は開いている台所の戸口を抜けて、うしろの方へ逃げた。彼女は靴ブラシを手にもっていた。「なあ、レーニ、きいてくれ。おれだよ。このおれを知らないのか」――「知りませんよ」と女は言った。「それじゃいったいどうして驚くんだい？」――「いますぐ出て行かないと」と女はいきなり図々しく威丈高《いたけだか》になって言った、「たいへんなことになりますよ。うちの主人がいつなんどき帰って来ないとも限りませんからね」

「あれはその男のかい？」とゲオルクは訊いた。小さな台の上に大きな黒の長靴が一足おいてあった。その隣りに、婦人用の短靴。その隣りに、靴墨の小箱が開けてあって、ぼろ布が二、三枚。「そうですとも」と女は言った。彼女は台所のテーブルを楯に身構えながら、叫んだ、「さあ、いま、三まで数えるから、三になったら出て行きなさい。さもないと――」彼は笑った、「さもないと、何だい？」彼は手にはめていた靴下を取った。それは彼が途中のどこかで見つけて、手の包帯を隠すために手袋のようにはめていたよれよれの黒い靴下だった。女は口をあけてそれを見ていた。彼はテーブルのまわりをまわって近づいた。女は腕を上げて、顔を隠そうとした。彼はその女の髪の毛を片手で摑み、片手でその腕をひきずりおろした。彼はまるで蝦蟇《ひきがえる》に向かって言いきかすような——だがしかし、その蝦蟇がかつて一度は人間だったことをちゃんと知っている——調子で言った、「やめろよ、レーニ、おれだよ、ゲオルクだよ」。彼女の眼が丸くなった。彼は女の手から靴ブラシをもぎとりながら、彼女をしっかりと抱いた——傷ついている自分の手はひどく痛んだけれども。彼女は哀願するように言った、「でも私、あんたなんか知らない」。彼は彼女を離した。一歩後へさがった。「いいよ、それなら、おれに金をくれ、着るものもな」と彼は言った。彼女は一瞬黙りこんだが、それからまた図々しく、生まれ変わったように威丈高になって言った、「うちじゃ、見ず知らずの男には何もやれないわ。直接、冬季救済募金（ナチの事業の一つ）に出すだけです」

彼は彼女を見つめていたが、前とは変わっていた。手の痛みが和らいで、それとともに、これはみんな自分の身に起こったことなのだ、という意識も薄らいだ。また手が新たに出血していることも、ほんのかすかに感じただけだった。

台所のテーブルの青いチェックのテーブル掛けの上に二人前の食事が用意してあった。

木製のナプキンリングに小さなハーケンクロイツの印が不器用に刻んであった——子供だましの素人細工だ。ソーセージとラディッシュとチーズに、パセリがきれいにあしらってあった。それに、改良店舗（ナチの統制によるもの）で売っているような蓋の開いた小箱が二つ三つ、ライ麦の黒パンとクネッケパン（クラッカー状の固パン）。彼は痛くない方の手をテーブルの上にのばして、手当り次第に摑んでは、ポケットに詰めこんだ。ビー玉の眼が彼のあとを追っていた。

彼はドアの把手を握りながら、もう一度振りかえった。

「おれの手に新しい包帯をしてくれないかい」——女は二度真顔で首をふった。

下りて行きながら、彼はまたさっきの階段窓に寄りかかった。肘をついて、靴下を手にはめこんだ。あの女は、怖いから、夫には何も言わないだろう。あいつ、おれなんかぜんぜん知らないことにしておくだろう。いまはもう窓という窓がみな明るかった。一本の栗の樹で、たいへんな落葉だな、と彼は思った。まるで秋そのものがこの樹のなかに巣食っているみたいだ。この町全部を葉っぱで蔽ってしまえるくらい、物凄い力だな。

彼は道ばたをゆっくり足をひきずって歩いて行った。レーニが通りの向こうから、飛ぶようにして走って来ることを、頭に描きたかった。そのとき彼は、はっきりと思い知った。レーニのところへはもう二度と行くわけにはいかない。いや、もっと悪い、レーニのところへ行くことを夢みることさえできないのだ。この夢はもう完全に根絶やしになったのだ。彼はとあるベンチに腰をおろして、ぼんやりクネッケパンを一つかじりだした。あたりは寒々と黄昏《たそが》れてきて、いまごろそんなところに坐りこんでいるのは人目に立ちやすかったので、彼はすぐに立ち上がり、線路伝いに急ぎ足で歩いて行った。もう電車賃もなかったからだ。いま、夜を前にして、いったいどこへ？

4

オーバーカムプは、ヴァラウを訊問する前に二、三分ひとりになりたかったので、部屋に入るとドアを閉めた。彼はカードを整理し、報告に目を通し、分類し、アンダーラインを引き、一定の系統的なシステムに従ってメモを纏め合わせた。彼の訊問は音に聞こえていた。オーバーカムプならば、死体からだって有益な供述を引き出せるだろう、とフィッシャーは言ったものだった。彼の訊問の計画に比べられるのは音楽の総譜だけだというのだった。

オーバーカムプは、ドアの向こうに、区切り正しいガタッ、ガタッという音を聞いた、敬礼の物音である。フィッシャーが入ってきて、ドアを閉めた。彼の顔には、憤怒と揶《や》揄《ゆ》とが相戦っていた。彼はすぐさま、オーバーカムプのすぐそばに腰をおろした。オーバーカムプは、彼に向かって眉毛で、戸口の歩哨と窓の隙間に注意しろと知らせた。「また何かあったのか?」。フィッシャーは声を落として語り出した、「この事件で、ファーレンベルクの奴は頭へ来てしまいました。奴はこれできっと気が狂うでしょう。現に、もうそうです。どっちみち、奴はくびだ。それを急《せ》き立てなきゃだめです。たったいま、また何が起こったか、まあ、聞いてください。

われわれは、連れ戻された三人の脱走者たちのために、ここに鋼鉄張りの特別収容室を建てることなんかできやしない。脱走者全部を収監するまであの三人にもう手を触れないように、あの男と協定してあるんですからね。後で、奴があの三人でソーセージをこしらえようと、どうしようと、それは勝手ですがね。いま、奴はまた、三人をもう一度引っ張り出しましたよ。奴の廠舎の前には樹がありますね。あれはもう樹じゃないが、わたしはあれのことを言っているんです、今朝早く、奴は刈り込ませてしまいましたよ。そうしておいて奴はあの三人を、その樹にくっつけて立たせたのです、こんな風に」——とフィッシャーは両腕を広げて見せた、「奴はあれに釘で昆虫標本のように打ちつけて、人びとの見せしめにしておいて、収監者たちを全部整列させ、訓辞をやったんです、オーバーカムプ、あんたも聞いておくとよかったですよ。今週中に七本の樹全部に、一つも空きがないようにして見せる、という一種の宣誓ですよ。奴が私に何と言ったと思いますか？　ご覧の通り、わしは約束は守ります、殴りはしません、とぬかしたんです」――「一体、奴はその三人をそうやっていつまで立たせておくつもりなんだね？」――「そのことで一騒ぎ持ち上がったわけです。一時間も、一時間半も立たされた後で、あの三人が訊問可能の状態にあるでしょうか？　よろしい。奴はいま、毎日三人を収容所の曝し者にするでしょう。だが、この慰みはヴェストホーフェンでの奴の最後の慰みになるでしょうよ。七人を全部連れ戻せばくびにならずに済む、と思っているらしいが」

オーバーカムプが言った、「ファーレンベルクの奴がいま梯子を転がり落ちるとしても、奴は下にものすごくどしんと落ちて、すぐさま別の新しい梯子へ二、三段駆け上るだろうよ」

「わたしはあのヴァラウを」とフィッシャーが言った、「三番目の樹からもぎ取って来ました」。彼は不意に立ち上がって、窓を開けた。「ヴァラウがもう連れられて来ます。失礼ながら一言忠告していいですか、オーバーカムプ」――「何だい？」――「食堂から生のビーフステーキを取り寄せなさい」――「何でだね？」――「いまあんたのところへ連れられて来る男より、このビーフステーキから、供述を叩き出した方がいいからですよ」

フィッシャーが言ったことは正しかった。その男が彼の前に立ったとき、オーバーカムプはすぐにそう悟った。机の上のカードを静かに引き裂いてしまえばよかったくらいだ。この要塞は難攻不落だ。小柄な疲れ果てた男、醜い小さな顔、額から三角に生えている黒い髪の毛、太い眉、眉の間に額を両断して刻まれた一本の筋。ぎらぎら光って、かえって小さくなった両眼、鼻は幅広く、幾分団子鼻で、下唇はぎゅうっと嚙みしめられている。

オーバーカムプは、これからはじまる行動の場であるこの顔に、じっと視線を注いだ。彼はいまこの要塞に侵入しなければならない。もしもこの要塞が、人が言うように、恐怖も威嚇もすべて寄せつけないならば、それならそれで、餓えきって、疲れはて、精魂尽きた要塞を、奇襲占領する別の手段もある。オーバーカムプは、そういう手段を残らず心得ている。それらを操作する術《すべ》を知っている。ヴァラウの方も、彼は彼で、眼前のこの男があらゆる手段を心得ているのを見抜いている。この男はいま質問を始めるだろう。まず要塞の弱点を探り出そうとするだろう。ごく簡単な質問から始めるだろう。彼は、おまえがいつ生まれたかを訊くだろう、それだけでもう、おまえの誕生の運勢の星はわかってしまうのだ。オーバーカムプは地形を観察するように、男の顔を観察した。彼は、ヴァラウが入って来たとき受けた最初の印象をもう忘れていた。彼は自分の主義に戻っていた、攻略不能な要塞などないのだ。彼は男から眼をそらして、自分のカードの一枚を見た。彼は鉛筆である言葉の後に一つ点を打って、それからまたヴァラウを見つめた。彼はていねいに訊ねた、「あなたの名前はエルンスト・ヴァラウですね？」

ヴァラウは答えた、「いまからは何もしゃべらないぞ」

するとオーバーカムプが言った、「では、あなたの名前はヴァラウですね？　注意しておきますが、わたしはあなたの沈黙をいつも肯定と見なしますよ。あなたは一八九四年十月八日にマンハイムで生まれた」

ヴァラウは沈黙していた。もう最後の言葉をしゃべってしまったのだ。彼の死んだ口の前に鏡を当ててみても、鏡は息で曇ることはないだろう。

オーバーカムプはヴァラウから眼を離さない。彼は、捕えられた男と同じにほとんど身動き一つしない。このヴァラウの顔が一段と蒼白さを増し、額を両断して刻まれた筋が前よりも少し黒ずんできた。この男の眼差しは真っ直ぐに向けられていた。突然ガラスのように透明になったこの世の事物を貫き、オーバーカムプを貫き、壁板を貫き、外によりかかっている歩哨を貫き、そして、もはや透けて見えることのない、人間の視線を受け止める核心に向かって、注がれているのだ。同様に身動き一つせず訊問に立ち会っていたフィッシャーは、ヴァラウの眼の方向へ頭を向けた。しかし彼には、不透明で核心もない、じくじくと水気が多くて丸々と脹れた世界よりほか何一つ見えなかった。

「あなたの父の名はフランツ・ヴァラウ、母はエリーザベト・ヴァラウ、旧姓エンダースですね」

返事のかわりに、嚙みしめられた唇からは沈黙が出て来る。――かつてエルンスト・ヴァラウという名の男がいた。その男は死んだ。あなたこそまさに、彼の最後の言葉の証人だったのだ。彼には、しかじかという両親があった。いまこそ父の墓石のそばに息子の墓石を建てればよい。あなたが死体から供述を圧し出すことができるというのが本当でも、あなたの死者たちの誰よりも、おれはもっと徹底的に死んでしまっているのだ。

「あなたの母はマンハイムのマリーエン小路八番地の、娘のマルガレーテ・ヴォルフ、旧姓ヴァラウの家に住んでいる。いや、待て、住んでいた、だ――。彼女は今朝、アン・デア・ブライへ六番地の老人ホームへ移された。逃亡幇助《ほうじょ》の容疑で彼女の娘と婿とが逮捕された後、マリーエン小路八番地の住居は閉鎖された」

おれがまだ生きていたとき、おれには母と妹があった。その後おれに一人の友人ができて、その友人が妹と結婚した。一人の男が生きているあいだは、さまざまな交渉やさまざまな身よりがあるものだ。だがしかし、この男は死んだ。そしておれの死後にこの奇妙な世界のこれらすべての人びとに、たとえどのような奇妙なことが起ころうとも、彼らはもはやおれを煩わす必要はない。

「あなたにはヒルデ・ヴァラウ、旧姓ベルガーという妻がある。この結婚で二子をもうけた、カールとハンスだ。もう一度注意しておきますが、わたしはあなたの沈黙をいつも肯定と見なしますよ」。フィッシャーが手を伸ばして、ヴァラウの顔をぎらぎら照らしつけるように、百ワットの電灯の笠をずらす。顔は薄暗い夕闇のなかにあったときと同様、すこしも表情を変えない。たとえ千ワットの電灯で照らしてみても、死者たちの何の痕跡もない最期の顔から、苦悩や、恐怖や希望の痕跡を曝き出すことはできないだろう。フィッシャーは笠を元へ戻す。

おれがまだ生きていたとき、おれには妻もあった。あのころ、おれたちには子供もあった。おれたちは共通の信念のなかで、子供たちを育てた。自分たちの教えが実を結んで行くのが、夫と妻にとっては大きな歓びだった。最初のデモのとき、小さな脚が何と大股に大地を踏みつけたことか！　そして、手にしっかりと握りしめた重い旗が倒れはしないかと、小さな顔に何と誇りと不安が浮かんだことか！　おれがまだ生きていたころ、ヒトラーが権力を握った最初の数年間、おれがそのためにこそこの世に生きていたすべての行動を取っていたころ、よその息子たちは自分の父親を教師に密告した時代だったが、おれは安心してこの少年たちにおれの隠れ家を教えてやれた。いま、おれは死んだ。父を失った子供たちと一緒にどうやって切り抜けていくか、母親だけでやってみるがいい。

「あなたの妻は昨日、あなたの妹と同時に、逃亡幇助のかどで逮捕された――あなたの息子たちはナチス国家の精神によって教育されるために、オーバードルフの教育施設へ移された」

いまここで問題になった息子たちの父だった男は、まだ生きていたころ、彼は彼なりに息子たちのために配慮した。おれの配慮がどれだけの価値があったか、いまにやがてわかってくる。愚かな二人の子供たちとはぜんぜん違った人びとまでが、既に変節している。しかも虚偽はこんなにみずみずしく、真理はこんなに干からびている。屈強な男たちが自己の生涯を誓って否認した。バッハマンはおれを裏切った。しかし二人の年端も行かぬ少年たちは、何が起ころうと、いささかも屈しはしなかった。たとえどのような結果に終わろうと、とにかくおれの父親の役目は終わっている。

「あなたは前線の兵士として、世界大戦に参加した」

おれがまだ生きていたころ、おれは戦争へ出た。おれは三度負傷した、ソンム河畔

（北フランス、連合国軍の対ドイツ大攻勢の戦い）と、ルーマニア（当初中立のルーマニアは、一九一六年夏に参戦。ロシアの応援で、ドイツ・オーストリア軍と対戦）と、カルパティア山脈（スロヴァキアからルーマニアにかけて、ロシアとオーストリア、ドイツとの戦い）で。おれの負傷は癒え、おれは最後に元気で戦場から帰還した。いまは死んでいるが、世界大戦で戦死したのではない。

「あなたはスパルタクス団（ドイツ共産党の前身。ルクセンブルク、リープクネヒトらが結成）に、結成された月に加入した」

男は、まだ生きていたころ、一九一八年十月スパルタクス団に加入した。しかし、いまそれが何だというのだ？　カール・リープクネヒト自身を訊問してみるがいい、リープクネヒトも一言も答えず、何一つ言わないだろう。死者をして死者を葬らしめよ。

「では、さあ言ってください、ヴァラウ、あなたはいまでもまだ昔の理念を信じていると表明しますか？」

それは、昨日おれに訊けばよかったのだ。今日はおれはもう何一つ返事できない。昨日ならおれは、そうだ、と叫ばずにはいられなかったろう。だが今日はおれは黙っていていいのだ。今日は、ほかの人びとがおれに代わって答えてくれる、おれの民衆の歌が、後世の人びとの判断が——

彼のまわりの空気が冷えびえとしてくる。フィッシャーは寒気がしてくる。彼はオーバーカムプに向かって、無益な訊問をもう止めるように言いたくなる。

「では、ヴァラウ、あなたは特別労役縦隊に配属されてから、脱走の計画を抱き続けていたのですな?」

おれは生涯に幾度となく、敵の手から逃れなければならなかった。脱走に成功もしたし、失敗もした、一度などはそのために悪い結果になった。そのときおれは、ヴェストホーフェンから脱走しようとしたのだった。しかし、いまは成功した。おれはいま逃げおおせた。犬どもがおれの跡を嗅ぎまわっても無駄だ。おれの足跡は無限の彼方へ消えている。

「あなたはそれから、あなたの計画をまず友人のゲオルク・ハイスラーに打ち明けましたね?」

おれの人生で、おれがまだ生きている人間だったころ、最後に一人の若者に出会った。おれは彼を愛した。おれたちは苦楽をともにした。彼はおれよりずっと若かった。この若いゲオルクのすべてが、おれには貴重だった。おれが人生で貴重だと思ったものをすべて、おれはこの若者に見出した。だがしかしいまは彼も、生者が死者に対して持つ関係しか、おれに対して持ってはいない。時どきおれのことを思い出すがいい、もしその暇があれば。おれは知っている、人生は隙間なく充たされていたことを。

「あなたは収容所ではじめてハイスラーと知り合ったのですね?」

男の唇から溢れ出てくるのは、言葉の奔流ではなくて、沈黙の氷のように冷たい潮なのだ。外でドアのそばで聞き耳を立てていた歩哨さえ、胸苦しくなって肩をすくめる。こんな訊問があるんだろうか？　まだ三人とも部屋のなかにいるんだろうか？　――男の顔はもう蒼白くはなくて、明るい顔だ。オーバーカムプはとつぜん振りかえる。鉛筆で点を打つが、そのとき芯《しん》を折ってしまう。

「どんなことになろうと、それはみなあなた自身のせいですぞ、ヴァラウ」

墓から掘り出され、また別の墓へ投げ込まれる死者にとって、どんな結末があるというのか？　最後の墓の上に巨大な墓石を建ててくれたところで、それさえ死者にとっては何でもありはしない。ヴァラウは連れ去られて行く。彼は去ったが、室内には沈黙が残っていて、消え去ろうとしないのだ。フィッシャーは、捕えられた男がまだそこに立っているかのように、じっと身動きもせず坐って、ヴァラウが立っていた場所を相変わらず見つめ続けている。オーバーカムプは鉛筆を削っている。

ゲオルクはそのあいだにロース広場まで辿り着いていた。足の裏がひりひりしたが、歩きに歩いた。人びとから離れてはならない、坐り込んだりしてはならない。彼は町を呪った。

まだどうするかはっきり決心がつかないうちに、彼はもうシラー通りの裏路地へ来ていた。ここは彼がこれまで一度も来たことがない場所だった。彼はふっと、ベローニの申し出を利用しようと決心した。ヴァラウの声が、そうしろと勧めた。真面目な顔をしたあの小柄な軽業師が、えたいが知れない奴とはもう思えなかった。えたいが知れないのは、彼のそばを通り過ぎて行く人びとだった。この町に比べれば、あの地獄の方がずっと気楽だった。

彼がすでにベローニが教えてくれた住居のなかに立ったとき、以前の不信の念がまた襲ってきた――何という変な匂いだ！　彼は生涯にまだ一度も、どこでも、こんな匂いを嗅いだことがなかった。靴墨のように真黒な髪の毛の、黄ばんだ顔の年とった女が、黙って仔細に彼を眺めた。ベローニの祖母だろうか？　とゲオルクは考えた。しかし、似ているように見えるのは肉親だからではなく、職業が結びついているからだった。

「ベローニがわたしをここへ寄こしたのです」とゲオルクは言った。マレリ夫人は頷いた。別に不思議とも思っていないようだった。「ここで、ちょっとお待ちください」と彼女は言った。部屋中いっぱいに、色とりどりのさまざまな形の衣類がちらかっていた、あの匂いは玄関でよりもいっそう強く、彼はほとんど感覚が麻痺してしまいそうだった。マレリ夫人は彼に椅子をすすめた。彼女は隣室へ入って行った。ゲオルクは見まわした。彼の眼差しは、真っ黒なスパンコールがぴかぴか光っている上衣から造花の花環へ、兎の耳のついたフードつきの外套から藤色の絹の婦人服へと動いた。彼はあまり疲れきっていたので、この周囲の有様を何と解していいかわからなかった。靴下で包んだ自分の手へ眼をやった。隣りの部屋でひそひそ囁《ささや》く声がした。ゲオルクははっとした。いまにも摑みかかられ、がちゃんと手錠をはめられるものと思った。彼はつと立ち上がった。マレリ夫人が両腕に服と下着をかかえて戻って来た。「さあ、どうぞ着がえをなさって」と彼女が言った。ゲオルクはためらいながら言った、「シャツを着ていないんですが」――「ここにあります」と夫人が言った。「その手はどうなさったのです？」と彼女はとつぜん言った、「ああ、それであなたは一座を離れたのね」。ゲオルクは言った、「血が滲み出るんです。いや、解いてはいけません。何かぼろきれをください」。マレリ夫人はハンカチを持って来た。彼女は上から下まで彼を目で測った。「そうです、ベローニはあなたの寸法を言っていました。あの人は仕立屋のような眼を持ってます。本当にいいお友達ですね。立派な人ですわ」――「ええ」――「あんたたちはいっしょに仕事してたんでしょ？」――「そうです」――「ベローニがやり抜きさえすればよろしいのですがね。今度は、あの人の印象は私にはよくなかったです。それからあなた、あなたは、いったいどうなさったんです？」彼女は頭を振りながら彼の瘠せ衰えた体を眺めたが、しかしそれはいわば、たくさんの息子たちを産んだので、体のことであろうと心のことであろうと、ほとんどあらゆるこの世の出来事をすぐに自分の息子たちとひき比べてみる母親の好奇心から出たようなものだった。こんな風な婦人たちだけが、悪魔をさえなだめることができるのだ。彼女はゲオルクの着がえを手伝った。彼女の黒いきらきらした眼が、彼には相変わらず、どうにも腹の底が知れなかったが、彼の不信の念は消えてしまった。

「私には子供が授からなかったのです」とマレリ夫人は言った、「ですからなおさら、あんたたちのものを縫っていると、あんたたちのことをいろいろ考えるのですよ。あなたにも言っておきますよ、やり抜くように気をつけなければ駄目ですよ。二人とも、もちろん、仲のいいお友達なのね。鏡をご覧になる？」。彼女は自分のベッドとミシンが置いてある隣りの部屋へ、彼を連れて行った。この部屋にも妙な服がいっぱい置いてあった。彼女はほとんど豪華と言っていいくらいの、大きな三面鏡の扉を動かした。ゲオルクはいま、山高帽をかぶって黄色いコートを着た自分の姿を、横から、前からうしろから眺めて見た。この数時間のあいだまったくおとなしかった彼の心臓は、これを見ると狂ったように脈打ちはじめた。

「さあ、立派になりましたわ。見かけが悪いと、ますます落ち目になるものですよ。私たちの仲間では、小犬が一匹用を足すと、その場所へほかの犬たちも用を足す、なんて言っていますよ。さあ、あなたの古い服を包んでしまいましょう」。彼は彼女の後について最初の部屋へ戻った。「ここに清算しておきました」とマレリ夫人は言った、「ベローニはそんな必要はないと言ってましたけれど。清算なんて私の性に合わないんです。例えばこのフードをご覧なさい、仕上げるのにほとんど三時間はかかります。でも、たった一晩だけ兎の衣裳が必要な方にそれを縫ってあげたからといって、私がその方のお給金の四分の一を取り上げるなんて、そんなことが私にできると思います？　それでね、ほら、ベローニから二十マルク貰っていますの。本当はこのお仕事はしたくありませんでしたわ、私が外出着を繕《つくろ》うのは特別の場合だけですの。十二マルクなら高くはないと思いますわ。さあ、ここに八マルクあります。お会いになったら、ベローニによろしくお伝えくださいね」——「どうもありがとうございます」とゲオルクは言った。彼は階段でもう一度、家の戸口が監視されているかもしれないという疑念に襲われた。彼がもうほとんど下に着いてしまったとき、服の包みをお忘れですよとマレリ夫人が呼びかけた。「もし、もし」と彼女は叫んだ。彼は振りむかずに、通りへ飛び出した。通りは人影もなく静かだった。

「フランツは今日はもう来ないようだ、フランツのパンケーキは子供たちに分けてしまおう」と上のマルネ家では言っていた。

「フランツはすっかり人が変わっちゃったのね」とアウグステが言った、「下のヘヒストで働くようになってからよ。私たちには、もう何にもしてくれないわ」

「疲れるのでしょう」とフランツを好いていたマルネ夫人が言った。「疲れる、か」と夫の皺くちゃな農夫が言った、「わしだって疲れるさ。わしの仕事が几帳面な時間労働であってみろ、おれは十八時間労働だからな」――「まあ、思い出してご覧なさいよ」とマルネ夫人が言った、「あんたが戦前レンガ工場に通っていたころは、夕方になるとまるで猫背になってたじゃありませんか」

「だけどフランツは、猫背になるほど働いたから来ないんじゃないわ」とアウグステが言った、「まるで反対よ、フランクフルトかヘヒストに気になるものがあるらしいわ」。みんなの視線は、おしゃべりに鼻の孔を膨らませて、最後のパンケーキに砂糖をまぶしているアウグステに注がれた。彼女の母親が言った、「何かそんな口振りだったのかい？」――「私には言わないわ」――「おれは前から思っているんだが」と兄が言った、「ゾフィーはフランツに気があるんじゃないか。あいつはじっさいうまいとこへ婿入りできたろうにな」――「ゾフィーがフランツにですって？」とアウグステが言った、「ゾフィーは、あんまり情熱家すぎるわ」――「情熱家だって！」マルネ家の人びとはみんな呆れ返った。いま、友達のアウグステにいわせれば情熱家だという、そのゾフィー・マンゴルトの襁褓《おしめ》が隣家の庭で翻《ひるがえ》っていたのは、二十二年前のことだった。「もしあの子が情熱家なら」と眼を光らせて小男の農夫が言った、「それに火をつける相手も入り用だな」。マルネ夫人は思った、「そうね、ちょうどあんたみたいな人がいたらいいんでしょうよ」。彼女は一度も夫が好きだったことがなかった。そうは言っても、彼女は自分の結婚生活のどの一瞬として、別に不幸だったことはもちろんなかった。彼女は娘が結婚するとき、こう教えた。人間というものは誰かが好きになったとき、はじめて不幸になるものなのよ、と。

フランツは、彼のパンケーキが従姉妹のアウグステによって、うまくちょうど真っ二つに分けられていたころ、オリンピア映画劇場へ入っていったところだった。もう場内は暗くなっていた。彼が不器用に座席の列に割りこんだので、週間ニュース映画の一部分が見えなくなった人びとが、ぶつぶつ叱言を言った。

フランツはすでに席に辿り着く前に、自分の席の隣りも埋まっているのに気づいていた。それから彼はエリの顔をちらっと見た、彼女の白い顔はじっと動かず、眼を大きく見開いていた。いま彼は自分も週間ニュース映画を見ながら、肘を体にぴったり押しつけていた。というのは、隣りと共通の肘掛けに載っている腕はエリの腕だったから。

なぜこの幾年かの歳月を消し去って、昔にかえってエリの手首を握ることができないのだろう？　彼は彼女の腕に沿って眼を移し、彼女の肩を、彼女の頸を見た。なぜ彼は豊かな黒い彼女の髪を撫でることができないのだろう。その髪はあたかもいま、撫でられることを求めているかのように見えるではないか。彼女の耳に赤い点のように光るものがあった。いったい、誰も彼女に他のイヤリングを贈ってやらなかったのだろうか？　彼は額に皺を寄せた。余計なことをしゃべるな、余計なことを考えるな。後で休憩時間に、偶然自分の隣りに腰掛けている美しい娘に話しかけるのなら、たとえエリが映画館のなかで監視されているとしても、すこしも人目に立つ振る舞いではない。彼は突然、自分の頭と心の混乱が羞ずかしくなった。不意に開けられ、また不意に閉ざされるドアのように、数秒のあいだ、世界のさまざまな姿を人びとに向かって投げつける週間ニュース映画のこの一齣《ひとこま》——それはほかの晩だったら、十分彼の考えを満たしたろうに。人が自分の手で太陽をさえ蔽い隠すことができるように、いまゲオルクの脱走という緊急の問題が、今晩、ほかのすべてを蔽い隠しているのだ。たとえこの他のすべてというのが、現に彼を震撼《しんかん》させている、戦争によって震撼させられた世界であろうとも。だが、そこに村の通りに折り重なって倒れているこの二人の死者（ニュース映画のスペイン内乱の光景）も、おそらくはフランツのような男とゲオルクのような男だったかもしれないのだ。

明るくなったとき、彼は考えた。おれはいま煎《い》ったアーモンドの実を買おう。彼はエリの傍を通り抜けて座席の列から出た。彼女は彼を眺めた、あまり近くからだったので——彼だということがわからなかった。やっぱりエルゼは来ていないのだわ、とエリは考えた。切符をくれたのはエルゼではないのかしら？　わたしの隣りの年とった女の人は、きっとエルゼのお母さんなのだわ。どっちにしても、ここで映画館のなかで坐っていられるのはありがたいわ。休憩時間が早く過ぎてしまえばいい、また暗くなればいい。

フランツが戻って来たとき、彼女は彼を眺めた。誰であるかわかったということを微かに示して、彼女の顔が変わった。不確かな記憶、彼女自身にさえ、それがはたして楽しい思い出であったか、悲しい思い出であったかわからないような思い出。「エリ」とフランツが言った。彼女は目を見開いて彼を見た。彼女はまだ本当にフランツだと思い当たらないうちに、何か慰められるような感じがした。「どうしてるかい？」とフランツが訊いた。彼女の顔が曇った。彼女は返事することさえ忘れていた。彼が言った、

「もう知ってるよ。みんな知っているんだ。いまおれの方を見てはいけない、エリ、おれの言うことをよく聞いてくれ。どんどんアーモンドをつまんでかじっていなさい。おれは昨日あんたの家の前まで行った——さあ、おれの方を見て、笑って——」

彼女はまったく巧みに振る舞った。「お食べ、お食べ」と彼が言った。彼は小声で早口に語った。彼女はただ、ええ、いいえ、と言いさえすればよかった。「彼の友人たちを思い出してくれ、おそらくあんたはおれの知らない人たちも知っているだろう。彼がここで誰と知り合いになったか考えてくれ。おそらく彼は、やっぱりこの町へやって来るだろう。おれの方を見て、笑って。おれたちは、後ではいっしょにいられない。明朝早く屋内大市場へ来てくれ、おれはそこで伯母の手伝いをしているから。そこでリンゴを注文してくれ、おれが後でそれを届けに行くからね、おれたちは会って話ができる。みなわかったね?」――「ええ」――「おれの方を見て」。彼女の若々しい眼にはあまりにも信頼の念がこもりすぎていて、ただおちつきを湛《たた》えているばかりだった。もっと別の感情がこもっていてもいいのに、とフランツは思った。彼女は無理に笑った。暗くなったとき、彼女は本当の真剣な顔付きで、もう一度素早く彼を見つめた。不安からだったが、いまは、おそらく彼の手さえ取りかねない気持ちだった。

フランツは空の紙袋を手のなかで押し潰した。すると彼は、ゲオルクがとにかくこの国にいる限り、自分とエリとのあいだには何事もあり得ないのだと思いついた。彼女も彼自身も危険な目にあわずに、じきにまた会えればいいとフランツは思った。

いまはしかし、彼女は隣りに坐っている。彼女は生きているし、彼も生きているのだ。

たとえ弱い脆《もろ》いものであれ、幸福感は彼の上にのしかかっているどんな重荷よりも強かった。彼女は見開いた眼で凝視しているあの映画を本当に見ているのだろうか、と彼は思った。エリが彼女自身もすべてのことも忘れ果てて、雪に蔽われた平野に猛然と馬を駆る姿を一心不乱に眺めていたのを知ったならば、彼はがっかりしただろう。フランツはもう画面を見ていなかった。彼は眼を伏せてエリの腕を見、時どきちらりと彼女の顔を見た。すべてが終わってあたりが明るくなったとき、彼はびっくりした。人混みのなかで離れ離れになる前に、彼らの手は、いっしょに遊ぶことを禁じられた子供たちの手のように、束の間ちょっと触れ合った。

5

ゲオルクは黄色いコートを着てみると、何だか気がゆるみ、自分自身が他人になったような感じがした。世話になったなあ、ベローニ——これからどうしたらいいだろう？通りはやがて空になって、喫茶店や映画館から人びとは家へ帰って行くだろう。夜が、泊めてくれる家があるとあてにしていた深淵が、彼の前に横たわっていた。彼は疲労の余り無意識に歩いた。ぜんまい仕掛けで前へ進む、めかし込んだ人形だ。レーニを翌日旧友の一人のボーラントの許へ使いにやろうと目論《もくろ》んでいたのに、いまは自分で出かけて行かなければならなかった。それよりほかに仕方がなかった。ありがたいことには、少なくともこの服が手に入ったのだ。彼は択《えら》べる限りいちばん近い道を考えた。いろいろな道を考えめぐらし、もう眠りたがってばかりいる頭のなかをかきわけるようにしてその道を辿ってみるのは、実際の道を急ぐのと同じに苦痛だった。彼は十時半少し前に目指す場所へ着いた。近所の人が二人ながながと別れの挨拶をかわしていたので、家の戸口は開いていた。四階の明かりのついた窓がボーラントの住居だ。ここまでは万事順調に行った。家はまだ開いている。人びとはまだ起きている。彼はボーラントが適切な男だと疑わなかった。彼は考えられる人びとのなかで最適な男だった。まったく最適な男だから、それをいまさらもう一度考えてみる必要はない。あいつは大丈夫だ、とゲオルクはすでに階段を登りながら考えた。彼の心臓は静かに脈打っていた。おそらく、もはや無益な警告を試みなかったからでもあろうし、またおそらく、今度は何も警告することがなかったからだろう。

彼はボーラントの妻を認めた。彼女は年とってもいず、若くもなく、美しくも醜くもなかった。ゲオルクは思い出した、彼女はいつかストライキの期間中、ある子供を自分の子供たちといっしょに世話したことがある。両親のいない子で、おそらく父親は監獄に入っていたのだろう、夕方飲食店へ連れて来られた。するとボーラントが妻に訊いてみると言って、その子の手を取って自分の住居へ連れて行き、あずけて帰って来た。宵《よい》闇《やみ》が濃くなって、たしか何かのデモ行進についての相談があった。そのあいだに、子供はボーラントの家にひきとられて、いわば両親ができ、兄弟姉妹ができて、夕食を食べさせてもらっていたのだ。「夫は留守です」とボーラントの妻が言った、「あそこの飲食店にいますから、行ってご覧になったらどうでしょう」。彼女はちょっと驚いているようだったが、別に疑っていなかった。「待たせてもらえますか?」——「お気の毒ですけど、それはできませんわ」と彼女は悪びれず、きっぱり言った、「もう遅いですし、子供が病気でいますから」

帰るのを待ち受けていよう、とゲオルクは考えた。彼はいくらか下へおりて、階段に腰をおろした。もし今入口の戸が閉められたら? そうすれば、ボーラントより先に誰か来て、おれがいるのを見て、何か訊くかもしれない。ボーラントは誰かといっしょに帰って来るかもしれない。通りで待ったらいいかな。あそこへ入って行ったらいいかな。ボーラントの妻はおれが誰だかわからなかった、今日のあの教師も、おれを自分の親父ぐらいの年恰好に見ていた。まだ相変わらず別れの挨拶を交わし合っている近所の女たちのあいだを抜けて、彼は外へ出た。

きっと実際これは、あのときあの子供が連れて来られたあの同じ飲食店であろう。一同は散会するところだった、ちょっと飲んだだけで、余り酔っていなかったが、ひどく大声で笑ったので、窓から声をかけられた、しっ、静かにと。ほとんどSAばかりだった。たった二人だけ平服の男がいたが、その一人がボーラントだった。彼らしい静かな、気持ちのいい笑い方だったが、彼もやはり笑っていた。彼は変わってはいなかった。二人のSAに挟まれて、ほかの人びとから別れた。三人はもう笑い声はあげず、ただにやにやしているだけだった。彼らは同じ家に住んでいたのだ、一人が鍵で戸を開け――事実戸はすでに閉められていた――そしてほかの二人がその後に続いた。

ゲオルクは、いっしょにいた仲間たちはボーラントにとって何の意味もないことを知っていた。彼は、ボーラントの同行者のSAの制服も、たいして気にする必要がないことを知っていた。彼はすでに収容所で十分聞いており、事情に通じていた。人びとの生活が変化し、彼らの外観、彼らの交際、彼らの闘争の形式が変化したことを知っていた。もしボーラントが真に以前と変わらぬボーラントだったとすれば、そのボーラントがそれをよく知っていたと同じように、ゲオルクもそれを知っていたのだった。ゲオルクはそれをすべてよく知ってはいたが、しかし感じてはいなかった。

ゲオルクは、この数年来自分が感じてきた通りに感じた。ヴェストホーフェンにいる人間が感じるように感じたのだった。彼はいま自分の理性によって、ボーラントの同行者がなぜこのシャツを着ないわけにいかないのか、なぜボーラントはこの男たちといっしょに歩かねばならないのかを、解明する暇がなかった。彼らを見たとき、彼がヴェストホーフェンで感じていた通りに感じたのだった。そしてボーラントの額には、真の彼であることを示す印があるわけではなかった。彼は信頼できる男かもしれない。しかしゲオルクはそれを感じなかった。彼は信頼できる男かもしれないし、そうでないかもしれない。

おれはどうしたらいいのか？　とゲオルクは考えた。彼はもう行動していた、彼はもうボーラントの住む通りを出てしまっていた。町はもう一度活気づいた。それは夜の前の最後のざわめきだった。

「ヴォルムスのバッハマンの妻も逮捕しなければならなかったそうです」——「なぜだ？」と乱暴にオーバーカムプが訊いた。警察側で明らかな寛大な処置を与えておけば、もっともよくバッハマン一家を孤立させてしまえたのに、ただ住民の好奇心や興奮をそそるばかりのこんな逮捕に、彼は反対を表明してきたのだった。——「屋根裏部屋で首を縊《くく》っていたバッハマンが縄を解かれておろされたとき、妻が、どうせ首を縊るんなら昨日訊問される前にやればよかったのに、わたしの洗濯物の綱がもったいないじゃないか、とわめいたそうです。彼女は近所中にえらい騒ぎを巻き起こして、わたしは無実だとか何とかだとか、いろいろ叫びたてたそうです」――「いったい近所ではどんな様子だ？」――「半々というところです。報告を求めましょうか？」――「まあ、まあ」とオーバーカムプが言った、「おれたちには関係がない、それはヴォルムスの同僚たちの管轄だからな。おれたちはいそがしいんだ」

ゲオルクは空気のなかに融けこんで消えうせるわけにもいかなかった。彼は考えた、最初に出くわした女といっしょに行こう。

しかし、貨物駅の裏の、フォアバッハ通りの真ん中に立っている車庫のうしろから、その女が出てきたところを見ると、この最初に出くわした女は、夢にも思わなかったほどひどい代物だった。彼はその女に指先も触れたくなかった。細長い顔は、肉が削げて骸骨のようだった。弱い街灯の光の下では、赤茶けた毛の束が、はたして女の頭から生えているのかそれとも帽子の飾りに縫いつけられているのか、彼にはしかとわかりかねた。彼は笑い出した。「そりゃたしかにおまえの髪の毛だろうね？」――「あたしの髪の毛よ、そうよ」彼女はおずおずと彼を見た。するとその死人のような顔にも微かな人間らしさが現われた。「どうだって、いいや」と彼は大声で言った。

彼女はもう一度わきの方から彼を眺め、思わずためらってトールマン通りの角に立ち止まったが、それでもやがて、顔や胸元を直して身仕舞いしようとした。だがうまくいかなかったし、またうまくいくはずがなかった。女は溜め息さえついた。ゲオルクは考えた、さあ、これでどこかへ行けるだろう。部屋ぐらいあるだろう。ドアに鍵が掛かるだろう。彼は優しく彼女と腕を組んだ。彼らは急いで歩いて行った。最初にダールマン通りの角の警官を見たのは、彼女の方だった。彼女は、とある門のなかへゲオルクを引っ張り込んだ。「いまはとてもうるさいのよ」と言った。彼らは腕を組んで、慎重に警官がいる所を避けながら二つ三つ通りを通り抜けた。とうとう彼らは行き着いた。四角くも円くもなく、子供が描いた円のように、どっちつかずの小さな広場だった。この広場も、互いに重なり合ったスレート葺きの屋根屋根も、ゲオルクにはひどく見知ったもののように思われた。おれはいつだったかフランツといっしょに、ここに住んでいたんじゃないかな。

彼らは階段で、二人の若者と二人の娘のグループをかき分けて通らなければならなかった。娘の一人は、自分よりずっと背の低い若者にマフラーを結んでやり、その端を上の方へ引っ張っていた。ちびの彼はそれをすぐ下の方へ引っ張り、娘がまた上の方へ引っ張った。もう一人の若者は綺麗に顔を剃《そ》っており、少し斜視で、身なりは非常に立派だった。長い黒い服を着た二番目の娘は驚くほど美しかった。きらめく淡い黄金色の雲につつまれたようなブロンドの、蒼白い可愛い顔をしていた。しかし取り換えっこすることなどはいまゲオルクにはできなかった、厄介至極なことだった。その上、そんなことは結局どうでもよかったのだった。その上、すごく美しく見えたのもまったくの想像かもしれなかった。彼はもう一度振りかえって見た。四人ともいっせいに、鋭く彼を見た。事実、あの娘は不意にさっきほど美しくなくなって、鼻が尖っていた。若者の一人が叫んだ、「お休み、可愛い姐《ねえ》さん」。ゲオルクの女が叫び返した、「お休み、斜視の伊達男《だておとこ》」。彼女がドアを開けたとき、ちびの若者が叫んだ、「あばよ」。彼女は叫んだ、「お黙り、ゲッベルスのちび（ナチスの宣伝相パウル・ゲッベルスはちびでおしゃべりだった）」

「これがベッドかい？」とゲオルクが言った。だが彼女は今、ものすごい勢いで罵《のの》しりはじめた。「そんなら、イギリス館へ行くがいい、カイザー通りへ行くがいいわ――」

――「まあ静かにしろよ」とゲオルクが言った、「聞いてくれ。おれはちょっと困ったことがあるんだが、そいつはおまえにはぜんぜん関係がないことなのさ。そいつはおれの苦労の種さ。それ以来おれは一睡もしてないんだ。眠れるようにしてくれりゃ、おれは何でもくれてやろう、たんまりやるぞ、たっぷり持ってるんだからな」。女は呆れて彼を見つめた。その眼は、死人の頭のなかに明かりを突っこんだときのように燃えあがった。それから彼女はせいいっぱいの決心で言った、「承知したわよ」

もう一度ドアに乱暴なノックの音がして、ちびの若者が首をつき出した。何か忘れ物でもしたように、あたりを見まわした。彼女は飛んで行って罵ったが、不意に途中で止めてしまった。彼が――ただ眉で――出ろと合図したからだった。

ゲオルクは、彼ら五人がドアの向こうで、緊張した小声で、それだけにまたひどく鋭い声で、互いにひそひそ囁き交わすのを聞いた。だがしかし、彼には一言もはっきり聞き取れなかった。ひそひそ囁く声がぴたり止んだ。彼は自分の頸を摑んだ。いったい、部屋が狭くなったのだろうか、四方の壁と天井と床が狭まってきたのだろうか？　彼は考えた、「ここを逃げ出そう」

そのとき、女がもう戻ってきた。「そんなに怒ったような顔して、じろじろあたしを見ないでちょうだい」と女は言った。

彼女は彼の顎を軽く叩いた。彼はその手をはねのけた。

だがそれから、何たる奇蹟だろう、彼は本当に眠ってしまったのだ。幾時間、幾分、眠ったのだろう？　レーヴェンシュタインがやけになって決心がつかず、水道の栓を三度目に捻ったのかな？　ゲオルクはだんだんに我にかえった。意識が戻って来るとともに、いまたちまち自分の体の五、六カ所に激しい痛みを感じた。しかし彼は自分が、ますます驚くほど生きいきと健康なのを感じた。とにかく本当に眠ったらしい。おれはこの女に有金そっくりくれてやろう、と彼は考えた。いったいどうして目がさめたのだろう？　明かりは消されているではないか。ただ街灯が、中庭から小さな窓を通してベッドの頭の端に光を投げているだけだった。彼が起きあがると、彼の影も、向かいの壁に巨人のように大きく起きあがった。彼はひとりぼっちだった。彼は聞き耳を立てて待った。階段で物音がしたような気がした。裸足か猫が微かに床をきしませるような音。彼は、巨人のように天井に広がる自分の影を見て、いい知れぬ胸騒ぎがした。まるで彼に飛びかかろうとするかのように、不意にその影が縮まった。頭の中を電光のように考えが閃いた、さっき彼が階段を登って来たとき、背後から見つめていた四対の鋭い眼。ドアの隙間に首をつき出したちびの若者の頭。眉でした合図。階段での囁き。彼はベッドの上に跳びあがり、窓から中庭へ飛びおりた。積みあげたキャベツの玉の山の上に落ちた。どたばた走った。窓ガラスを一枚ぶち破った。何もそうしなければならない理由もなかったし、そんなことをしなくても、閂《かんぬき》はもっとずっと早く外せたのに。彼は邪魔した何かを投げ倒した。数秒たってからやっと、それが一人の女なのを感じた。顔にぶつかった。かっと見開いて彼の眼を見つめている二つの眼、彼に向かって叫ぶ口。彼らは恐怖のあまり互いにしがみついているかのように、舗道を転げた。彼はジグザグに広場を走り抜け、路地の一つに駆け込んだ。するとトつぜん、数年前そこで幸福に暮らしていたことがある路地に出たのだった。夢のなかでのようにこの路地の石ころに見覚えがあったし、靴屋の仕事場の軒先の鳥籠にさえ見覚えがあり、ここに中庭への入口があるのも見分けられた。そこを通れば他の中庭へも行け、そこからまたバルトヴィン小路へも出られるのだ。しかしいま、この戸が閉まっていたら万事休すだ、と彼は思った。戸口は閉まっていた。だがしかし、背後に迫る危険に駆られて猛烈な勢いで突っ張ったので、閉まっている一枚の戸など物の数ではなかった。彼はいくつかの中庭を駆け抜け、とある家の戸口で一息ついて聞き耳を立てた。ここはまだすべてが静まり返っていた。彼は門を外してバルトヴィン小路へ出た。呼子《よびこ》の音が聞こえたが、まだやっとアントン広場で響いているにすぎなかった。彼はまた、ごちゃごちゃした路地を走り抜けた。今度もまた夢を見ているようだった。いくつかの箇所は以前のままだった。いくつかの箇所はすっかり変わり果てていた。そこにはまだ門の上に聖母の像がかかっていたが、だがそのそばで路地はぷつりと断ち切れ、ぜんぜん知らない未知の広場になっていた。彼はその見知らぬ広場を走り抜け、ごたごたしたいくつもの路地に入り込み、別の市区へ辿り着いた。土や庭の匂いがした。彼は低い柵を乗りこえて、いちいの生け垣に取り囲まれた片隅に潜りこんだ。坐りこんで息をつぎ、それからすこし這って行ったが、突然力尽きてじっと横たわった。

横になりながら、彼はこれほどはっきり考えたことはなかった。いまはじめて彼は我にかえったのだ。窓から逃げ出してからばかりでなく、脱走してからはじめていま我にかえったのだった。いますべては何と恐ろしく寒々としていることだろう、何と冷静に、何と簡単に、脱走の不可能なことがわかりきってしまったことか。いままで彼は夢遊病者のように、自分にもわからない何かに強制されて、きわどい所を通り抜けてきたのだ。いま彼ははっきりと目がさめて、自分のいる場所を見た。彼は眩暈《めまい》がして、木の枝にしがみついた。いままで彼は、ただ夢遊病者にだけ与えられ、目ざめれば失われてしまうあの力に導かれて、無事に何とか切り抜けて来た。ひょっとすると、こんな風にして脱走に成功することさえできたかもしれなかった。だがしかしいまは、残念ながらはっきりと目ざめてしまった。単なる意志の力をもってしては、失われた状態は取り返せなかった。彼は恐怖に駆られてぞっとした。ひとりぼっちだったが、自分を抑えた。おれは今だっていつだって、自分を抑えるんだ、最後まで立派に振る舞うんだ、と彼は自分に向かって言った。枝が指を滑り抜けた。何かしっとりした物を彼は手に握った。見ると、まだ見た記憶のないような大きな一輪の花だった。激しく大地が揺らぐような強い眩暈を感じて、彼はまた急いで枝を摑んだ。

何とはっきりと目ざめてしまったことだろう！　完全に目ざめているというのは、何と不快なことだろう。こんなに目ざめてしまった彼は、守護神たちからまったく惨めに見捨てられてしまったのだ。

おそらく彼の脱走して来た道は確認され、彼の手配書も出まわっているだろう。ラジオや新聞が、もう既に彼の特徴を絶えず人びとの頭のなかへ叩き込んでいるだろう。この町ほど彼が危険に曝されている場所は他にない。馬鹿げた原因から、一人の少女に頼ったりしたまったくありふれた原因から、危く破滅するところだったのだ。いま彼は、あのころ実際にそうだった姿のレーニを見た。飛ぶように駆けて走る姿でもなく、平凡な主婦の姿でもなく、喜んでどんな恋人のためにも火の中に飛びこんだり、さもなければスープをこしらえ、どんなビラも配る本当の彼女の姿を。あの当時、たとえ彼がトルコ人であったとしても、その男のためにさえ彼女は、聖なる戦いをニーダーラート中に触れまわるのを手伝っただろう。

柵のそばの道を歩く足音が聞こえた。一人の男がステッキをついて通り過ぎて行った。マイン河が近いにちがいない。彼はどこかの庭のなかにいるのではなくて、河岸の緑地にいたのだった。いま、樹々の彼方にオーバーマイン河岸通りの美しい白い家々が見えた。列車の走る音が聞こえ、そしていま初めて、まだかなり暗いのに電車のベルの音が聞こえた。

ここを立ち去らねばならない。母は必ず監視されている。彼の姓を名乗っている妻エリも必ず監視されている。――この町ですこしでも彼と関係があった者は、みな監視されているかもしれない。彼の数人の友人たちも監視されている、彼の教師たちも監視されているかもしれない、そして彼の兄弟たちも、彼の最愛の人びとも。町中に網が張られている。彼はもうそのなかに包まれている。抜け出さなくてはならない。じっさい、今度こそ本当にもうだめだ。もうほとんど柵を乗りこえる力さえない。どうしてこの町から出ることができよう。昨日歩いて来た道、そして国境までのその二十倍もの道をどうして切り抜けて行けよう？　見つかるまでここにしゃがんでいたって構わないじゃないか。彼は、まるで誰かがそんな提案を持ちかけてでも来たかのように、怒りに燃えて反抗した。自由をめざして、どんな微かな動きでもまだ動ける力さえあれば、たとえそれがどんなに無意味な無駄なものでも、彼はやはりやってみたかった。

近くの橋のすぐ傍では、もう川の浚渫《しゅんせつ》作業がはじまっていた。あの音をおれの母もいまやはり聞いているだろう、と彼は思った。おれの小さな弟も、やっぱりいまあれを聞いているだろう。

〔編集付記〕

一、本書は、アンナ・ゼーガース『第七の十字架』の全訳（全二冊）であり、山下肇・新村浩の翻訳で、一九五二年、筑摩書房より刊行された。底本には、一九七二年刊行の河出書房新社版を用いた。ただし、下巻に付した「訳者あとがき」のみ筑摩書房版を用いた。

一、文庫収録にあたり、山下肇氏子息の山下萬里氏（ドイツ文学・比較文学）の協力を得、訳語・訳文・表記の現代化の観点から若干の調整と、注記の追加等を行なった。

（岩波文庫編集部）

第《だい》七《なな》の十字《じゅうじ》架《か》（上）〔全2冊〕　アンナ・ゼーガース作

2018年6月15日　第1刷発行

訳　者　山下《やました》　肇《はじめ》　新村《しんむら》　浩《ひろし》

発行者　岡本　厚

発行所　株式会社　岩波書店
〒101-8002 東京都千代田区一ツ橋2-5-5
案内 03-5210-4000　営業部 03-5210-4111
文庫編集部 03-5210-4051
http://www.iwanami.co.jp/

印刷 製本・法令印刷　カバー・精興社

ISBN 978-4-00-324731-0　Printed in Japan

読書子に寄す

――岩波文庫発刊に際して――

岩波茂雄

真理は万人によって求められることを自ら欲し、芸術は万人によって愛されることを自ら望む。かつては民を愚昧ならしめるために学芸が最も狭き堂宇に閉鎖されたことがあった。今や知識と美とを特権階級の独占より奪い返すことはつねに進取的なる民衆の切実なる要求である。岩波文庫はこの要求に応じそれに励まされて生まれた。それは生命ある不朽の書を少数者の書斎と研究室とより解放して街頭にくまなく立たしめ民衆に伍せしめるであろう。近時大量生産予約出版の流行を見る。その広告宣伝の狂態はしばらくおくも、後代にのこすと誇称する全集がその編集に万全の用意をなしたるか。千古の典籍の翻訳企図に敬虔の態度を欠かざりしか。さらに分売を許さず読者を繋縛して数十冊を強うるがごとき、はたしてその揚言する学芸解放のゆえんなりや。吾人は天下の名士の声に和してこれを推挙するに躊躇するものである。このときにあたって、岩波書店は自己の責務のいよいよ重大なるを思い、従来の方針の徹底を期するため、すでに十数年以前より志して来た計画を慎重審議この際断然実行することにした。吾人は範をかのレクラム文庫にとり、古今東西にわたって文芸・哲学・社会科学・自然科学等種類のいかんを問わず、いやしくも万人の必読すべき真に古典的価値ある書をきわめて簡易なる形式において逐次刊行し、あらゆる人間に須要なる生活向上の資料、生活批判の原理を提供せんと欲する。この文庫は予約出版の方法を排したるがゆえに、読者は自己の欲する時に自己の欲する書物を各個に自由に選択することができる。携帯に便にして価格の低きを最主とするがゆえに、外観を顧みざるも内容に至っては厳選最も力を尽くし、従来の岩波出版物の特色をますます発揮せしめようとする。この計画たるや世間の一時の投機的なるものと異なり、永遠の事業として吾人は微力を傾倒し、あらゆる犠牲を忍んで今後永久に継続発展せしめ、もって文庫の使命を遺憾なく果たさしめることを期する。芸術を愛し知識を求むる士の自ら進んでこの挙に参加し、希望と忠言とを寄せられることは吾人の熱望するところである。その性質上経済的には最も困難多きこの事業にあえて当たらんとする吾人の志を諒として、その達成のため世の読書子とのうるわしき共同を期待する。

昭和二年七月